Another《アナザー》(下)

綾辻行人

角川文庫
17113

目次 下

Part 2

How?............Who?

Chapter 10 *June V* 6

Chapter 11 *July I* 60

Chapter 12 *July II* 93

Interlude III 123

Chapter 13 *July III* 131

Interlude IV 183

Chapter 14 *August I* 189

Chapter 15 *August II* 252

Outroduction 340

文庫版あとがき 359

解説　初野晴 363

上

Part 1

What?............Why?

Introduction	6
Chapter 1 *April*	13
Chapter 2 *May I*	37
Chapter 3 *May II*	98
Chapter 4 *May III*	139
Chapter 5 *May IV*	173
Interlude I	212
Chapter 6 *June I*	216
Chapter 7 *June II*	261
Chapter 8 *June III*	300
Interlude II	357
Chapter 9 *June IV*	370

Part
2

How?…………Who?

Chapter 10

June V

1

翌日から始まった、夜見北《よみきた》での奇妙な学校生活——。

当初はやはり、居心地の悪くないはずがなかった。なぜこんな？ という事情が分かっていてなお、どうしても強い違和と抵抗を感じてしまう。頭では理解できても、感情的には納得がいかない。

教師たちを含めたクラスの全員が、鳴《めい》とぼくを〈いないもの〉として扱う。鳴とぼくはそれを受けて、ぼくたち以外のみんなが〈いないもの〉であるかのようにふるまう。……何とも不自然な、いびつなこの状況。

しかしまあ、いくら不自然であってもいびつであっても、置かれてしまった状況にはだんだんと慣れていくものだ。ルールがはっきりしているぶん、前の学校で経験したあのいやな感じより数段ましだとも云える。日を追うごとにそして、これはこれでいいか、というような気持ちも実感として広がってきた。

これはこれで……そう、つい先日までの「何が？」も「なぜ？」も判然としない不安定な状況に比べれば、ずっといい。加えて、そういう話とはまた違ったレベルでも……うん、たぶんきっと。

見崎《みさき》鳴とぼくの、クラスでたった二人だけの孤独。

これはすなわち、鳴とぼくの、クラスでたった二人だけの自由でもあるわけで……。

たとえば——と、ぼくはいささか子供じみた想像をしてみたりもするのだ。

この三年三組の教室では今、鳴とぼくがどんな行動を取ろうが、どんな話をしようが、誰にも口出しはできない。みんながみんな、見ないふり、聞こえないふりをしなければならない。

仮に鳴がある日、髪の毛を極彩色に染めてきたとしても。ぼくが授業中、いきなり歌を歌いだしたとしても、机の上で逆立ちをしたとしても。たとえぼくたちが、大声で銀行襲撃の計画を話し合っていたとしても。——それでもみんなは見えないふり、聞こえないふりをしつづけるんだろう。もしも今ここで、ぼくたちが恋人同士みたいに抱き合ったとしても……って。

おい待て、恒一《こういち》。

そういうありがちな妄想は、今のこの状況下では厳に慎むべし。いいか、少年。

——ともあれ。

ある意味これは、当たり前な学校生活では絶対に望むべくもないような、ものすごく平和で静かな環境なのではないか。

そう思えたりもしたのだ。

もちろんしかし、その平和と静けさの裏には常に、「この年の〈災厄〉が続くかどうか」を巡っての緊張と警戒、不安と怯《おび》え、恐れが貼り付いて離れないでいるわけだけれど。

——と、そんなぼくたちの日々が始まって一週間余り。六月がなかばを過ぎても、新たな事件は何も起こらないままだった。

この間、学校を休んだり授業をサボったりする頻度は、鳴のほうはだいぶ減ったんじゃないかと思う。

逆にぼくのほうは、増えた。確実に。

けれどもその、本来なら教育者としては憂うべき問題を、担任の久保寺《くぼでら》先生が咎《とが》めることはない。夜見山《よみやま》でのぼくの保護者である祖父母に問題を報告できるはずも、むろんない。

鳴の話によれば、たとえば進路指導のための三者面談だの何だのは、〈いないもの〉については別の教師が代行する手はずになっているのだとか。

副担任の三神《みかみ》先生は、ときとしてずいぶん悩ましげなそぶりを見せもした。それが気にならなかったと云えば嘘になる。——が、この件に関して彼女にどうこう文句を云われる筋合いは……ない。ないと思う、やはり。

授業にはちゃんとついていけている。出席日数は先生たちのほうでうまく帳尻《ちょうじり》を合わせてくれるだろうし、定期試験さえ無難にこなせばOKでしょう？　高校進学についてはよほどのことがない限り、父親のコネでノープロブレムのはず、だし……。

ぼくとしてはもう、そんなふうに開き直るしかなかったのだ。そのどこが悪い？　という気にも、おのずとなった。

2

鳴とぼくは〈いないもの〉同士、雨の降っていない日にはしばしばC号館の屋上へ行った。そこで一緒に昼食をとることもあった。

ぼくは例によって祖母の手作り弁当。——で、鳴はたいてい、缶入りの紅茶を飲みながらパンをかじっていた。

「霧果《きりか》さんはお弁当とか、作ってくれないの？」

「気が向いたら、たまに」

ぼくの問いかけに、鳴はあっさりとそう答えた。べつにそれを嘆いたり拗《す》ねたりするふうもなく。

「月に一、二回かな。でも正直、おいしくない」

「見崎は、自分で料理をしたりは？」

「全然」

と、これもあっさりかぶりを振る。

「レトルトを温めるくらいはするけれど。——みんなそんなものでしょ」

「ぼくは得意なんだけど」

「へぇ？」

「前の学校で料理研究部に入ってたんだ」

「——変わってるね」

鳴には云われたくないせりふだった。

「じゃ、いつか何かごちそうしてくれる？」

「えっ……ああ、うん。いつかね」

ちょっとどぎまぎして、ぼくは答えた。「いつか」って、それはどのくらい現在《いま》と離れた未来なんだろう。——答えながら、ぼんやりとそう考えていた。

「ところでさ、見崎って美術部に入ってたの？」

「一年のときにね。望月《もちづき》くんとはそのころからの知り合い」

「今は？」

「って？」

「美術部に入っているのかってこと」

「二年のときに美術部、なくなっちゃって……っていうか、活動休止みたいな状態に」

「この四月から再開したんだろう」

「だから、四月にはちょっと顔を出したりも……でも、五月に入ってからは、もう」

〈いないもの〉になったから行けなくなってしまった、ということか。

「一年のときも、顧問は三神先生だったわけ？」

若干の間があって、鳴はぼくの顔をちらっと見ながら「三神先生もね」と答えた。

「もう一人、別の美術の先生がメインの顧問についていたの。だけど、わたしたちが二年に上がるときにその先生、転勤で……」

それで一年間、活動休止状態になっていたのを、三神先生が一念発起して単独顧問を買って出た、か。——なるほど。

「そういえば、いつだったかここで絵を描いてたよね。ほら。最初にここで会ったとき、きみはスケッチブックを持ってて」

「そういうこともあったっけ」

「あのあと、第二図書室でも同じスケッチブックに……あのときの絵、もうできたの？」

「——いちおう」

球体関節を持った美しい少女の絵、だった。あのとき確か、鳴は「この子には最後に、大きな翼を……」と云っていたけれど。

「翼は？　付けてあげた？」

「——まあね」

心なしか悲しげに、鳴は目を伏せた。

「いつか見せてあげる」

「あ、うん」

いつか……か。——それはどのくらい離れた未来なんだろう。

そんな、他愛《たあい》もないといえば他愛もない会話を重ねる中で、ぼくは特に訊《き》かれもしないのに、ずいぶんと自分の身の上を話したように思う。インドに行っている父のこと。死んだ母のこと。夜見山に来るまでの生活のこと。夜見山に来てからのこと。祖父母のこと。怜子《れいこ》さんのこと。肺のパンクと入院のこと。水野《みずの》さんのこと。……

けれども鳴のほうは、こちらから具体的に質問しない限り、あまり自分の話をしようとはしなかった。それどころか、質問をしても答えを拒まれたり、はぐらかされたりする場合も多くて——。

「趣味は？　絵を描くこと？」

改まってそんな質問をしてみたりもした。

「絵はね、描くより見るほうが好きかな」

「あれ、そうなんだ」

「といっても、画集を眺めるくらい。家にたくさんあるから」

「美術展に行ったりは？」

「こんな地方の街にいると、なかなかそういうチャンスもないしね」

印象派より前の西洋画が好き、と云った。母親の霧果さんが描くような絵は、実はあんまり好きじゃないんだ、とも。

「人形は？」

と、ぼくは思わず訊いた。

「霧果さんの創る人形はどうなの。やっぱりあんまり好きじゃないとか」

「——微妙」

と、このときは言葉どおり微妙に表情を翳《かげ》らせた。

「嫌いじゃない。好きなのもあるけれど……でも」

それ以上は突っ込んで尋ねるのをやめて、ぼくはなるべくからりとした声でこう云った。

「いつか東京に遊びにおいでよ。美術館巡り、しよう。ぼくが案内するから」

「うん。——いつか、ね」

いつか……。

それはどのくらい現在《いま》と離れた未来なんだろう。——このときまた、ぼくはぼんやりとそう考えていた。

3

「美術部の部室、覗《のぞ》きにいこっか」

鳴が云いだしたのは六月十八日、木曜の昼休みのことだった。

この日は朝から雨が降りどおしで、屋上で昼食を、というわけにもいかなかった。かといって、〈いないもの〉の二人としては、普通に教室で食事をするのも気がひける。四限目が終わると、ぼくたちは示し合わせたようにすぐ席を立ち、教室を出たのだが、そこで鳴がそう云いだしたのだ。

興味がない場所でもなかったので、ぼくは二つ返事で「いいよ」と答えた。

美術部の部室は0号館一階の、西の端にあった。もともとは普通の教室だったのを二つに仕切って半分の広さにし、部室として利用している。となりも文化系サークルの部室になっていて、〈郷土史研究部〉というプレートが入口に出ていた。

「あっ」

と、ぼくたちが入っていくなり声がした。先客がいたのだ。

初めて見る顔の女子生徒が二人。名札の色から、一人は二年生、もう一人は一年生だと分かった。二年生のほうは落ち着いた細面にポニーテール、一年生のほうは超の付きそうな童顔に赤い縁の眼鏡。

「見崎先輩」

と、ポニーテールの二年生が云った。不思議そうに目をぱちぱちさせながら、

「どうして……」

「ちょっと気が向いたから」

と、鳴はいつものそっけなさで答える。

「退部されたんじゃなかったんですか」

「休部のつもり、なんだけど」

「ええー、そうなんですかぁ」

と、これは眼鏡の一年生のほう。

どうやら彼女たちは、三年三組の特殊事情については知らされていないようだった（「他言は禁止」のルールがあるから、それは当然なのだが）。何よりの証拠に、こうして

普通に鳴に話しかけてくる。

「あのう、そちらの方は?」

と、二年生がぼくのほうを見た。すぐに鳴が答えた。

「クラスメイトの榊原《さかきばら》くん。望月くんとも友だちよ」

「ええー、そうなんですかぁ」

と、一年生。デフォルトの録音を再生したような、まったく同じ調子の受け答え。表情もまったく同じ、ちょっとはにかんだような笑顔で……うう、これは苦手かも。

「彼が美術部に興味があるって云うから、案内してきたの」

と、鳴が適当な説明をした。

「ええー、そうなんですかぁ」

「入部されるんですか」

二年生のほうに訊かれ、ぼくはすっかりあたふたしてしまって、

「いやあの、そういうわけじゃあ……その、つまり……」

答えあぐねるうちに、鳴はさっさと二人の横をすりぬけていった。ぼくもそれに倣って歩を進める。

何となく予想していたよりも、部屋はこぎれいにかたづいていた。

美術室にあるのと同じ大きな作業机が、中央に二つ。片側の壁には部員用のロッカーが

造り付けられ、反対側には大きなスチール棚が。画材だの何だのが整然と並んでいる。

「望月くんは相変わらずね」

室内にいくつか置かれていたイーゼルの一つに歩み寄り、鳴が云った。見ると、そこにはムンクの「叫び」の模写が……いや、まるっきりの模写じゃない。背景のディテールがたぶん原画とはだいぶ違っているし、両手で両耳を押さえた男の顔立ちが、どことなく望月自身に似ているような……。

……と、おりしもそんなところへ、当の望月優矢《ゆうや》がやってきたのだった。

「あ、先輩」

「望月先輩」

女子部員たち二人の声に振り向くと、入口のあたりに望月がいた。ぼくたちの姿に気づくやいなや、彼はそれこそ幽霊でも見つけたみたいな顔になって、

「あ、あのねきみたち、ええとその……ちょっと今から、来てくれない?」

こちらからは目をそらし、後輩たちに向かって云った。

「ちょっとね、急ぎの用があって」

「ええー、そうなんですかぁ」

「せっかく見崎先輩が……」

「いいから、とにかく来て」

そうして望月が、ほとんど二人を引きずり出すようにして部室を出ていったあと——。イーゼルの「叫びもどき」のほうに向き直りながら、鳴はくすっ、と声をもらした。つられてぼくも、声を押し殺して笑った。

事情を知らない(知らせるわけにもいかない)部外者の二人がいる場では、ぼくたちを〈いないもの〉として無視しつづけるのがむずかしい。だからああやって、とにもかくにもここを立ち去る必要があったのだろうけれど、望月のやつ、あの二人に対してどんな「急ぎの用」をでっちあげるつもりだろう。——想像して、少し同情したくもなった。

鳴は「叫びもどき」の前を離れ、部屋のさらに奥へと移動した。そうしてやがて、ロッカーの陰から何かをひっぱりだす。

白い布が全体に掛けられていたが、形状からして、それもまたイーゼルらしいと分かった。鳴がそっと布を取り去った。十号大のキャンバスが、そこには裏向きにして置かれていた。鳴は低く吐息して、キャンバスを表向きに置き直した。

描きかけの油絵、だった。訊いて確かめるまでもなく、これはきっと、鳴の……。

キャンバスに描かれているのは、黒い服を着た女性の肖像。一見して、鳴のお母さんだと分かる面立ちの……ただし。

異様なことに、その顔は二つに割れかけていた。頭から額、眉間《みけん》、鼻、口にかけて、顔全体がV字に引き裂かれようとしている。そんな構図の絵なのだった。

裂かれた顔の右半分には、微笑みの表情が見える。左半分にはそして、悲しみの表情が。血液や皮下組織の描写はないから、生々しさはまるで感じられない。けれど、グロテスクといえば何ともグロテスクな、悪趣味といえばひどく悪趣味な……。

「捨てられてなかっただけましか」

鳴が呟《つぶや》いた。

「望月くんじゃなくて、もしも赤沢《あかざわ》さんなんかが美術部員だったら……」

〈いないもの〉の絵が存在してはいけない、という理屈で処分されたかもしれない。そう云いたいのだろうか。

と、ぼくが訊いた。

「持って帰るの？　これ」

「――いい」

鳴は小さく首を振って、キャンバスをふたたび裏向きにする。イーゼルにもとどおり布を掛け、ロッカーの陰に戻した。

4

美術部の部室から廊下に出たところで、たまたま三神先生と遭遇した。

当然ぼくたちは、彼女を無視しなければならない。彼女もぼくたちを無視しなければならない。——と分かってはいたのだが、思わず一瞬、ぼくは足を止めてしまったのだ。

そのせいだったのかどうか、三神先生のほうも足を止め、気まずそうにぼくたちから目をそらした。そのとき彼女の唇が、何か云いたげに震えたようにも見えたのだけれど……気のせいかもしれない。薄暗い廊下での、ほんの数秒の出来事だったから。

次の授業——木曜日の五限目は、当の三神先生が担当の美術だが、出るつもりはなかった。授業の性質上、ぼくたち〈いないもの〉は欠席したほうが、先生もクラスの連中もやりやすいに決まっている。六限目のＬＨＲ《ロングホームルーム》も同じだろう。

「どうする？　次の時間」

並んで廊下を歩きながら、ぼくは小声で鳴に尋ねた。

「図書室に行きましょ」

と、鳴は答えた。

「もちろん第二のほうね。お昼もあそこで食べちゃおうか」

5

五限目開始の本鈴が鳴ったときには、そんなわけでぼくたちは第二図書室にいたのだ。

こちらには先客はいなくて、ついでに司書の千曳《ちびき》さんの姿も見えなかった。

鳴は大机を取り囲んだ椅子の一つに坐《すわ》り、自分で持ち込んだ本を読みはじめた。彼女がそれをカバンから取り出すとき、ちらっと目に入った書名は『孤独な群衆』。――どういう本だろう。少なくとも、ぼくや水野さんの得意ジャンルとは無縁っぽい。

「第一図書室のほうで借りたの」

開いたページに視線を落としたまま、鳴が云った。

「タイトルにちょっと惹《ひ》かれて」

「『孤独な群衆』?」

「書いたのはリースマンっていう人。デイヴィッド・リースマン。知ってる?」

「知らない」

「榊原くんのお父さんの書庫にはありそう」

ははあ、そっち方面の本か。

「おもしろい?」

「ん……どうだろ」

ぼくは独り、前回ここに来たとき千曳さんに教えてもらったのと同じ書架の前まで行った。記憶どおりの場所に、目当てのもの――一九七二年度の卒業アルバムはあった。それを棚からひっぱりだして、大机に戻る。

鳴とは椅子二つぶん離れたところを選んで坐り、アルバムを開いた。中学時代の母の顔がまた見たくなったから、というわけじゃない。確かめたいことを一つ、思い出したのだ。

三年三組のページを探し出す。左ページの集合写真に目を凝らす。

二列めの右から五番めで、緊張気味に笑う中学三年の母。その斜め手前——全体の右端に、生徒たちの列からほんの少し離れて立っている男性。すらりとした身体に青いブルゾン。片手を腰に当てて、生徒たちの誰よりもにこやかな笑顔を見せている、この……うん、やっぱりそうか。

「どれ？　お母さん」

後ろから鳴の声がして、ぼくはわっと叫びそうなくらいに驚いた。ああもう……何メートルと離れていないのに、何で彼女が立ち上がったことに気づかないかなあ。

「——この人」

動揺を抑えつつ、写真を指さした。

「ふうん」

鳴はぼくの肩越しにアルバムを覗き込み、そこに写った母の顔をじっと見つめながら、

「理津子《りつこ》さん、か」

と呟いた。

「ふうん……そっか」

やがて、何やら得心したように頷《うなず》く。それから彼女は、右どなりの椅子を引き出して浅く腰かけ、こんな質問をしてきた。

「お母さん、何が原因で亡くなったの」

「ああ……」

知らず、溜息《ためいき》がこぼれた。

「こっちでぼくを産んで、その夏——七月に。産後の肥立ちが悪かったところへ、風邪をひいてこじらせて、って」

「——そう」

それが十五年前……正確には十四年十一ヵ月前になる計算か。

「ところでこれ、知ってた？」

と、今度はぼくのほうが訊いた。鳴の横顔をそっと窺《うかが》う。左目の眼帯が、きょうはいつもより汚れている気がした。

「この年の三年三組の、ほら、この担任の先生」

集合写真右端の、青いブルゾンの男性。

「今とはずいぶん感じ、違うよね」

と、鳴が答えた。

「このころの写真を見るのって、わたしも初めて」

——ああ確か、担任の先生がハンサムな若い男の先生……社会科の先生で、演劇部か何かの顧問でねえ。熱血先生っていうのかねえ。生徒思いのいい先生だったっけねえ。

そう。祖母が昔の記憶を辿《たど》ってそんなふうに語っていた。それがここに写っている、この男性だという話なのだが。

二十六年前のこの年、仮に二十代なかばだったとしても、もう五十過ぎ。

年齢は合う。けれど、前回ここでこのアルバムを見てそれに気づいたときは、ぼくも鳴と同じく、二十六年でずいぶん感じが変わってしまったんだな、と思った。

写真の下に印刷されたその担任教師の氏名をいま一度、確かめる。間違いなく、そこにはこうあった。

千曳辰治《たつじ》先生

「もう一つ、確かめてもいいかな」

アルバムから目を上げて鳴のほうを向きながら、ぼくは云った。

「先週きみの家で、いろいろ事情を説明してくれたとき、『ある人によれば』みたいな云い方が何度も出てきたよね。あの『ある人』っていうのは、もしかして……」

「ご明察」

頷いて、鳴はちょっと愉快そうに微笑んだ。

「あれは千曳先生のことよ」

6

第二図書室の〝主〟である千曳さんが姿を現わしたのは、それからしばらくして。一九七二年度の卒業アルバムをぼくが棚に戻した直後のことで——。

「やあ。きょうは二人か」

ぼくたちがいるのを認めると、彼はそう声をかけただけで、まっすぐに奥のカウンターテーブルへと向かった。相変わらずの黒ずくめの服に黒縁眼鏡、白髪まじりの蓬髪《ほうはつ》に痩《や》せ気味の生白い顔。祖母の記憶にある「熱血先生」というイメージからは、やはりほど遠い。

「二人に増えたんです、〈いないもの〉が」

と応《こた》えて、鳴が椅子から立ち上がった。千曳さんはカウンターに両肘《りょうひじ》をつきながら、

「そのようだね。情報はちらっと耳に入ってきている」

「効果、あると思いますか」

「さて」

心なしか表情を硬くして、千曳さんは答えた。

「正直なところ、何とも云えないね。これまでに例のない試みだから」

そして彼はぼくのほうに目を移し、

「榊原くんはもう、事情を理解しているわけだね」

「――はい。でも……」

「でも？　まだ信じられない？」

「いえ……ああ、でもそうですね。どうしても信じきれない気持ちが、たぶんまだ」

「はあん」

カウンターに肘をついたまま、黒ずくめの司書はしきりに髪を掻《か》きまわす。

「まあ、無理もなかろうな。仮に私がきみの立場だったとして、いきなりそんな話を聞かされても……確かにね」

髪に絡めた手の動きを止め、鋭く眉《まゆ》をひそめながら、「しかし――」と彼は続けた。

「しかしね、これは本当のことだ。夜見山というこの街で、この学校で、実際に起こっている現象なんだよ」

現象……か。

先週、「ある人」から聞いた説明だと云って鳴が口にした言葉を、ぼくはおのずと思い出す。

――これは誰かの作為じゃなくて、そういう「現象」なんだ。

同様の言葉として、そう、こういうのもあった。

——だからこれは、いわゆる「呪い」とは違うものなんだって……。

その「ある人」がすなわち、いま目の前にいるこの人だったと分かってしまうと、何だかいろいろと腑《ふ》に落ちる気もした。二十六年前に三年三組の担任教師だった彼が、二十六年後の現在、司書に職を変えてこの学校に残っているという事実、そうなるに至った経緯を何となく想像してみるにつけ……。

「あの、ええとですね」

立ち上がって、ぼくは鳴と並んでカウンターの前へ足を進めた。

「千曳先生は昔、社会科の先生で演劇部の顧問で、二十六年前は三年三組の担任で、それでぼくの母のことも……」

「そうだよ。前に来たとき、アルバムを見て気がついたようだったね」

「あ、はい。あの……それがどうして、今はここに」

「答えにくい質問だねえ」

「——すみません」

「あやまる必要はないさ。——その辺のことは、見崎くんからは聞いていない？」

ぼくは鳴のほうを横目で窺いつつ、

「いえ、何も」

「はあん」

千曳さんは壁の時計を見上げた。五限目の開始からもう三十分余りが過ぎていた。

「木曜のこの時間は美術だったね。次のLHR《ロングホームルーム》も、きみたちは欠席かな」

ぼくと鳴は軽く目配せし合い、二人して頷いた。

「ぼくたちがいないほうが、きっとみんな安心なんじゃないかって……」

「だろうね。正しい判断だ」

「あの、千曳先生は？」

と、そこでふと思いついた疑問を投げかけてみた。

「先生はぼくたちのこと、無視しなくても大丈夫なんですか」

「『先生』はやめてくれないかな。『千曳さん』でいい」

「あ……はい」

「クラスの関係者じゃないからね、私は。三年三組とは直接的なかかわりがない、云ってみれば安全な立場にいる人間だ。だから、きみたちと普通に接しても影響はないはずでね」

ああ、そうだ。もちろんそうだからこそ、鳴はときどき独りこの図書室にやってきて、この人からあれこれと情報を得ることができたんだろうし……。

「さて、さっきの質問に関してだが」

と続けて、千曳さんはカウンターの向こうの椅子に腰を下ろした。

「この機会にひととおり話をしておこうか。見崎くんにもまだ、断片的にしか話していなかったからね」

7

「二十六年前の例の件については、あまり多くを語りたくないというのが私の本音だよ。直接あの件を知る人間も、もはやこの学校には私しかいなくなってしまったが」

二十六年前の三年三組。みんなの人気者だったミサキの死。そして……。

「誰にも悪意はなかったんだよ」

千曳さんは低い声で、嚙《か》みしめるように語った。

「私はまだ若くて、教師としてある種の理想を抱いていて……良かれと信じて取った行動だった。生徒たちにしても同じだ。今となっては浅はかな考えだったと思うがね。結果としてあれが引き金になって、云ってみればこの学校に〝死の扉〟が開いてしまったんだから。

　私にはその責任がある。翌年度から始まってしまった〈災厄〉を、どうしても止めることができなかったという責任も感じている。だから今もこうして、この学校に残っている。教師をやめて司書として——というのは、半分は逃げだったわけだがね」

「逃げ？」

ぼくはつい、口を挟んだ。

「どうして……」

「教師をやめた理由、その半分は呵責《かしやく》の念だったよ。自分には教師の資格などない、という。しかしあと半分は、もしもまた三年三組の担任になったら、今度は自分が〝死〟に引き込まれるかもしれないという、切実な恐怖だった。だから、逃げたのさ」

「先生が死ぬ場合もあるんですか」

「担任や副担任であればね。三年三組という集団の成員だから。授業を担当しているだけの教師は範囲外になる」

ああそれで……と、このときぼくは思い至ったのだ。

望月優矢がしきりに、このところ三神先生が休みがちなのを気にしていたこと。あれは単に、憧《あこが》れの女性教師の体調を案じていたわけじゃなかったのか。クラスの副担任である彼女の身に、まさか次なる災いが……と、そんな心配を本気でしていたのだ、あいつは。

「だから、私は逃げた」

と、千曳さんは繰り返した。

「ただ、この学校そのものから逃げ出してしまいたくはなかった。うまいぐあいにこの図書室に居場所が得られそうだったから、ここにとどまろうと決めた。とどまりつづけて、ここから事の行く末をずっと見守っていようと……ああ、いきなり話が先走りすぎたね」

千夷さんはいくぶん自嘲《じちょう》めかして口もとを歪《ゆが》め、ゆるりと頭を振り動かした。そのタイミングで、ぼくが尋ねた。

「二十六年前のミサキは——その生徒は男子だったんですか。それとも女子？」

「男子だよ」

あっさりとそう答えが返ってきた。

「ミサキは苗字《みょうじ》じゃなくて名前。襟裳岬《えりもみさき》の『岬』という字を書く」

「苗字は？」

「ヨミヤマ」

「はい？」

「夜見山だよ。この街の名と同じ苗字。夜見山岬《よみやまみさき》、というのが彼のフルネームだった」

苗字が夜見山……うーん、まあそうか。足立《あだち》区に住む足立さん、武蔵野《むさしの》市に住む武蔵野さん、みたいなものか。

ぼくは鳴のほうを見た。鳴もぼくのほうを見て、小さく首を振った。「わたしもいま聞くまで知らなかった」という意味だろう。

「その岬くんが、航空機事故か何かで？」

確認のつもりでぼくが訊くと、

「火災だよ」

という答えが、またしてもあっさりと返ってきた。

「こういった話はおおむね、人から人へと伝わっていくごとに変化したり尾ひれが付いたりする。ある時期からなぜか航空機事故説が定着したみたいだが、実際にあったのは火事だ。五月のある夜、夜見山岬の家が火災で全焼。それで家族全員が死亡した。両親と、一つ年下の弟も……」

「そうだったんですか。——原因は？」

「不明。少なくとも犯罪性はなかったとされている。隕石《いんせき》説、というのはあったが」

「隕石？」

「彼の家は街の西外れ、朝見台《あさみだい》の辺にあったんだが、そのあたりにその夜、大きな流れ星が落ちるのを見たという証言があったりしてね。それが出火の原因だったんじゃないか、と。痕跡《こんせき》が確認されたとは聞いていないが……だからまあ、これも噂の域を出ない話だ」

「——はあ」

「私の記憶によれば、以上が二十六年前の、夜見山岬の死を巡る事実だ。ただし——」

千曳さんは手もとに目を落とし、さらに声を低くしてこう付け加えた。

「ただし、この記憶が絶対に間違いのないものだという自信は、私には持てない」

「えっ」

「ひょっとしたらどこかに何か、欠落や改変が含まれているのかもしれない。自分でもそうと気づかないうちにね。単に昔の記憶だからというだけじゃなくて、何と云うんだろうか、よほどしっかり意識しつづけていないと、この件についてはなぜかしら、ほかの諸々《もろもろ》よりも記憶が曖昧《あいまい》になってしまいがちな……どうもそういう気がしてね。こう云われても、きみたちにはぴんとこないかもしれないが」

〝伝説化〟のフィードバック。——そんな言葉とイメージが、ふと頭に浮かんだ。

「いるはずのない岬くんが写っていたっていう、卒業式後の集合写真は？」

ぼくは尋ねてみた。

「先生……いえ、千曳さんはそれ、見たんですか」

「見たよ」

千曳さんは頷き、視線を一瞬、部屋の天井のほうへ投げかけた。

「この旧校舎にあった昔の教室で、私も一緒に撮った記念写真だった。何日かして生徒たちが大騒ぎしはじめてね、私のところにも何人かで、問題の写真を持って押しかけてきた。確かにそこには、死んだ夜見山岬の姿が写っているように見えた。——ああ、そういえばそう、あのとき来たメンバーの中に理津子くんもいたような」

「母が？」

「私の記憶によれば、だがね」

「その写真、今も千曳さんの手もとに？」

「ないよ」

千曳さんは口もとを引きしめた。

「焼き増ししてもらった一枚があったんだが、捨ててしまった。その後のあれこれを目の当たりにするにつけ、正直、怖くなってね。こんなものが存在するから災いが続くんじゃないか、と思ったりもして」

「ああ……」

吐息とともに、両の腕が少し粟立《あわだ》った。

「話を進めようか」

と云って、千曳さんはふたたび手もとに目を落とす。

「翌年度は、私は一年生の担任だったから、その年の三年三組で起こった出来事については、第三者的な立場でしか知らない。一学期の初めに机と椅子が一つ足りなかったことも、毎月クラスの生徒かその肉親が一人以上死んでいったことも……そういう話を聞いてもまだ、それと前年度の出来事を積極的に関係づけて考えようとはしなかった。何だか不幸な偶然が続いているんだな、と悲しんだ程度でね。

しかし結局、その一年で十六人の関係者が命を落とし……で、卒業式のあとになって、その年の三組の担任教師から聞いたんだ。どうやらこの一年間、ひそかに生徒が一人増えていたみたいだ。いるはずのない〈もう一人〉が、クラスにまぎれこんでいたみたいだ、と。卒業式が終わったとたんにその生徒が消えてしまって、やっとそのことに気づいたんだ、と」

「前の年に死んだ岬くんの弟さんが、その『いるはずのない〈もう一人〉』だったとか」

「らしいんだが――」

千曳さんは唇の端をぴりりと震わせ、いくらか答えをためらった。

「本当のところは何とも云えない、というのが正しい気もする。見崎くんから聞いていないかな。三年三組で起こるこの〈現象〉にかかわりあいを持った当事者たちは、特に『誰が〈もう一人〉としてまぎれこんでいたのか』にまつわる記憶を、長く維持できない。時間とともにその記憶が薄らぎ、消えてしまうんだよ。

事実、一ヵ月も経ったころにはもう、私にその件を打ち明けた教師はすっかりそれを忘れてしまっていて、私自身も何だか記憶があやふやになりかけていてね。かろうじて、当時の手帳にそれらしきメモが残っていたから……」

――堤防が決壊して、川の水が街に溢《あふ》れたとするでしょう。その水がやがて退《ひ》いていくみたいに……。

先週、鳴から聞いた「ある人」による「喩《たと》え話」。

――洪水があった事実は確かに残るけど、水が退いてしまったあとは、どこがどう水びたしになっていたのかは曖昧になってしまう。そんな感じ。——無理に忘れさせられるっていうよりもね、おのずと忘れざるをえないのかもしれない、って。

「その翌年の三年三組でも、やはり同じような〈現象〉が起こって、多くの人死にが出た。さすがにこれは変だ、何やら異常な事態が……と、そういう認識が関係者には広がっていった。そして——」

千曳さんは右手の指先をぼさぼさの髪に絡ませ、大まかに掻き上げた。

「さらにその翌々年——一九七六年度になって、私がまた三年三組の担任を務めることになったんだ。そこで私はそれを経験した。当時すでに『呪われた三年三組』と呼ばれはじめていたクラス、その成員の一人として……」

8

その前の年——一九七五年度は〈ない年〉だったのだという。もしかしたらもう同じことは起こらないのかもしれない、という希望を抱きつつ、千曳さんは七六年度の三年三組を受け持った。——のだが。

その年は〈ある年〉だったのだ。

結果、三年三組では一年間で生徒が五人、生徒の親兄弟が九人、計十四人が命を落としたのだという。病死に事故、自殺、他殺……と、さまざまな死に方で。

「呪われている」のはこの教室なんじゃないか。——千曳さんがそう思いつき、学校にかけあって教室を別の部屋に移してみたのは、夏休み明けのことだった。それでもしかし、月々の災いは止まらず……三月の卒業式のあと、「いるはずのない〈もう一人〉」すなわち〈死者〉が姿を消した。

その〈もう一人〉が誰だったのか、担任教師であった千曳さん自身はどうしても思い出せないらしい。あとで情報を集めて、どうやらそうだったらしい、という人物の名は分かったものの、自身の体験としては思い出せない——忘れてしまっているのだという。関係者の記憶を巡るこういった問題は、この時点ではまだはっきりとは把握されていなかったそうで……。

……話を聞くうちに五限目は終わり、六限目開始の時間もとうに過ぎてしまっていた。

外では雨が降りつづいている。この一時間ほどで、かなり勢いが強くなってきている。古い図書室の汚れた窓が風に震え、ときおり雨粒がばらばらとガラスを叩《たた》いた。

「……さらに三年後にもう一度、三年三組の担任を務める機会があったんだ。辞退しようかとも思ったが、なかなか無理が通る状況でもなくてね。せめて今年は〈ない年〉であってくれと祈ったが、それも叶《かな》わなかった」

千曳さんは低い声で語りつづけ、ぼくと鳴は身じろぎもせずに耳を傾けつづけた。

「この年にも一つ、学校側に提案してささやかな対策を試みたんだよ。クラスの名称を従来の『一組』『二組』……から『A組』『B組』……に変更させたんだ。すると、三年三組は三年C組になる。三組じゃなくてC組——〝場〟の名称が変われば呪いも解けるんじゃないか、と考えたんだが……」

無駄だった、ということか。

鳴から聞いて、ぼくはすでに知っている。さまざまな「対策」が検討・実施されたが、どれも効果はなかったのだ。そののちにやっと見つかった「この事態に対するある有効な対処法」——それがつまり、「増えた〈もう一人〉の代わりに、誰か一人を〈いないもの〉にしてしまう」というこの方法だったのだから。

「……結果は同じだった。たくさんの人死にが、この年も出た」

千曳さんはやりきれなそうな長い溜息をつき、上目づかいにぼくたちの反応を窺った。

ぼくはただ、無言で頷いてみせるしかなかった。

「この年の〈もう一人〉は、七六年度の三年三組で死んだある女子生徒だったらしい。卒業式が終わってそれが判明すると、すぐに私は彼女の名前をメモしておいたんだ。だから、〈もう一人〉にまつわる記憶が消えてしまってからも、『そうだったらしい』と自分自身で確認できたわけでね。このころには、クラスにまぎれこむ〈もう一人〉はどうやら、それまでにこの〈現象〉による〈災厄〉で命を落とした者の中からランダムに現われる〈死者〉であるらしい、とも分かってきていたんだが……」

千曳さんはまた長い溜息をついた。

「この年を最後に、私は教師をやめたのさ。もう十八年前のことになる。当時の校長が、呪いだの何だの、そんな話は決して公的には認められないと云いながらも、彼なりの理解を示してくれたものでね、その後は図書室の司書として学校に残れる運びとなった。以来ずっと、私はここにいる。ここでこうして、ただ見守っている。年々の〈現象〉を第三者として観察しつづけようと、そうみずから決め込んでね。――まあ、たまにきみたちみたいな生徒が、話し相手として現われてくれることもあるが」

言葉を切り、千曳さんは上目づかいにもう一度ぼくたちの反応を窺う。それまでと比べていくぶん緊張の和らいだ色が、そのまなざしにはあった。

「あの……一つ、いいですか」

と、ぼくが口を開いた。

「何かな」

「見崎さんから聞いたんですけど、その〈もう一人〉――〈死者〉がクラスにまぎれこんでいるあいだは、いろんなところで記録や記憶の改竄《かいざん》みたいなことが起きるって。だから、本来は合うはずのない辻褄《つじつま》が合ってしまって、〈死者〉の正体に誰も気づけないんだっていう……それってあの、本当にそんなことが？」

「起きるんだよ、本当に」

千曳さんの答えに、ためらいはまるで感じられなかった。

「ただし、『なぜ？』という質問はなしだ。『どんな仕組みで？』もなし。いくら訊かれても、まっとうな理屈では説明できない話だから。これはそういう『現象』なんだ、とでも云ってしまうしかない」

「…………」

「信じられないかな」

「ことさら疑おうという気持ちは、もはやないんですけど」

「はあん」

千曳さんはおもむろに眼鏡を外すと、ズボンのポケットをまさぐって、しわくちゃのハンカチをひっぱりだした。ひとしきりそれでレンズの汚れを拭《ふ》いてから、

「じゃあ——」

顔を上げて眼鏡をかけなおし、ぼくたちを見すえて云った。

「そうだな、あれを見せようか。そうするのがいちばん、てっとりばやいだろう」

彼はそして、カウンターの向こう側に造り付けられている机の引出しを開けたのだ。しばらくごそごそと中身を探ったのち、そこから取り出されたもの——。

それは真っ黒な表紙の、一冊のファイリングノートだった。

9

「分かりやすい例を、自分の目で見てもらおうか」

そう云って千曳さんは、ファイリングノートをこちらに差し出した。カウンター越しにそれを受け取ると、ぼくは恐る恐るその表紙に指をかけた。

「中身は三年三組の、クラス名簿のコピーだよ。一九七二年度から今年度まで、二十七年ぶんのね。新しいものを上にして、年度をさかのぼる順に並べてファイルしてある」

説明を聞きながら、表紙をめくった。

千曳さんの言葉どおり、一ページめと二ページめには一九九八年度、すなわち現在の三年三組の名簿があった。久保寺先生と三神先生——担任と副担任の名が明記された下に、生徒の氏名がずらりと並んでいる。

「榊原恒一」というぼくの氏名は、二ページめの最下段に手書きで加えられていた。時期遅れの転入生だから、だ。そして——。

桜木《さくらぎ》ゆかりと高林郁夫《たかばやしいくお》、この二人の名の左横には、赤ペンで×印が付けられている。氏名および連絡先が記されたそれぞれの列の、右側の余白には、桜木のほうは「5月26日、校内で事故死」「同日に母・三枝子《みえこ》、交通事故死」という、高林のほうは「6月6日、病死」という書き込みがある。さらにもう一つ、水野猛《たける》の列の右側余白には、「6月3日、姉・沙苗《さなえ》が職場で事故死」と書き込まれていた。

「とりあえず、そうだな、おととしの名簿を見てくれるかな」

昨年度は〈ない年〉だったという。だから一昨年度なんだろう、と察しつつ、云われるままにぼくは、それ——一九九六年度の名簿がファイルされたページを開いた。

「もう気がついていると思うが、名簿に並んだ名前のうち、赤で×印を付けてあるのが、その年度に死亡した人間だ。余白に死亡の日付と死に方もメモしてある。家族が死亡した場合についても、同様のメモがあるだろう」

「——はい」

この年の生徒の名前に付けられている×印は、数えてみると四つあった。死んだ家族の名前は三つ。合わせて七人、ということになるが……。

「二枚めのいちばん下の余白に、青いインクで書き込まれた名前があるだろう」

「——あ、はい」

浅倉麻美《あさくらまみ》

そこにはそんな名前があった。

「それが、その年の〈死者〉だった」

と、千曳さんは云った。

かたわらの鳴がぴたりとぼくに身を寄せ、手もとで開いているファイルを覗き込む。息づかいが思いきり間近に感じられて、ぼくは内心、大いに焦った。

「浅倉麻美というその女子生徒が、四月の初めから翌年三月の卒業式まで、クラスにまじっていたわけだ。誰にも彼女がいないはずの〈もう一人〉だと気づかれることなく、ね」

「あの、千曳さん」

ぼくが訊いた。

「この年って、死んだ人の数が七人……ということは、『月に一人以上の人死に』じゃなかったんですね」

「それはね、その年には〈対策〉が講じられたから」

「対策……」

「きみももうよく承知しているはずのおまじないさ。クラスの誰かを〈いないもの〉にしてしまう、という」

「ああ、はい」

「それが功を奏して、年度の前半には一人も死ななかったんだよ。ところが、二学期が始まって少ししたころだったか、思わぬ事態が発生した」

「といいますと?」

「〈いないもの〉の役割を引き受けていた生徒が、その重圧や疎外感に耐えきれなくなって〈決めごと〉を破ってしまったのさ。自分は〈いないもの〉じゃない、自分はここにいる、みんな認めろ、〈いるもの〉として扱え……というふうにアピールしはじめてね、どうにも手に負えなくなってしまって」

「その結果、〈災厄〉が始まってしまったと?」

「そういうことだったようだ」

鳴の口からかすかな吐息がもれたのを、ぼくは聞き逃さなかった。

その年の〈いないもの〉にされたのが誰だったのかは知らないが、彼（もしくは彼女）が中途で役割を放棄したがために、結果として七人もの関係者が命を落としてしまったのだ。この残酷な事実を、彼（もしくは彼女）はどのように受け止め、どのようにクラスのみんなと、そしてみずからと向き合わなければならなかったか。――想像するとまた、両の腕が少し粟立ってきた。

「さて――」

千曳さんは続けた。

「一九九六年度の〈死者〉は、そこに書き込んである浅倉麻美という生徒だったわけだが、その年のクラス名簿自体には、浅倉麻美の名は記載されていない。彼女はそもそも、さらに三年前——九三年度の三年三組の生徒でね、見てみれば分かるが、その年の〈災厄〉で命を落としている」

ぼくはファイルのページをめくり、一九九三年度の名簿を確かめた。

千曳さんの云ったとおり、確かにそこには浅倉麻美の名前があって、なおかつ赤ペンで×印が付けられている。右側の余白には、「10月9日、病死」という書き込みがあった。

「——というぐあいに、現時点では本来の形で辻褄が合うようになっている。ところが」

千曳さんはカウンターに上体を乗り出してきて、ファイリングノートの端を人差指で軽くはじいた。

「おととしの四月から翌年の三月までのあいだは、これはこんなじゃなかったんだよ」

「こんなじゃなかった？」

「私の記憶にある限りでは、だがね。おととしの四月の時点では、九六年度のこの名簿には、浅倉麻美の名前がクラスの一員としてちゃんと記載されていたはずなんだ。そして、これも私の記憶によればだが、そのとき九三年度の名簿には、彼女の名前は存在しなかった——消えていた、ということになる。もちろん、そこに付けた×印も、彼女の死亡に関する書き込みも」

「みんな消えていた、と？」

「ああ」

千曳さんはにやりともせずに頷いた。

「だからね、その年の〈現象〉が起こっている期間中は、何をどう調べてみても無駄なのさ。クラス名簿だけじゃない。学校にあるもっと別の記録から役所の書類、個人の日記やメモ、写真やビデオ、パソコンのデータに至るまで、あらゆるところで同じような……常識的にはありえないような改竄・改変が発生していて、〈死者〉がひそかにまぎれこんだために生じる矛盾を隠蔽《いんぺい》してしまっている。合わないはずの辻褄が合ってしまっているんだ」

「記録とかそういったモノだけじゃなくて、関係する人間の記憶も、ということでしたね」

「そうだ。おととしの話で云えば、〈観察者〉の立場にある私自身が現に、いるはずのない浅倉麻美がいることについて何の不審も抱けなかった。彼女は、本当は九三年の十月に十四歳で死亡しているが、その事実を誰もが忘れてしまっていたんだ。家族も友人も教師も……みんながだ。

あまつさえ、〈死者〉としてまぎれこんだ彼女が、九六年の時点でもまだ十四歳で、その年に三年生になったのだという偽の現実を、誰もが信じて決して疑わない、疑えない。それに合わせて、彼女を巡る過去の記憶も、全体の辻褄が合うように改変・調整されてしまうわけさ。——で、一年が経ち、卒業式後に〈死者〉が姿を消したところでやっと、すべての記録や記憶が本来の形に戻る。そして、彼女と近しかった者たち——クラスメイトや家族といった関係者たちの心を中心に、〈死者〉として現われていた彼女の記憶が失われて……」

ファイリングノートの名簿に視線を落としたまま、ぼくは返す言葉を失った。「そんな莫迦《ばか》なことが」なんていうせりふは、もはや口にしても意味がない。そう思えた。

「なぜこんなことが起こるのか。さっきも云ったが、理屈はまったく分からない。どんな仕組みで起こるのかも分からない。——ひょっとしたら、名簿の記載事項が増えたり消えたりするような物理的な変化は、現実には起こっていないのかもしれない。そんなふうに考えてみたこともある」

「どういう意味ですか」

と、これは鳴が訊いた。千曳さんは眉間に深い縦じわを寄せながら、

「つまり、問題は関係する人々の——私たちの心の内にのみ生じているのかもしれない、と。実際には起こっていない物理的変化を、私たち全員の心が勝手に『起こっているもの』として捉《とら》えている、という……」

「集団催眠、みたいな?」

「ああ、そう。そのようなものかな。それがこの学校を中心に、夜見山というこの街全体にまで、場合によってはさらに外側の世界にまで及んでいって……とね」

そこまで語って、千曳さんはまたぞろ長い溜息をついた。

「まあこれも、しょせんは長年〈観察者〉を決め込んできた私の、無責任な想像・妄想にすぎない。根拠は何もないし、確かめるすべもない。確かめられたとしても、それでどうなるわけでもない」

「…………」

「…………」

「基本的にはお手上げなのさ」

そう云って千曳さんは、言葉どおり両手を上げてみせた。

「この件についてある程度以上、有用な意味を持つと分かっていることは、これまでのところほとんど一つだけ、と云ってもいい。それがすなわち、きみたちがいま実行している〈対策〉だ。クラスに〈いないもの〉を作る、という〈対策〉。――確か十年前、誰かが思いついて始められた奇妙な対処法だが、それによってうまく〈災厄〉を封じられた年もあれば、おととしのように途中で失敗した年もあった」

「おととしって……」

鳴がふいに、ぼそりと声を落とした。ぴたりとまたぼくに身を寄せて、手もとのファイルを覗き込みながら、

「おととしの三年三組って、三神先生が担任だったんですね」

それを聞いて、ぼくは「えっ」と名簿を見直した。——確かに。そこには担任教師として彼女の名前が印刷されている。

「ああ、ほんとだ」

「何だ。知らなかったのか」

と、千曳さんはいささか意外そうな顔で。右手の中指の先で、生白い額の真ん中を何度も軽く叩きながら云った。

「大変な思いをしたはずだよ、彼女も。なのに今年また、三組の副担任になるとは……」

10

そのあともしばらく、ぼくたちは千曳さんから、この〈現象〉にまつわる話をあれこれ聞かされた。

ぼくにしてみれば、それによって初めて得た情報も多かったのだけれど、鳴のほうは必ずしもそうではなかっただろう。すでに聞いて知っていた事柄も少なくなかったのではないか、と思う。

ぼくが初めて得た情報。——たとえばその一つは、〈災厄〉が及ぶ「範囲」に関する法則だ。これは〈観察者〉をもって自任する千曳さんが、今まで彼が記録してきた事実をもとに導き出したものなのだという。

「〈災厄〉が及ぶのはクラスの成員と、その二親等以内の家族、そこまでが範囲らしい」

と、千曳さんは大真面目に語った。

「二親等以内……つまり両親と祖父母、兄弟まで、ということだね。なおかつ、血縁の有無も条件になる。義父母や義兄弟というような、血のつながりのない縁者については、死亡の例が一つもない。範囲外と見なしてもいいはずだ」

「血のつながり、ですか」

と、これは鳴が呟いた。

血のつながった両親に祖父母、そして兄弟姉妹。——おじやおば、それにいとこは含まれないことになる。

「『範囲』に関してはもう一つ、地理的な範囲の問題がある。さっきも云ったと思うが、これはこの学校、この夜見山という街を中心として起こっている〈現象〉でね、だからどうやら、この街から離れるに従って効力が薄れていくようなんだ」

「遠くに離れてしまえば安全だと？」

「安易な喩えになるが、携帯電話の『圏外』みたいなものだな。別の土地に離れて住む縁者に〈災厄〉が及んだ例は、これまでのところ一件もないし、夜見山に住んでいる人間でも、街の外で死亡した例はごくわずかしかないんだ。だから……」

いざとなれば夜見山から逃げ出してしまえばいい、という話になるんだろうか。

「あの……一つお訊きしていいですか」

ふと思い出して、ぼくは質問してみた。

「あのですね、修学旅行で昔、何かあったとかいうことは？」

すると案の定、千曳さんは憂鬱《ゆううつ》そうに眉根を寄せて、こう答えたのだ。

「八七年の惨事」

「――はい？」

「一九八七年度の修学旅行のさい、大変な事故があったんだよ。当時、修学旅行は三年生の一学期に実施されていたんだが、行く先が他県、つまり『圏外』だから、旅行先で三組の生徒が〈災厄〉に見舞われるようなことはまずなかったんだな。ところが――」

千曳さんはさらに強く眉根を寄せ、心なしか苦しげな声で語った。

「この年は、クラス別に生徒たちが分乗したバスが夜見山を出発して空港へ向かう、その途中で事故が起こった。国道の、街を出るか出ないかといったあたりで、三組の生徒が乗ったバスに、対向車線から居眠り運転のトラックが突っ込んできて……」

ぼくは暗澹《あんたん》たる心地で目を見張り、かたわらの鳴の反応を窺う。彼女はまったく表情を変えずにいた。これについてはとうに知っていたんだろう。

「この悲惨な事故で、同乗していた担任教師と三組の生徒が六人、計七人が死亡した。事故の巻き添えを喰《く》った後続のバスでも、何人かの死傷者が出た」

「それで……だから、次の年から修学旅行は、二年生のうちに済ませることになった？」

「そのとおりだ」

千曳さんは眉根を寄せたまま頷いた。

「修学旅行だけじゃない。社会見学だの何だの、学年単位でバスに乗って校外へ出ていくような行事はすべて、あの惨事以来、三年生では実施されなくなったんだよ」

六限目終了のひびわれたチャイムが、そのとき鳴りはじめた。

千曳さんは壁の時計を一瞥《いちべつ》すると、カウンターの向こうの椅子にぐったりと腰を落とした。眼鏡を外してまたハンカチでレンズを拭きながら、

「きょうはこの辺で切り上げようか。調子に乗って長々と喋《しゃべ》りすぎたね」

「いえ……でもあの、もう少し」

「何かな、榊原くん」

「ええとその、〈対策〉の効果について、お訊きしたいんです」

ぼくはカウンターに両肘をついて、司書の生白い顔を見すえた。

「クラスの誰かを〈いないもの〉にするこの〈対策〉が始められたのは十年前、という話ですけど、あの……成功率はこれまで、どのくらいだったんでしょうか」

「なるほど。切実な問題だものね、それは」

千曳さんは椅子の背にもたれかかって目を閉じ、深い呼吸を一つする。そして同じ姿勢のまま、目を閉じたままで答えた。

「八八年度――最初の年は成功、だった。四月から〈死者〉がクラスにまじったのは確かだったらしいが、人死にはまったく出なかった。『八七年の惨事』の翌年だっただけに、みんなそれこそ藁《わら》にもすがる思いで、新たな試みに取り組んだんだろう。いずれにせよ、これをきっかけに、〈ある年〉にはこの〈対策〉を講じるべし、という申し送りがなされるようになったわけだ。――で。

その翌年度から現在まで……今年度を除けば、全部で五回の〈ある年〉があったんだが。さっきも話したように、おととしは途中で失敗した。あとの四回のうち、二回は成功、二回は失敗、だったかな」

「失敗っていうのはやっぱり、〈いないもの〉にされた生徒が役割を放棄して？」

「いや。必ずしもそうじゃなくてね」

答えて、千曳さんは目を開いた。

「この〈対策〉を巡っては、たとえば〈いないもの〉を〈いないもの〉として扱うのは学校の中だけでいい、校外であれば接触しても大丈夫だとか、校外であっても学校活動に含まれる時間はだめだとか、そんな取り決めというか指針が、いくつかある。ところが困ったことに、そのどれもが絶対的に正しいというわけじゃないようなんだな。だからつまり、何がどう間違っていて失敗を招いたのか、はっきりしていないという……」

「……そんな」

「そんなものなんだよ、実情は」

千曳さんは憮然《ぶぜん》と云って、眼鏡のブリッジを押し上げた。

「いろんなアナロジーで考えてみたよ、今までさんざん。まずね、これはいわゆる『呪い』じゃない、とは思うわけだ。二十六年前の岬くんの一件がそもそものきっかけとなったのは確かだが、彼の悪霊なり怨念《おんねん》なりが元凶としてあって、その働きかけによって災いが降りかかるわけではない。まぎれこんだ〈死者〉が手を下して、あるいはその意志によって人が死ぬわけでもない。

何者かの悪意や害意はどこにもないんだ。どこにもない。もしもあるとすれば、降りかかった災いそのものに対して人間が感じる、見えざるものの悪意——なんだろうが、これはどんな自然災害についても同じだしね。

ただ単に、それは起こるんだよ。だから『呪い』じゃないと。だから『現象』だと。台風や地震なんかと同じ自然現象、ただし超自然的な」

「超自然的な、自然現象……」

「『超自然現象』とは云ってしまいたくない気持ちを汲《く》んでほしいところなんだが。これを防ぐための〈対策〉についても、理屈は似ていると思うんだな。たとえば——」

と、千曳さんは窓のほうを見やって、

「雨が降っている。雨に濡《ぬ》れないようにするためには、まず外へ出ないこと。それでも外へ出る場合、私たちは対策として傘を差すね。しかし、いくら傘を差しても、完全に身体が濡れないようにするのはむずかしい。たとえ雨の降り方が一定だったとしても、傘の差し方や歩き方のかげんで、ひどく濡れてしまうこともありうる。だがそれでも、差さないよりは差したほうが遥《はる》かにましだろう」

どうだ？　というふうに、千曳さんはぼくたちのほうへ目を戻す。ぼくが応じあぐねていると、かたわらで鳴が静かに云った。

「干ばつと雨乞《あまご》いにも喩えられますね」

「ほう」

「干ばつに見舞われる。雨乞いのためにいくら踊りを踊ってみても無意味だけれど、たとえば火を焚《た》いて空に煙を送るという行為は、原理的には有効ですよね。でも、それが大気に作用して雨が降ることもあれば、降らないこともある」

「ふん。まあまあだね」

「あの、じゃあ千曳さん」

喩え話はもういいから、という気分で、ぼくは口を挟んだ。

「今年はじゃあ、どうなると？　〈いないもの〉をぼくたち二人に増やして、それで〈災厄〉は止まるんでしょうか」

「正直なところ何とも云えない、と云っただろう。ただ――」

千曳さんはまた眼鏡のブリッジを押し上げながら、

「これまで、いったん始まってしまった〈災厄〉が途中で止まった例はほとんどないんだよ。だから……」

「『ほ、と、ん、ど、な、い』ですか」

と、ぼくは言葉の厳密な意味にこだわってみた。

「まったくなかったわけじゃない、っていうことですね。それは……」

じりりりりりんっ、とこのとき、大昔の電話のベルみたいな音が鳴りはじめたのだ。ぼくの問いかけは無視され、千曳さんは上着のポケットから黒い機械を探り出した。――携帯の着信音、か。

「悪いね。ちょっと……」

云って、千曳さんはそれを耳に当てる。ぼくたちには聞き取れないような低い声で短い受け答えをしたあと、携帯をもとのポケットにしまいながら、

「きょうは時間切れだ。また来ればいい」

「あ、はい」

「ただし、あしたから私は不在だ。少々、野暮《やぼ》用があってね、しばらく街を離れることに

なるんだが。遅くとも来月の初めには戻れる予定だから」

そう告げる千曳さんは、何だかとても疲れたような顔をしている。

のろり、と彼は椅子から立ち上がり、ぼくの手もとにあった黒いファイリングノートに手を伸ばした。――のだが、そこでぼくは、はっとそれを思い出したのだった。

「あの、すみません」

ぼくは慌てて云った。

「もう一つだけ今、確かめさせてほしいことが」

「うん?」

「十五年前のことです。十五年前――一九八三年度は〈ある年〉だったんですか、それとも〈ない年〉だったんですか」

「八三年?」

「この中に、その年度の名簿もあるんですよね。だったら……」

ぼくがファイルのページをめくろうとすると、千曳さんは低く片手を挙げて、

「いや、榊原くん。それには及ばない」

と制した。

「憶《おぼ》えているから。私が司書の職に逃げ込んで四年め……〈ある年〉だったよ、八三年は。あの年の三年三組は……」

ぼくはたまらず、「ああ」と呻《うめ》くような声をもらしていた。

「そうだったんですか。まさかとは思っていたけど……ああ」

「どうしたのかな。その年が何か……はは《い》あ」

と、ここに至って千曳さんも、それに気がついたようだった。

「そうか。怜子くんの年か」

「——ええ」

一九八三年度は、いま二十九歳の怜子さんが中学三年だった年。夜見北の三年三組の一員だった年。そして……。

「理津子くん——きみのお母さんが亡くなったのも、その年だったと」

千曳さんの表情に、新たな翳《かげ》りが滲《にじ》んだ。

「それは……ひょっとして、この街で？」

「ぼくを産むために夜見山の実家に帰ってきていて、出産後もしばらくはそのまま実家に……ですから」

「この街で亡くなった、のか」

千曳さんは口惜《くちお》しそうに呟いた。

「当時の私には、そこまで把握できていなかったわけだ。——そうか。そうだったのか」

そうだ。そうだったのだ。

十五年前の、ぼくの母、理津子の死。

産後の肥立ちが悪かったところへ夏風邪をひいてこじらせて……と、これまで聞かされてきた彼女の死だけれど、それも実は、夜見北の三年三組にまつわる〈現象〉がもたらした〈災厄〉の一つだったのかもしれない。——いや、「かもしれない」ではない。きっとそうだったに違いない。

単なる偶然の巡り合わせで……という可能性も、可能性としてはあるだろう。だが、そのように考える心の余裕はどうしても、このときのぼくには持てなかったのだ。

Chapter 11

July I

1

六月の残りは何ごともなく過ぎ去り、七月が来た。

月が変わったとたん、新たな災いがクラスに降りかかるような展開は幸いにもなくて、だから鳴とぼく——〈いないもの〉二人の奇妙な学校生活も、基本的には同じような調子で続いたのだ。ぼくにしてみればもはや、当初感じたほどには居心地が悪くもない、けれどもいつ崩れるか分からない危うさを含み持った平和と静けさのうちに。

千曳さんは本人の弁どおり、あの次の日からしばらく休みを取ったらしく、六月いっぱい姿を見かけることがなかった。代わりの人員がいないのだろうか、0号館の第二図書室はずっと閉まったままで……。

どんな「野暮用《やぼよう》」があって千曳さんが街を離れたのかは、のちになって知る機会があった。何でも千曳さんには長らく別居中の奥さんと子供がいて、彼女らは奥さんの生まれ故郷の札幌に住んでいて……で、その奥さんに呼ばれて北海道まで行ってきたらしいのだ。

それ以上詳しい事情は分からないが、何となく想像してみることはある。ひょっとしたら家族の別居は、千曳さんが夜見北にとどまって「観察」を続けているこの〈現象〉のせいなんじゃないか、と。夫婦の不仲が原因なのではなく、万が一にも奥さんや子供が〈災厄〉に巻き込まれないようにするため、彼女らを遠く離れた「圏外」に住まわせることにしたんじゃないだろうか、などと。

それはさておき——。

この間、期せずして判明した事実がまず一つ、あった。これをぼくは、鳴からの報告という形で知らされたのだった。

「きのうね、先輩がギャラリーに来たの。立花《たちばな》さんっていって、美術部の女子の先輩。おととしの卒業生なの、しかも元三年三組の。人形が好きで、前からときどきギャラリーには来てくれてて。でも、会うのは久しぶりだった」

そういう先輩がいたとは初耳だった。ちょっとしたぼくの驚きをよそに、鳴はこう続けた。

「何でも立花さん、今年の事情を噂に聞いたみたいで、それで……」

「心配して会いにきてくれたわけ？」

訊《き》くと、鳴は微妙に首を傾げながら、

「本当はかかわりあいになりたくないと思いながら、気になってつい……っていう感じ」

と、冷静な見解を述べた。

「噂の出どころはたぶん、望月くんあたりじゃないかな。わたしが今年の〈いないもの〉だってことも知ってるふうだったし。だけど、特に何かアドバイスをしてくれるでもなくて、話をしてても何だかびくびくした様子で……だからね、わたしのほうからいくつか、踏み込んで質問してみたの」

一つは、一昨年の三年三組にまぎれこんだ〈もう一人〉＝〈死者〉についての質問。千曳さんのファイルで知った「浅倉麻美」の名を出して、鳴はその先輩に尋ねてみたのだという。「憶《おぼ》えてますか、そういう人がいたこと」と。

結果は基本、千曳さんが語っていたとおりだった。「憶えてないの」と彼女は答え、「けど、そんな名前の女子だったらしいっていう話は、あとになってちらっと耳に……」と不安げに付け加えた。〈死者〉の正体を巡る記憶の消滅が、元三年三組の彼女にはやはり起こっている、というわけだ。

もう一つは、一昨年の三年三組で〈いないもの〉にされた生徒についての質問。

「どういう人だったんですか」と、鳴は単刀直入に訊いてみたのだという。「途中でその人が〈決めごと〉を破ったために、〈災厄〉が始まってしまったんですよね。それでその人自身は、どうなったんですか」と。

「佐久間《さくま》さんっていう男子だったんだって、おとなしの人。もともとあまり目立たない、おとなしい生徒だったそうね」

鳴はいつものように淡々と、立花という先輩から訊き出したその事実をぼくに伝えた。

「その佐久間さんが〈いないもの〉の役割を放棄したのが、二学期に入って少ししたころ。そしたら、十月の初めにはもう〈災厄〉が始まってしまったらしくて。十一月も十二月も誰かが死んで……で、佐久間さんっていう彼はね、お正月明けに自殺しちゃったって」

「自殺……ああ」

「それ以上の話は聞けなかったんだけれど、もしかしたら彼自身が九六年度の〈一月の死者〉になったのかも……」

梅雨の晴れ間の昼下がり、夜見山川の河川敷に二人で降りて、涼やかな川の流れを眺めながらの会話だった。午後の授業をサボって、どちらが云いだすともなくぼくたちは校外に抜け出してきていた。

六限目もそろそろ終わろうかというころになって、二人して裏門から校内に戻った。するとそのとき、「こらっ！」という怒声が飛んできた。

体育の宮本《みやもと》先生だな、とぼくはすぐに察知したが、向こうは遠目にぼくたちの姿を見つけ、普通の生徒が学校を抜け出してきたものと勘違いしたようで——。

「こらあっ！　この時間におまえら、どこへ行って……」

こちらに駆け寄ってきながらそこまで云ったところで、おや？　というふうに立ち止まり、ぼくたちの顔を見直した。そして、叱りつけようとした言葉の先を呑《の》み込む。

ぼくが無言で軽く頭を下げると、宮本先生はちょっときまりが悪そうにあらぬ方向へと目をやって、

「大変だな、おまえらも」

吐息まじりにそう云った。

「しかしまあ、校外に出るのはあまり感心できんな。ほどほどにしとけよ」

2

そんなこんなの中、ぼくは意を決して、改まって怜子さんに話を聞いてみたのだった。

どうしたものかとさんざん思い悩んだあげく、どうしてもやはり黙っていられなくなって。

それが、確かそう、六月最後の土曜日の夜のことで——。

「あのこれ、このあいだ司書の千曳さんから聞いたんですけど」

夕食のあと、黙って離れへ引き揚げようとする怜子さんを呼び止めて、ぼくはそう切り出したのだ。祖母たちの目はこのさい、気にしていられなかった。

「あの……怜子さんが中三で、三年三組の生徒だった年って、その年も実は〈ある年〉だったそうですね」

「――〈ある年〉？」

それまで、どことなくぼんやりとしてるようにも見えた怜子さんのまなざしに、ぴりっと警戒の色が走った。――ように見えた。

「クラスに誰だか分からない〈もう一人〉が増えて、〈災厄〉が降りかかる年。関係者が毎月、何らかの形で命を落とすっていう……だから『呪われた三組』なんですよね。もちろん怜子さん、分かってますよね」

「ああ……うん。そう」

怜子さんは掠《かす》れた声で答え、右手を拳《こぶし》にして自分の頭を小突いた。

「そうね。――そうだったわね」

怜子さんとこんなふうに話をするのは、ずいぶん久しぶりのことで……当然のようにぼくはとても緊張していたし、それはおそらく彼女のほうも同じだったに違いない。

「――ごめんね、恒一くん。ごめんね」

怜子さんはのろりと首を振り動かした。

「どうしようもなくて、わたし……」

蒼《あお》ざめた怜子さんのその顔に、卒業アルバムに写っていた母の顔がどうしても重なってしまう。微熱を持ったような心のふしぶしの疼《うず》きを、このときは何とか鎮めようと努めながら、

「確かめたいのは、十五年前のことです」

と、ぼくは云った。

「お母さんがぼくを産んで、そのあとこの街で死んじゃったのって……それも、その年の〈災厄〉の一つだったんですか」

そうだとも違うとも答えず、怜子さんはただ、「ごめんね、恒一くん」と繰り返した。前にも一度、怜子さんには十五年前の問題を訊いてみたことがあった。彼女もまた母と同じく、中三のときには三組だったという事実を知った、あのとき。

——そのころから三年三組は、「呪われた三組」みたいに云われてたりも？

あのときのぼくの問いかけを、怜子さんは「十五年も前のことだからね。忘れちゃったわ」と受け流したのだったが。

あれはわざととぼけていたのか、それとも本当に「十五年も前のこと」の記憶が曖昧《あいまい》になっていたのか。——普通に考えれば前者だけれど、後者の可能性がないとも限らない。千曳さんの説明にあったとおり、この〈現象〉に関する人々の記憶の保存状態はおおむね、

決して良好とは云えない。なおかつ、人によって相当にばらつきがあるみたいだから。

「どうなんですか、怜子さん」

それでもぼくは問わずにはいられなかった。

「どう思うんですか、怜子さんは」

「――分からない」

「ちょっと恒一ちゃん、何をいきなり、そんな……」

やりとりを耳にとめた祖母が、食卓をかたづける手を止めて目を丸くした。

おばあちゃんはたぶん知らないんだろうな――と、このときぼくは思った。仮に過去、多少なりとも事情を知らされたことがあったとしても、きっともう、それを巡る記憶は曖昧になっていて……。

「可哀想になあ」

ずっと黙りこくっていた祖父が突然、口を開いた。痩《や》せこけた肩を震わせ、なかば咽《むせ》ぶように喉《のど》を詰まらせながら、

「理津子はなあ、可哀想に。可哀想になあ。理津子も、怜子もなあ……」

「ああもう、だめですよぉ、おじいさん」

祖母が慌てて祖父のそばに駆けた。背中をさすってやって、駄々をこねる子供をあやす口調でなだめすかす。

「だめですよぉ、そんなふうに思っちゃあ。さあさあ、もうあっちへ行って休みましょうね。ねえ、おじいさん」

そんな祖母の声に重なってふと、九官鳥のレーちゃんの奇声が聞こえた気がした。「ゲンキ……ゲンキ、だしてネ」と。

祖母が祖父の手を取って立ち上がらせ、そろそろと部屋から出ていったとき、

「――あの年のこと」

怜子さんが、おもむろに云いだした。

「理津子姉さんの件については、本当にどうだか分からないの。でも……ただね、あの年はそう、途中で止まったような気が」

「止まった？」

ぼくは驚いてその言葉を確かめた。

「止まったってそれ、その年の〈災厄〉が、ですか」

「――ええ」

心もとなげに頷《うなず》いて、怜子さんはまた頭を小突く。

いったん始まってしまった〈災厄〉が途中で止まった例はほとんどない。千曳さんがそう云ったのに対して、あのときぼくがとっさに抱いた疑問。「ほとんどない」が「まったくなかったわけじゃない」と同義だとしたら、「途中で止まった例」もあるにはあるわけ

なのか、という——。

その稀少《きしょう》な例が、もしかして十五年前の、怜子さんが中三だった年に……?

「なぜなんですか」

ぼくは興奮を抑えられず、語気を強めた。

「何が理由で、その年は〈災厄〉が止まったんですか。ね、怜子さん」

彼女の答えはしかし、はかばかしいものではなかった。

「——だめ。何だかぼうっとしちゃって、うまく思い出せない」

さらに幾度も頭を小突き、のろのろと首を振りつづけながら、

「ああ……でもね、でも確かあの年の夏休み、何かが……」

結局のところこの夜、怜子さんの口から聞けたのはそこまでだった。

3

御先町《みさきちょう》の〈夜見のたそがれの、うつろなる蒼き瞳《ひとみ》の。〉には、六月のうちにあと二度、足を運ぶ機会があった。

肺のパンクの予後を診てもらいに市立病院へ行った、その帰りがけにまず、ふらりと一度。

お代を払って人形たちを見て、地下の展示室にも一人で降りてみたのだったが、このときは鳴との遭遇はなし。事前に知らせてもいなかったから、彼女が家にいたのかどうかも分からない。例の老女――「天根《あまね》のおばあちゃん」に云って呼び出してもらうようなまねもせず、霧果さんの新作を何体か見られたことに満足しつつ、小一時間で出た。

ここに来て鳴と会わない、というのも妙な感じだな。――と、あのときはそんなふうにも思ったものだったが。

あと一度は、六月の最終日――三十日火曜の夕刻のこと。学校の帰り、鳴に誘われて立ち寄る流れになって……。

三階の住居のほうには、この日は上がらなかった。霧果さんと会うようなこともなかった。ほかに客の姿もないギャラリー一階のソファでまず、ぼくたちはしばらくの時間を過ごしたのだ。

天根のおばあちゃんがいれてくれたお茶を、このとき初めてごちそうになった。少なくともこれが、缶入りのアイスティーに比べれば遥《はる》かに美味だったのは間違いない。

「あしたから七月ね」

そう云いだしたのは鳴だった。「あしたからがいよいよ正念場」という意味が当然、その言葉には含まれていたはずだった。

ぼくにしても重々それは承知していたけれど、そこではわざと応《こた》えをはぐらかした。

「来週にはもう期末試験があるけど……大丈夫？」

するとは、ちょっと拗《す》ねたように唇を尖《とが》らせて、

「それってたぶん、〈いないもの〉が気にするべき問題じゃないでしょ」

「確かにまあ……」

「そのうち一回、榊原くんち、行ってみたいな」

と、今度は唐突にそんなことを云いだされて、ぼくはとっさの反応に困った。

「って、ええとあの、それは東京のぼくの家に？」

「ううん、夜見山の」

小さくかぶりを振りながら、鳴は右の目を涼しげに細め、

「古池町《ふるちちょう》の、お母さんの実家のほう」

「ふうん。――どうして？」

「――何となく」

そのあと少しして、鳴に先導されて地下に降りた。館内に流れつづけていたのは、仄暗《ほのぐら》い絃楽の調べ。五月に初めてこのギャラリーを訪れたときに流れていたのと、おそらく同じ曲なんだろうと思えた。

相変わらずひんやりと冷気の澱《よど》んだ、穴蔵めいた空間。そこかしこに配置された人形たち、そのさまざまなパーツ。……彼ら彼女らの代わりに自分が呼吸をしなければ、という

ふうなあの感覚には、この日はさほど強く囚《とら》われなかった気がする。さすがに慣れてきたんだろうか。

いちばん奥の正面、暗赤色のカーテンを背に立てられた黒い六角形の棺《ひつぎ》の前まで進むと、鳴は静かにこちらを振り返った。棺の中に納められた例の、彼女にそっくりの人形を、みずからの身体でぼくの視野から隠すようにして立ち、そうして——。

左目の眼帯にやおら、指をかけたのだ。

「前にも一度、ここでこれ、外してみせたっけ」

「あ……うん」

あのとき目の当たりにした、眼帯の下の彼女の左目。——むろん、ぼくははっきりと憶えていた。

うつろなる、蒼き瞳の。

人形の眼窩《がんか》に埋め込まれているのと同じ、無機的な光を宿した蒼い瞳の目が、そこにはあったのだったが……。

……何で？

今また急に、何で……。

ぼくの困惑などおかまいなしに、鳴は眼帯を取り去り、それから右の掌を顔の右半分に当てて、普段とは逆に右目を覆い隠してしまう。あらわになった左の蒼い瞳だけが、そしてまっすぐぼくに向けられた。

「わたしの左目がなくなったのは、四歳のとき」

鳴の唇が震え、淡い色の声が響いた。

「かすかに憶えてる、そのときのこと。——眼球に悪い腫瘍《しゅよう》ができて、手術で摘出しなきゃならなくて……ある日、眠りから覚めたら左目が空っぽになってたの」

ぼくは何も云えずに、じっと彼女の顔を見つめて立ち尽くすばかりで——。

「空っぽになったのを埋めるのに、最初はいくつか普通の義眼を試してみたんだって。だけどね、どれも可愛くないからって……それでお母さんが、特別な目を作ってくれたの。特別なこの、〈人形の目〉」

……うつろなる、蒼き瞳の。

「隠さなくてもいいのに」

と、思わずそのとき、そんな言葉が口を衝《つ》いて出た。

「眼帯なんかしなくても、見崎のその目、きれいだと思うけどな」

云ってしまってから自分自身、びっくりするやらどぎまぎするやらで、同時に心臓が高鳴ってもきた。こちらを向いて立つ鳴の表情は、右目を隠した右手のせいでうまく読み取れない。

——わたしの左目は〈人形の目〉なの。

初めてこの場所で鳴と遭遇したときの、彼女のあのせりふが耳によみがえってきて、

――見えなくていいものが見えたりするから、普段は隠してる。

ぼくはふと、妖《あや》しい胸騒ぎに囚われた。

さっぱり意味が分からない、とあのときは途方に暮れたぼくだったけれど……今はどうだろうか。――少しはあのときとは違う。そういう気もする。

見えなくていいものが、見えたりする。

見えなくていいものが……。

いったい何が見えるの、と訊きたい気持ちを、しかしここで、ぼくはやんわりと抑え込んだのだった。いずれそれを訊かなければならないときが来るかもしれない――と、そんな予感を漠然と抱きつつ。

「あとで聞いた話なんだけどね、目の手術のときにわたし、死にかけたらしいの」

右目を掌で覆ったまま、鳴が云った。

「そのときのことも、実は何となく心に残っていたりするんだけれど。――信じる？」

「ええとそれ、いわゆる臨死体験の記憶、みたいな？」

「四歳の子供が病床で見た、単なる悪夢。べつにそう受け取ってくれてもいいよ」

と云いながらも、鳴の口ぶりはいつになく真剣だった。

「〝死〟はね、たぶん優しくなんかない。『安らかな死』なんてふうによく云われるけれど、

そんなのじゃないの。暗くて——どこまでも暗くて、どこまでも一人っきりなの」

「暗くて、一人きり……」

「そう。でもそれって、生きていても同じだよね。そう思わない？」

「——なのかな」

「とどのつまり、わたしはわたしっていう一人きりだもの。生まれてきたときはともかくとして……生きて、死んでいく存在としてはね。そうでしょ」

「………」

「いくらつながっているように見えても、ほんとは一人きり。わたしもお母さんも……榊原くんもね」

鳴はそして、最後にこんなひと言を付け加えたのだった。

「あの子も——未咲《みさき》もそうだった」

未咲……藤岡《ふじおか》未咲、か。

四月の終わりに市立病院で亡くなったという、鳴のいとこの名前。

病棟のあのエレヴェーターで初めて鳴と会ったときの光景が、不思議な鮮やかさをもってぼくの脳裡《のうり》を流れすぎた。まるでつい昨日の出来事のように。

4

こうして六月は終わり、七月が来たのだった。

月が変わったとたん、新たな災いがクラスに降りかかるような展開は幸いにもなかったけれど、教室の空気に染み込んだ緊張の度合は、明らかにはねあがったと思う。——当然といえば当然、だった。

六月にはすでに、水野さんと高林、二人の関係者が命を落としていたのだ。月が変わって、この七月中に新たな人死にが出るかどうか。——ここが云ってみれば、〈いないもの〉を二人に増やすという前例のない〈対策〉の効果を占う、まさに正念場となるわけだから。

それでももしかし——。

鳴とぼくの奇妙な学校生活は、少なくとも見かけ上は何ら変わることなく続いたのだった。

いつ崩れるか分からない危うさを含み持った、それでいてやはり、ほかでは決して望むべくもない静けさと平和のうちに。ぼくたちたった二人だけの孤独、そして自由を、その冷たい掌《たなごころ》の上にのせて——。

七月の二週めには、期末試験の日程が組まれていた。六日から八日の三日間で、全九教科。生徒たちの出来不出来を単純に順位づけするための、定例の儀式。退屈な、そして憂鬱《ゆううつ》な……。

これを心底「憂鬱な」と感じるのは、けれども初めての経験だった気がする。〈いないもの〉の一人であるぼくにしてみれば、この場合は大いに開き直って、むしろ思いきり気楽に構えてもいいような話なのに。

原因は分かっている。それはつまり——。

五月の中間試験のときのあの出来事を、いやでも思い出してしまうからだ。試験最終日に起こったあの、桜木ゆかりの悲惨な事故を。あのとき目撃してしまった恐ろしいその現場を。

あの日の忌まわしい記憶を、鳴もまた多かれ少なかれ引きずっているのだろう。はやばやと答案を提出して教室を出ていくようなまねを、彼女は今回ほとんどしなかった。ぼくも彼女に同じ、だった。

新たな〈対策〉が功を奏するか否か。

それを考えると、鳴とぼくの学校での行動はおのずと、これまでよりも慎重なものにならざるをえなかった。ぼくたちはできるだけの注意を払って、自分たちの存在をクラスから消すように努め、クラスのみんなはみんなで、これまで以上に徹底してぼくたちを〈いないもの〉として無視しつづけた。

日を追うごとに膨らんでくる不安の大きさもまた、当然ながら六月と七月とでは比ぶべくもなかった。同時に、その不安が大きくなればなるほど、このまま何ごともなくこの月が過ぎ去ってくれれば、という願いも強くなった。これらはきっと、クラスの誰もが共通に抱く想いだったに違いない。

しかしながら「願い」というのは、ややもすると根拠のない「希望的観測」にすりかわってしまいがちなものでもあって――。

日を追うごとに膨らむ不安、切迫感、さらには焦燥感。そんな中でも、いや、そんな中でだからこそだろうか、ときとしてぼくは、わけもなく楽観的な気分になったりもした。

この静けさと平和。

このぼくたち二人きりの、孤独と自由。

続いてほしいと望みさえすれば、きっとこれはこのままずっと続くのだ、続くに違いないのだ、と。このままずっと……そうだ、来年の三月に卒業式を迎えるまでのあと九ヵ月、このままずっと変わることなく。

……けれど。

そんな夢想がたやすく叶《かな》うほど、ぼくたちが呑み込まれている〝世界〟の現実は甘くはなかったのだ。

期末試験がぶじ終わって、夏休みまで残り約一週間というところまで日付が進んだ、七月三週めのその日——。

六月六日の高林の死からこっち、一ヵ月余りのあいだかろうじて保たれてきたクラスの平穏は、そこで脆《もろ》くも崩れ去ってしまうことになったのだった。

5

七月十三日、月曜日。

自分が〈いないもの〉になって以来、朝のSHR《ショートホームルーム》には九割がた出ていない。一限目が始まるぎりぎり前に滑り込む場合がほとんどで、これは鳴も同じで——。

ところがこの日の朝は、べつに示し合わせたわけでもないのに、ぼくたちは二人とも、何となく早い時間から教室にいたのだ。もちろんクラスの誰とも口をきかず、目を合わすことさえなく。

ぼくは久しぶりに気が向いて読みはじめた文庫本を、膝《ひざ》の上で開いていた。未読だったキングの短編集（ちなみに、このとき読んでいた収録作は「人間圧搾機」という怪作）。——生々しい〝死〟との接近遭遇から一ヵ月以上が経って、この手の小説を現実とは切り離して楽しむ心の余裕が、少しは戻ってきていた。その点については、われながらしたたかなやつだな、と思ったりもしつつ……。

前日、この地方の梅雨明けが宣言されたばかりだった。

朝からひと筋の雲もない好天。本格的な夏の到来をアピールするような強い陽射し。開け放たれた教室の窓から吹き込む風は、先週よりもからっとしていて遥かに気持ちいい。

校庭側の窓ぎわ、いちばん後ろの例の席についている鳴の様子を窺《うかが》うと、射し込んでくる外光のかげんで、その姿が輪郭も定かでないような「影」に見えた。五月に初めてこの教室に来たあのときと同じように……だが、彼女はそう、影なんかじゃない。実体としてちゃんとそこにいるのだ。——あれからもう二ヵ月余り、か。

本鈴からちょっと遅れて教室の前の戸が開き、担任の久保寺先生が入ってきた。いつもと変わらない地味なワイシャツ姿。いつもと変わらない、どこか頼りなげな立ち居ふるまい。いつもと変わらない……と思いながらぼんやり見ていたら、ふと違和感を覚えた。

変わっているところが、いくつかある。

いつもはきちんと締めているネクタイを、今朝は先生、締めていない。いつもSHRのときには出席簿を一冊、持ってくるだけなのに、今朝は先生、黒いボストンバッグを大事そうに抱えて入ってきた。さらには、いつもはきっちり横分けにして固めている髪が、今朝はいやに乱れていて……。

教壇に立ってこちらに向かった久保寺先生は、そう思って観察してみると、どうもやっぱり変だった。まなざしが何だか虚《うつ》ろで……目の前のものを何も見ていない、という感じ。加えて——。

ぼくの席からでも分かるくらい、顔面の半分に断続的な、細かな動きが。まるで痙攣《けいれん》みたいに、ぴりっ、ぴりりっ……と引きつっているのだ。チック、というんだろうか。見るからにある種、病的な、いびつな動き。

そんな担任教師の様子に、ぼく以外の何人が気づき、どこまでの不審を覚えたのかは分からない。全員が席にはついているが、教室にはまだ若干のざわめきが残っている。

「みなさん」

教卓に両手をついて、久保寺先生が口を開いた。

「みなさん、おはようございます」

その挨拶《あいさつ》も、聞いたとたんにやっぱり変だと感じた。顔面と同じように、声が妙に引きつっているのだ。

三神先生は一緒じゃなかった。休みではないはずだけれど、ＳＨＲには必ずしも顔を見せるわけではないから……。

「みなさん」

とまた、久保寺先生が云った。

「きょうは私、みなさんにあやまらなければなりません。今朝この場で、どうしても私はみなさんに……」

その言葉で、教室のざわめきがフェイドアウトした。

「みんなで頑張って、来年の三月には元気で卒業できるように。そう願って私も、せいいっぱい頑張ってきたつもりだったのです。五月から悲しい出来事が起こりはじめましたが、それでも、今からでも何とか……と」

そう語りつづけながらも、久保寺先生の視線は生徒たちを捉《とら》えてはいない。虚ろなまなざしをただ、宙にさまよわせている。——ように見える。

教卓の上に、持ってきたボストンバッグが置かれていた。語りつづけながら先生は、カバンの口を開け、右手を中に差し入れた。

「このさきのことはもう、みなさんの問題です」

教科書の例文を読み上げるような調子。それ自体はいつもとさほど変わらない。変わらないが、しかし……。

「いったん始まってしまった以上、どうあがいても無駄なのか、あるいは何か止めるすべがあるのか。——私には分かりません。分からない。分かるはずがない。というか、そんな話はもはやどうでもいいと私は……ああいや、ですが私はやはり、このクラスの担任教師としてやはり、みんなが力を合わせて、決して挫《くじ》けることなく苦難を乗り越えて、来年の三月にはぶじ卒業をと、この期に及んでもやはり私は、私はやはり私は……」

いつもとさほど変わらない調子。

それがこのあたりから怪しくなってきて、声も聞き取りにくくなってきて……と思うまもないような急変が、そこで起こった。先生の口から発せられる言葉が突然、激しく崩れたのだ。壊れてしまったのだ。――そうとでも云うしかない。

「あがぅ」だか「ぐげぁ」だか「うぎぇ」だか何だか……文字にするといかにも漫画じみて見えるけれど、いきなりそんな、まともな人間が発するとは思えないような奇声が発せられた。意味を摑《つか》めずにみんなが呆気《あっけ》にとられる中――。

教卓の上のバッグから、先生はおもむろに右手をひっぱりだしたのだ。

およそ中学の教室にはふさわしくない代物が、その手には握られていた。

何か……銀色の鋭い刃を備えたもの。大ぶりなナイフか包丁か、そのような。――ぼくの席からでも、はっきりと見て取れた。

起こっていることの意味を、それでもまだぼくたちは摑みあぐねていた。あんなおかしな声を上げて、あんなものを取り出して、いったい先生は何を……。

けれどもほんの二、三秒後には、クラスの全員がいやでもその答えを思い知らされることとなる。

久保寺先生は右手を前方に突き出した。刃物の柄を握りしめたまま、肘《ひじ》を内側に曲げた。

刃の側を自分自身に向けて。口からは「言葉」の体をなさない奇声がほとばしりつづけていた。そして――。

騒然としはじめたみんなの前で、先生はひときわ激しい奇声を発しつつ、刃物をみずからの首に押し当てたのだった。

奇声が叫び声に変じた。

ざわめきが悲鳴の群れに変じた。

喉の前面が真一文字に深く切り裂かれ、鮮血が噴き出した。瞬間、たちの悪い冗談かと思いたくなるような、すさまじい勢いの噴出だった。教壇に近い席の生徒たちは、もろにそれを浴びるはめになった。椅子を倒して逃げ出す者もいれば、凍りついたように身動きできない者もいた。

血管もろともに気管まで切り裂いたせいだろう、先生の叫び声はすぐに「声」の形を失い、びゃうびゃうという「音」に変じた。刃物を握った手だけではなく、シャツも顔もみずからの血で真っ赤に染まっていた。

そんなありさまなのに先生は、左手を教卓について身体を支え、なおその場に立ったままでいる。血だらけの顔面の中、虚ろに見開かれた双眸《そうぼう》――。

ふとそれがある種の色を宿して、ぼくのほうを睨《にら》みつけた気がした。ある種の……ああ、まるでこれは憎しみのような。

それもしかし、一瞬のことだった。

先生はふたたび右手を持ち上げ、血にまみれた刃物をみずからの首に当てて、さらに深々と切り裂いたのだ。

とめどもなく噴き出す鮮血。

頸部《けいぶ》の前半分がほぼ肉を断たれた形になり、頭ががくん、と後方に倒れた。ぱくりと割れた喉の傷が、何やら得体の知れない生き物が開いた大口みたいだった。それでもなお、先生は右手の刃物を取り落とすことなく、のたのたと身を動かしつづけていたが……やがて。

倒れた。

教壇から転げ落ちるようにして。

そして、動かなくなった。

あまりのことに、教室は完全に静まり返ってしまった。まもなくそのバランスが崩壊し、生徒たちのさまざまな声が堰《せき》を切ったように溢《あふ》れはじめた時点で、ぼくはわれ知らず席を立ち、倒れた先生の姿がよく見える位置まで進み出ていた。

最前列の一席に風見智彦《かざみともひこ》がいて、がたがたと音が聞こえてきそうなくらい震えていた。眼鏡のレンズが血しぶきで汚れていたが、それを拭《ふ》こうともせず、椅子から立つこともできずにいる。そんな風見のそばには、椅子から立ちはしたものの、そのまま床にへたりこんでしまっている女子がいた。机に突っ伏して頭を抱え込みながら、ものすごい金切り声を上げつづけている女子もいる。四つん這《ば》いになって、げえげえと喉を鳴らしている男子も……。

……そのとき。

前方右手の出入口の戸が勢いよく開き、教室に駆け込んできた人物が。

何でこの人が？　と、ぼくは驚きを禁じえなかった。相変わらずの黒ずくめにぼさぼさの髪……司書の千曳さんだったのだ。

「みんな、出なさい」

血まみれで倒れ伏した久保寺先生の姿を認めるや、きっと千曳さんはすでに手遅れだと判断したのだろう、そのそばに駆け寄ることはせず、

「とにかく外へ出て！　さあ、早く！」

大声で生徒たちに命じた。それから入ってきた戸のほうを振り返り、「三神先生」と呼びかける。見ると、外の廊下に彼女がいて、怯《おび》えきった顔でこちらを覗《のぞ》き込んでいた。

「先生！　大至急、警察と救急を呼んでください。お願いします」

「は、はいっ」

「怪我をした者は？」

教室を出ていく生徒たちに向かって、千曳さんは問いかけた。

「――いないようだね。気分が悪い者、悪くなってきた者は、我慢しないで云うように。その場合はすぐに保健室へ……いいね」

千曳さんの視線が、続いてぼくの姿を捉えた。

「ああ、榊原くん。きみは……」

「大丈夫、です」

ぼくはみぞおちに力を込め、頷いてみせた。

「大丈夫ですから」

「行こ、榊原くん」

と、これはいきなり背後から投げかけられた声。鳴だ、と即座に分かった。

振り向いて目にした彼女の顔色は、普段以上に蒼白くて……突然のこの出来事にショックを受けていないはずは、むろんない。ないはずだが――。

倒れ伏したきり、もはや微動だにしない久保寺先生の身体。それを見下ろす彼女のまなざしはどことなく、〈夜見のたそがれの……。〉に陳列された人形たちを見るまなざしにも似ていて……。

「……だめだったみたいね」

と、鳴は囁《ささや》き声で云った。

「〈いないもの〉を二人に増やしてみても、やっぱり」

「——分からない」

「きみたちも、さあ」

千曳さんにやんわりと促され、二人して教室から出たところで、先に廊下に出ていた生徒の幾人かと目が合った。そこには、桜木ゆかり亡きあとの女子のクラス委員長、赤沢泉《いず》美《み》とその取り巻き連中もいて——。

彼女たちは文字どおり顔面蒼白《そうはく》になりながらも、一様にぼくを、そして鳴を、鋭く睨みつけた。言葉はなかった。——が。

いい、いい、いい、
あんたたちのせいよ。

そんな声が、今にも投げつけられてきそうな気がした。

6

この日の朝、久保寺先生はずっと挙動が怪しかったのだという。

職員室でも終始、口をつぐんだままで、誰が挨拶をしてもまったく反応しない。何かひどく思いつめているような顔に見えたとか、魂が抜けたような顔にも見えたとか……。

千曳さんはそんな久保寺先生と、登校時の路上でたまたま遭遇したらしい。そこで二人は若干の言葉を交わしたのだが、そのときの様子がいかにも変——というか、危うげだったそうなのだ。

心底つらそうに「もう疲れた」「疲れました」と繰り返したり、「どうしたらいいのか分からない」と弱々しく訴えたり……。

「あなたなら分かってくれますよね」とも云われたのだという。千曳さんがかつて夜見北の社会科教師で、三年三組の担任を務めた経験もあって、ということは久保寺先生も承知していたのだ。別れぎわにはそして、先生は聞き取れるか聞き取れないかの小声で、千曳さんにこう告げた。「あとはよろしくお願いします」と。

あれが気にかかって仕方なかったから——と、のちに千曳さんは説明してくれた。

だからあのSHR《ショートホームルーム》の時間、様子を窺いにC号館の三階まで行ってみたのだという。すると三組の教室から、生徒たちの悲鳴や泣き声が聞こえてきて……と。

警察と救急隊が駆けつけたとき、久保寺先生はとうに息絶えていた。使われた刃物は、先生が自宅から持ち出してきた肉切り包丁であると分かった。

「警察が先生の自宅を調べにいったところ、大変なことになっていたらしい」

と、これものちに千曳さんが知らせてくれた情報。訊き込みにきた警察官から、逆にいろいろと話を訊き出したんだとか。

「久保寺先生は独身で、ずっと母親と二人暮らしでね、母親はもう高齢で、何でも数年前に脳梗塞《こうそく》をわずらって以来、ほとんど寝たきりの生活が続いていたというんだ。あの先生は自分のプライヴェートをあまり他人に話す人じゃなくて、だからそういった家庭の事情を知っている同僚もほとんどいなかったらしいんだが……。その母親がだね、警察が行ってみたら、寝たきりのベッドの上で亡くなっていたそうなんだよ。しかも——」

枕を顔に押しつけられての窒息死。明らかに他殺。——だったのだという。

死亡したのは十二日日曜の深夜、あるいは十三日月曜の未明。枕を押しつけて彼女を死なせたのは十中八九、久保寺先生その人だったのだろう、との話で……。

「いわゆる介護疲れ、ということなんだろうな。やむにやまれぬ精神状態に追い込まれたあげく、そうやって老母を殺《あや》めてしまって……しかしね、そのあと先生が取るべき行動には、ほかにいくつも選択肢があったはずだ。自首するか、さもなくば事件そのものを隠そうとするか、放り出して逃走してしまうか。——結果として先生は、朝になるのを待って学校の教室まで行って、わざわざみんなの前で自殺するなんていう途《みち》を選んだ。どう思う？　この選択を。常軌を逸した行動、のひと言で済ませられるかな」

「つまり、これもまた例の〈現象〉に含まれる出来事だという？」

と、このときはもはやごく自然に、そんな言葉がぼくの口から出た。

「だから久保寺先生は、何て云うか、普通ならあまり起こりえないような形で……あんなふうにして〝死〟に引き込まれてしまったんだ、と？」

「そういう解釈がこの場合、妥当だろう。証明するすべはむろん、ないがね」

憮然《ぶぜん》と云って、千曳さんはがりがりと蓬髪《ほうはつ》を掻《か》きまわした。

「しかしまあ、そんなこんなの状況を考えると、教室で巻き添えを喰《く》う生徒がいなかったのがまだしも幸いだったな」

場所は第二図書室だった。事件の翌日、火曜日の放課後。鳴も一緒にいたけれど、このとき彼女は基本、ほとんど口を開かずに黙りこくっていた。

「いずれにせよ、だめだったわけですね」

ぼくは声を低くして、今さらながらのせりふを吐いた。

「久保寺先生と、それから範囲内の家族であるそのお母さんもですね、この二人が〈七月の死者〉になってしまったってことなんですよね」

「――ああ」

「〈いないもの〉を二人にするっていう新たな〈対策〉は結局、無駄だった。効果がなかった。始まってしまった〈災厄〉はやっぱり止まらない、止められない、と？」

「ああ。残念ながら……おそらく」

ぼくは暗澹《あんたん》とした気分で、薄暗い室内から窓の外へと視線を逃がした。梅雨明け後の、忌々《いまいま》しいほどに翳《かげ》りのない青空が垣間見えた。

今年の〈災厄〉は、止まっていない。

久保寺先生の首から噴き出したおびただしい血。それが今にも、あの空の色を真っ赤に染め変えていく。——そんなおぞましいイメージが唐突に湧き出してきて、ぼくは思わず強く目を閉じる。

〈災厄〉は止まっていない。

このあともまだまだ、人が死ぬのだ。

Chapter 12

July II

1

いやな夢をしばしば見るようになった。

ディテールはよく憶《おぼ》えていないので、まったく同じ夢なのかどうかは分からない。けれども登場する人物はだいたい共通していて、それは死んだばかりの久保寺先生だったり、五月に階段での転落事故で死んだ桜木ゆかりだったり、六月に病院のエレヴェーター事故で死んだ水野さんだったりした。赤沢泉美や風見智彦ら、まだ生きているクラスメイトたちも幾人か出てきて……。

……久保寺先生は血だらけの顔で、強い憎しみの色を宿した双眸《そうぼう》で、ぼくのほうを睨《にら》みつける。そうして訴えかけるのだ。

おまえのせいだ、と。

桜木は深々と喉《のど》に突き刺さった傘を引き抜きながら、よろよろと身を起こす。そうしてやはり、ぼくに向かって訴える。

あなたのせいよ、と。

水野さんも同じだった。病棟のあのエレヴェーターの扉が開き、その中からずるずると這《は》い出してきて……そうして。

きみのせいね、と。

あんたの、あんたたちのせいよ。——と、これは赤沢の口から投げつけられる、情け容赦のない糾弾。それに追随するように、風見や勅使河原《てしがわら》、望月の口からも、同じような言葉が。

やめて。

やめてくれ。——と叫びたいのに、どうしてもぼくは声が出ない、出せない。

違う。ぼくのせいじゃない。——と否定したいのに、どうしてもぼくは……。

……ぼくは。

彼らの云うとおりだ——と、どこかで自分も思っているから。だから何も反論できないんだろうか。

ぼくのせいで。

ぼくがこの学校に来たせいで。

ぼくが、いくら仕方のない成り行きだったとはいえ、〈いないもの〉の鳴と接触してしまったから。〈災厄〉を防ぐおまじないのための〈決めごと〉を破ってしまったから。

だから……ぼくのせいで、彼らの身に「今年の〈災厄〉」が降りかかる結果になったのだ。ぼくのせいで、彼らはあんなむごい死に方を……。

……うなされて、ひどく息が苦しくなって夜中に目が覚める。そんなことがひと晩に何度もあった。

汗で湿った布団をはねのけ、暗闇の中で独り深呼吸を繰り返しながら――。

もしもまた肺がパンクしたなら、今度はもう決してもとには戻らないんじゃないか。切実にそう感じたりもした。

2

「まあまあ、仕方ないさ。おまえにはどうしようもなかったことなんだし。なあサカキ、そう落ち込むなよな。おまえがいくら自分を責めて落ち込んでみてもさ、今さら何がどうなるわけでもないんだしさ」

久保寺先生の自殺後、いち早くぼくに話しかけてくるようになったのは、誰あろう勅使河原だった。転校してきて最初に抱いたイメージどおりの「茶髪のお調子者」にすっかり戻って、何だかんだと気やすく声をかけてくる。ついこのあいだまでは、あれほど完璧《かんぺき》に無視しつづけていたくせに……。

その点に関して、ぼくが分かりやすい皮肉を云ってやると、

「おれだってそりゃあ、心が痛んださ。おまえに何の説明もできないまま、急に全員でシカトだもんな。ひどい話だよなあ」

勅使河原はけろっと笑ってみせたものの、すぐに真顔になって、

「事情はもう全部、知ってるんだろ」

念のため、というふうに確認した。

「第二図書室のあの千曳って先生からも、いろいろ詳しい話、聞いたって云ったよな。だったら、察してくれよな。な、サカキ」

「充分に察してるよ。――分かってる」

ぼくは相手の顔から目をそらし、「分かってる」と低く繰り返した。

「仕方なかったんだと思ってる。――うん。みんなきっと、ほかにどうすることもできなかったんだろうね。分かってるさ」

〈いないもの〉を二人に増やす試みが功を奏さなかったからには、もはやみんなが、ぼく

と鳴を無視しつづける必要はない。これ以上、無視しつづけても意味がない。だから――。

ぼくに対してだけじゃなくて、クラスのみんなの鳴に対する態度にも、久保寺先生の死を境に変化が生じていた。話し合いのうえでそう決めたのではなく、ほとんど済《な》し崩しの変化だったんだろう、と思う。

たとえば、このとき――木曜の昼休みに勅使河原と話していたとき――にしても、ぼくのそばには鳴がいた。そして勅使河原は、ちゃんと彼女がそこにいるものとしてふるまい、自分からひと言ふた言、彼女に話しかけたりもしていたのだ。

勅使河原だけじゃない。クラスの誰もが先週までとは違って、鳴が〈いないもの〉であるかのようにふるまうのをやめていた。

もっとも、鳴はそもそもお世辞にも社交的とはいえない性格だから、意識して見ていないと分からないような、それは微妙な変化にすぎなかったのだけれど。――でもそう、きっとそのうち通達がまわって、授業中に先生たちが彼女の名を呼んだり指名したりするようにもなるのだろう。

まわりのみんなから〈いるもの〉として扱われる、見崎鳴。

もちろんこれが、本来あるべき〝形〟なのだった。だけど妙なもので、そんな様子を目の当たりにするのが、ぼくにしてみればかえって居心地が悪いような気もしたり……。

C号館三階の三年三組の教室は、変死事件の現場として即刻、立入禁止に。クラスは急《きゅう》遽《きょ》、B号館の空き教室へと引っ越す運びになった（鳴が使っていた例の古い机と椅子はこのとき、C号館のほうに残された）。そして担任教師の不在への対処としては、副担任の三神先生が当面「担任代行」を務めることに決まったのだが——。

B号館に移された教室には、これは当然と云うべきだろうか、空席がたいそう目立った。事件当日、早退者が半数以上も出たのは無理からぬこととして、翌日も翌々日も、事件のショックを理由に学校を休む生徒が多数にのぼったのだ。

「そりゃあまあ、そうだよなあ」

というのが、この件についての勅使河原のコメント。

「あんなすさまじいものを見ちまって、平気でいられるやつなんているわけないもんな。しばらく行きたかぁないって思うのが、普通の神経じゃないかねえ。おれだってさ、もしも教室が同じ部屋のまんまだったら迷わず欠席、だよなあ」

「風見くんもずっと来てないね」

「あいつはほんと、ガキのころから人一倍、気が弱いから。よりによってあいつ、いちばん前の席にいたし……あの場で失神しなかったのが不思議なくらいだな」

勅使河原はにべもなくそう云ったが、「腐れ縁」の「幼なじみ」に対して持っているのは、基本的にはやはり親愛の情らしい。同じ口ですぐに、こう付け加えた。

「ゆうべ電話してみたんだが、意外に元気そうだった。あしたには出てくるってさ」

「このまま夏休みまで、出てこない連中もいるのかな。あともう何日かしかないし」

ぼくが云うと、勅使河原はすかさず「絶対いるね」と答えた。するとそれを受けて、黙ってやりとりを聞いていた鳴が、ぽそっと口を開いた。

「もう街から脱出した人もいるかも」

「街から？」

ちょっと驚いた顔を見せる勅使河原に、鳴は「そ」と小さく頷《うなず》いて、

「例年、けっこういるらしいから。夏休みには夜見山から逃げ出してしまう人たち」

「夜見山の外までは危険が及ばないから、か？　それって本当なのかぁ」

「千曳さんによれば、いちおうその可能性が高いそうだけれど」

「ふうん。――じゃあアレか、逃げ出す連中は家族に事情を説明して？」

「なのかな。――だけど、たとえ家族にでもむやみにこの問題を話しちゃいけない、っていうタブーもあることだし……悩ましいところね」

「ううむ」

勅使河原は鼻筋にめいっぱいしわを寄せて、「何だかなあ」と吐き捨てる。それから改めて鳴のほうを見やり、

「にしても見崎、おまえって変わってるよな」

と云った。

「自分も当事者のくせして、まるで他人事《ひとごと》みたいに淡々として」

「そう？」

「ひょっとしておまえ……」

と、そこで勅使河原はいくらか口ごもったが、やがてわざとらしいほどにあっけらかんとした調子で続けた。

「実のところおまえが、今年の〈もう一人〉だったりして」

「わたしが？」

鳴は眼帯に隠されていない右の目だけで、うっすらと笑った。

「違う、と思うけれど」

「――だよな」

「ああ……でも、まぎれこんでる〈もう一人〉って、自分が〈死者〉だってことを自分でも分かってないっていう話だし。だから、ひょっとしたら……」

と、このとき鳴はそんなふうに冗談めかしたが、前に鳴の家で同じような話が出たときには確か、きっぱりこう云っていた。

――わたしはわたしが〈死者〉じゃないと分かってる。

あれはなぜ？　と気になった。

どうしてあのときは、あんなにもきっぱりとああ云えたんだろう。

「でもね、当の勅使河原くんが、もしかしたらそうなのかもしれないよ」

うっすらとまた笑って、鳴が云った。

「ね。どう？」

「お、おれ？」

と自分の鼻先を指さして、勅使河原は目を白黒させた。

「まさか……ちょい、冗談はなしね」

「ほんとに『まさか』？」

「あのさ、おれはちゃんと生きてるし。食欲も物欲もきわめて旺盛《おうせい》だし、何かで死んだなんて心当たりはこれっぽっちもないしさ。自慢じゃないが、ガキのころから今までのこと、克明に憶えてるし……」

慌てふためく勅使河原の反応を見て、ぼくは思わず噴き出してしまった。——のだが。

彼こそが実は今年の〈もう一人〉なのかもしれない、という可能性は、だからといって否定されるわけではない。頭の中では、努めて冷静にそう考えようとしていたのだ。

〈死者〉は、誰——？

鳴の机に書かれていた例の問いかけを今や、より切実な問題として意識しながら。

3

久保寺先生の突然の死に関しては、古池町の祖父母宅でももちろん話題になった。五月以来、関係者の死が続いていることについて、祖母はいつものごとく大仰に「怖いわねえ」というせりふを連発し、久保寺先生の自殺の背景をぼくがちらっと話すと、今度は「お気の毒にねえ」を連発した。ただ、祖父のほうは例によって、話をどこまできちんと理解できているのか分からない。「死」とか「死ぬ」とかと聞くといちいち敏感な反応を示し、いつだったかのように「葬式は堪忍してほしいなあ」と云いだしてみたり、急に涙ぐんだり啜《すす》り泣いたり……と、そのようなありさまで。

怜子さんはというと、「恒一くんたちも本当にショックだったでしょうね」といたわってくれつつも、この件に関しては一貫して言葉少なだった。それはまあ、無理もない話だろう。ぼくとしてはそう了解していたのだが――。

「十五年前のこと、思い出せませんか」

と、その問題についてはやはり、繰り返し問わずにいられなかったのだ。

「怜子さんが中三だったその年、いったん始まった〈災厄〉が途中で止まったって、そういう話でしたよね。それはなぜ、どうして止まったんですか。思い出せませんか」

いくら訊いてみてもしかし、怜子さんは物憂げに首を傾げるばかりだった。

「夏休みに何かが、って云ってましたよね。ね、それっていったい何だったんですか」

「――何だったかしら」

怜子さんは頬杖《ほおづえ》をついて考え込み、やがて心もとなげな面持ちで、

「あの夏休み……」

独り言のように呟《つぶや》いた。

「理津子姉さんが死んじゃって……でも、だから、かえって家に閉じこもっているのは良くないだろうって……ああ、それでわたし、夜見山の合宿に……」

「合宿？」

初めて耳にする言葉だった。ぼくは思わず身を乗り出して、

「そんなのがあったんですか。夏休みの合宿？　林間学校みたいな？」

「林間学校っていうほどたいそうなものでもなくて。あれはわたしたちのクラスだけ、だったと思うし」

「『夜見山の』っていうのは？」

「それは……」

答えあぐねる怜子さん。かたわらで話を聞いていた祖母が、そのとき口を開いた。

「夜見のお山だね」

「——はい？」

「夜見山はもともと、お山の名前なのさぁ。先にお山があって、街のほうはあとから、その名前をもらって付けたっていうねえ」

ああ……そういえば。街の北のほうには実際、夜見山という名前の山がある——と、その話は当の怜子さんの口から聞いた憶えがある。確かそう、四月の入院中、病室に見舞いにきてくれた、あのとき。

「『夜見のお山』って、地元の人はそんなふうに？」

訊くと、祖母は「そうさぁ」としたり顔で頷いて、

「若いころ、おじいさんとよく登りにいったもんだよぉ。山頂から街が一望できてね、そりゃあもう、気持ちのいい眺めでねえ」

「へえぇ」

ぼくは怜子さんのほうに目を戻して、

「その夜見山で、夏休みの合宿があったわけですね。三年三組だけの、クラス合宿が？」

「——そう」

相変わらず心もとなげな面持ちで、怜子さんはとつとつと答えた。

「夜見山の山麓《さんろく》にね、ちょっとした建物があって。もともとの持ち主は夜見北のＯＢだったのが、むかし学校に寄贈してくれたんだとか。それでときどき、合宿や何かに使ってた

のね。あのときは、担任の先生が希望者を募って……」

「それで?」

ぼくは重ねて訊いた。

「その合宿で、何かがあったと?」

「——という気がするんだけど」

怜子さんは頰杖を外して、のろりとかぶりを振った。

「——やっぱり思い出せない。何かあったのは確かだと思うんだけど、じゃあ何だったのかって云われても……」

「そうですか」

「不甲斐《ふがい》ないわね。——ごめんなさいね」

そう云って怜子さんは、苦しげな溜息《ためいき》をつく。

「いえ、そんな……」

あやまったりしないでください、と声には出さずに呟いていた。

いろいろと複雑な想いはあるものの、怜子さんがつらそうにしているのを見ると、ぼくも心が痛くなってしまう。それに——。

やはりそう、十五年も昔の、しかも件《くだん》の〈現象〉にかかわる出来事なのだ。当事者であった彼女の記憶がひどく曖昧《あいまい》化しているのも、仕方のないことなのかもしれない。

この場でこれ以上、問いただしても無駄だろうと思えた。とはいえ、わずかながら手がかりらしきものが摑《つか》めた気もする。

とりあえずこの話を、千曳さんにしてみようか。そして彼の意見を聞いてみようか。

そう考えながら、怜子さんに対しては「ぼくは大丈夫ですから」と云って、不器用な微笑を作ってみせた。

「大丈夫ですから。だから怜子さんも、あまり無理をしないでくださいね」

4

十七日、金曜日の朝。

昨夜はもう、悪夢にうなされることはなかった。勅使河原の軽口まじりの慰めで、あるいは気が楽になったところがあるのかもしれない。さしあたりあいつには感謝、か。

「榊原くん、でしたね」

と声をかけられたのは、この朝の登校時、校門が見えてきたあたりでのことだった。

前方から聞こえてきた、耳慣れない男の声。ちょっと驚いて相手の顔を確かめる。見憶えのある中年男性がこちらに向かってくる。柔和な笑みを浮かべて、軽く片手を挙げている。

「ええと、あの……」

　慌てて記憶を探って、相手の名前を思い出した。

「大庭《おおば》さん、でしたっけ。夜見山署の」

「憶えていてくれましたか」

　水野さんの事故のあと、職員室で事情聴取を受けた二人組の刑事。そのうちの、年長のふくよかな丸顔のほう。

「あの……何か」

「いやあ、たまたま知った顔を見つけたものですから、少しその、ね」

「月曜日の久保寺先生の事件、ですか。大庭さんも、あの事件の捜査に？」

と、ぼくはストレートに訊いてみた。丸顔の刑事はすっと笑みを消して、「まあ、そういうことです」と頷いた。

「榊原くんはあの朝、教室で事件を目撃したのですね」

「——ええ」

「ショックだったでしょう。担任の先生が突然、あんな……」

「ええ、そりゃあ」

「事件は自殺として処理されましたよ。疑う余地のない状況でしたからね。問題は自殺の動機ですが」

「噂は聞いてます。何でも、先生は寝たきりのお母さんを……」

「もう広まっていますか」

刑事は苦々しげに唇を曲げたが、何を思ってだろうか、続けてこんな話をぼくに聞かせた。前に会ったときと同じ、必要以上の猫撫《な》で声で。

「あの先生、母親を死なせたあと学校へ行くまでのあいだ、自殺に使った包丁の刃を研いでいたようなんですよ。かなり念入りにね。そういった形跡が、自宅の台所に残っていましてね。想像するだに異常な光景ですな」

「…………」

「どなたにうかがってみても、久保寺先生は大変に真面目で穏やかな方だったという話です。そんな先生が突然、そんな行動に走ってしまった。やはり異常ですな」

「――ですね」

いったいこの刑事は、こんなところでぼくをつかまえて何を云いたいんだろう。何を訊きたいんだろう。――すると。

「先月の、水野沙苗さんの事故死」

唐突に彼は云いだしたのだ。

「先々月の、桜木ゆかりさんの事故死。同じ日に、彼女の母親も交通事故で亡くなっていますね」

「ああ、はい」

「調べてみましたが、どれも単なる事故で、それ以外の可能性は考えられない。事件性はない、ということですから、われわれがとやかく嗅《か》ぎまわる筋合いもないのですが」

「――はあ」

「それでも何と云うんでしょうな、どうにも気になる話ではあるわけです。先月はもう一人、これは病死だったそうですが、高林くんという生徒も亡くなっている。短期間に同じクラスの関係者が、これほど立て続けに命を落としてしまったという事実。気にするなと云うほうが無理でしょう。そう思いませんか」

刑事は云いながら、探りを入れるようにぼくの顔を見すえた。けれどもぼくには、「さあ」と首をひねることしかできなくて――。

「気になって仕方ないものだから、いろいろと訊き込んでまわったんですよ。これはまったく個人的な興味でね」

と、刑事は続ける。ぼくは首をひねったまま、無言のままでいた。

「そうこうするうち、奇妙な噂に突き当たりましてね。『三年三組の呪い』なんていう」

「………」

「榊原くんも、聞いたことがあるんじゃないんですか。夜見山北中学の三年三組は呪われていて、不定期に巡ってくる『呪いの年』がある。その年は毎月、必ずクラスの関係者が死ぬ。今年はその『呪いの年』なんだ、というような。莫迦莫迦しいと思いつつも、ちょっと調べてみましたよ。するとね、確かに過去、学校の生徒や関係者がいやにたくさん亡くなっている年がある」

「ぼくは……何も」

否定の意を込めて、強く首を振った。刑事の目にはしかし、さぞや不自然な反応として映ったことだろう。

「ああ、いや……だからといって、私がどうこうできる問題ではもちろんないのです。同僚や上司にこんな話をしても、笑い飛ばされるだけですから」

そう云って刑事は、丸顔に柔和な笑みを戻した。

「仮に〈呪い〉の話が本当だとしても、われわれには何も手出しできない。それが現実です。ただね、個人的には興味があるし、できればその真偽を確かめたい、という……」

何となくではあるが、相手の心中を理解できたような気はした。だが、ぼくはぼくで、思うところを素直に述べるしかなかったのだ。

「でも刑事さん、この件はほんと、かかわらないほうがいいと思います。警察が介入してどうなるものでもないでしょうし。それに、不用意にかかわるともしかしたら、刑事さんにまで危険が」

「同じような忠告を、別のところでも受けましたよ」

丸顔の刑事は笑みを苦笑に変えた。

「まあ、そうですな。まさかとは思うが、ひょっとしたらそういうことも……」

語尾を濁しながら刑事は、ごそごそとポケットを探った。しわくちゃの名刺を一枚、取り出してぼくに手渡す。

「役立たずの警察かもしれませんが、もしも何か役に立てそうなことがあれば、遠慮なく連絡を。携帯電話にかけてくだされぱいい。その名刺の裏に番号が書いてあります」

「——はあ」

「実は私、小学校四年の娘がいましてね」

と、そして最後に刑事はそんな話を付け加えたのだった。

「普通に公立中学へ進むとしたら、たぶん夜見北なんですな。それもあってその、この問題が気になっているところもあるのです。将来もしも、娘が三年三組になるようなことがあったら……と」

「ははあ」と頷きながらも、続けてぼくはこのとき、

「大丈夫ですよ」

と、きわめて無責任な受け答えをしてしまった。

「きっとそのころには、呪いなんて消えちゃってますよ。きっと……」

5

その日の放課後、ぼくは鳴と二人で第二図書室を訪れた。もちろん千曳さんに会うためだ。勅使河原と、この日から学校に出てきた風見も、何となく一緒に来たそうな様子だったのだけれど、遠慮してもらうことにした。あまり人数が多くなって、話が散漫になるのは避けたかったから——。

「やあ。元気か、二人とも」

いかにも作りものめいた朗らかな声と笑みで、千曳さんはぼくたちを迎えた。元気も何もなあ……と思って、応じる言葉に詰まるぼくの横で、

「おかげさまで無事です」

鳴が取り澄ました顔で答えた。

「変な事故にも遭わず、急病にもかからずにこのとおり」

「〈七月の死者〉が出て、〈いないもの〉ごっこももう終わったようだね」

「はい。でも、何だかそれで、かえってバランスが崩れちゃったみたいな感じも」

「はあん。バランス……というより、全体のまとまりだね。そりゃあそうだろう。この先どうしたらいいか、みんなそれぞれに途方に暮れているだろうから」

この辺で千曳さんも真顔になって、よけいな感情を削《そ》ぎ落としたようないつもの口調に戻りながら、

「そういえばきょう、三神先生がこの部屋に来られてね」

「三神先生が？」

と、これにはぼくがすぐに反応した。

「意外かい」

「あ、いえ……」

「私の経歴については彼女も知っているからね、それで改まって、少し相談をと」

「相談って……三組の担任代行として今後どうしたらいいかとか、そういう？」

「まあ、そのような」

千曳さんは曖昧に答えたあと、間をおかずに「きみたちは？」と質問に転じた。

「何か相談ごとか」

「ええ、まあ」

ぼくは神妙に頷いてみせた。

「確かめたいことと、お訊きしたいことが」

「ほう」

「実は……」

と、そしてぼくは千曳さんに話したのだ。

「いったん〈災厄〉が始まってしまったものの、途中で止まった年」のことを。それが十五年前、怜子さんが三年三組の一員だった一九八三年度の出来事であり、どうやらその年の夏休みのクラス合宿で何かがあったらしいのだが、ということを。——この件はもう、鳴には云ってあった。

「一九八三年。——そう。確かにその年だったよ」

千曳さんは眼鏡のブリッジを押し上げながらゆっくりと目を閉じ、開いた。

「この二十五年で唯一、途中で止まった年だった」

そうして彼は、カウンターの向こうの引出しから黒い表紙のファイリングノートを取り出した。歴代三年三組のクラス名簿を集めた、例のファイルだ。

「とにかくまず、こいつを見てみればいい」

と、千曳さんはそれをぼくたちに向かって差し出す。一九八三年度のページが、すでに開かれていた。

例によって、ずらりと並んだ氏名のいくつかに、赤ペンで×印が付けられている。これが死んだ生徒たち。その右側の余白には、日付と死に方の書き込みがある。生徒本人は無事だったが、その家族が死亡——というケースも、やはりいくつか見られるが、怜子さんの姉だった理津子の死については何も書き込みがない。

「その年度の犠牲者は、私が把握できていなかった理津子くんを除けば、七人――」

カウンター越しにファイルを覗《のぞ》き込みながら、千曳さんが解説を加えた。

「四月に二人、五月に一人、六月に一人、七月に一人、八月に二人。理津子くんが亡くなったのは七月だと云ってたっけね。すると七月が二人になって、計八人。――見てのとおり、それよりあと、九月以降は死人が出ていない。つまり……」

「八月で止まった、ということですね」

「そうだ。――〈八月の死者〉の死亡日を見てごらん」

云われるままに、それを確かめてみた。そうして分かったのは――。

八月に死んだ二人は二人とも、三組の生徒本人だったということ。なおかつ、死亡の日付が二人とも、同じ「8月9日」だったということ。死に方についても二人は同じで、「事故死」とある。

「二人の生徒が同じ日に、事故で……」

つながりは容易に見えた。

「もしかしてこれって、夏休みの合宿期間中の？」

千曳さんは無言で頷いた。ぼくは続けて、

「合宿中に何か事故が起こって、二人が死んだ。だけど、同じ合宿でやっぱり何かがあって、それがきっかけでこの年の〈災厄〉は止まることになった……」

「そのページの下の余白だが、〈死者〉の名前が書かれていないだろう」

と、千曳さんが注意を促した。見ると確かに、そこには何も記されていない。

「誰が〈もう一人〉すなわち〈死者〉だったのか、その年は確認できなかったんだよ。途中で〈災厄〉が止まったせいで、おそらく卒業式を待たずに〈もう一人〉が消えてしまったんじゃないかと思う。同時におそらく、彼もしくは彼女がその年に存在した痕跡《こんせき》も消えた。前例のない事態だったから、私もわけが分からなくてね。どうやらそうらしいと気づいてリサーチしたときにはもう、関係者の記憶も消えたり薄らいだりしていて、〈もう一人〉の名前を憶えている人間は誰もいなくて……」

「うーん」

額に手を当てて考え込むぼくのかたわらで、鳴が云った。

「でもとにかく、この年の〈災厄〉が八月を最後に止まったのは事実、なんですよね」

「そうだ」

「重要な問題は、なぜ——どのようにして止まったか、ですね」

「そう」

「その『なぜ』は、いまだによく分からないわけですか」

「はっきりとは分からない。噂あるいは憶測のレベルでしか、私も知らない」

「噂、憶測……どんな？」

と、これはぼくが訊いた。千曳さんは悩ましげに眉《まゆ》を寄せながら、ぼさぼさの髪を大ざっぱに掻《か》き上げた。

「合宿は、さっき榊原くんが云ったとおり、夜見山のふもとに学校所有の宿泊施設があって、そこで行なわれた」

「今もあるんですか、その施設は」

「維持されてるよ。〈咲谷《さきたに》記念館〉という建物で、今でもときどきサークルの合宿や何かで使われているみたいだね。だいぶ老朽化は進んでいるだろうが。――ところで、その夜見山の山腹に、ある古い神社があってね」

「神社？」

「その名も夜見山神社というんだが」

「夜見山神社……」

呟きながら、ぼくは鳴のほうを窺《うかが》う。彼女は戸惑いなく頷いていた。そういった神社の存在は、すでに知るところだったと見える。

「合宿中に一度、みんなでその神社へお参りにいったというんだな。どうやら担任教師の発案だったらしい」

「お参りって……」

と、ぼくは首をひねりつつ、

「まさか、そのご利益《りやく》で?」

「という説もあるってことだよ」

千曳さんの口ぶりは冷ややかだった。

「『夜見山』というのはそもそも、二十六年前に死んだ岬くんの苗字《みょうじ》でもある。加えて、ね。夜見山の『夜見』の語源は黄泉《よみ》の国の『黄泉』なんじゃないかという話も、昔からあって夜見山は黄泉の山。そこに造られた神社は、何と云うかな、この世とあの世を隔てる〝要《かなめ》の場〟ではないか、なんていう伝承もあったりする。そこで当時の担任が、そんなことを思いついたんだろうが」

「それで〈災厄〉が止まったんですか」

「という説もある。そう云っただろう」

「だったら千曳さん、〈ある年〉にはその神社へお参りにいけばいい、という話に……」

「ああ。そう考えて実行した者も、当然その後、いたようだが」

千曳さんはやはり冷ややかに語った。

「効果はしかし、なかったみたいだね」

「それじゃあ……」

「そんなわけだから、『噂あるいは憶測のレベル』なんだよ。『なぜ』『どのようにして』については結局、はっきりとは分からない」

「お参りには何の意味もなかったってことですか」

「いや、そう簡単に断定してしまうわけにもいかない」

「といいますと？」

「『お参りの条件』というものがあるのかもしれないからさ。八月の上旬、盂蘭盆《うらぼん》前のその時期に、ある程度以上の人数で行ったから効果があった。たとえばそんなふうにも考えられるだろう」

「まあ……確かに」

「それとは別の何かがあった、という可能性も、むろん否定できないわけだが」

千曳さんはぼくの顔を見すえ、それから鳴のほうにもちらりと目をやって、

「きょう三神先生が来られたときも、実はこの話題になってね」

と続けた。

「十五年前になぜ、どのようにして〈災厄〉が止まったのか。それを今みたいな流れで話していくうちに、彼女のほうでもいろいろ思うところがあったようでね。しきりに頷いたり首を傾げたりしながら、最後には『そうですか』『そうだったんですか』と、自分に云い聞かせるように繰り返して……」

千曳さんはちょっと言葉を切ってから、

「あの様子だと、今年も八月に同様の合宿を、ということになるかもしれないな」

そう云ってもう一度、ぼくの顔を見すえた。

「彼女にはおとしの苦い経験もある。久保寺先生が亡くなって担任代行を任された身としてみれば、それこそ藁《わら》にもすがりたい気持ちだろうから」

ぼくは何とも応《こた》えられなかった。鳴の低い吐息が聞こえた。千曳さんは髪を掻き上げながら云った。

「仮にそうなったとして、問題はどのくらいの生徒がそれに参加するか、だな」

6

「みなさんにお知らせがあります。急な話ですが、来月の八日から十日、二泊三日のクラス合宿を実施します。場所は夜見山の……」

翌週の火曜日、七月二十一日。蒸し風呂《ぶろ》みたいな暑さの体育館で、一学期の終業式が行なわれたあと。教室に戻っての、夏休み前最後のホームルームにて──。

千曳さんの予想どおり、担任代行の三神先生の口からそれが告げられたのだ。

この日この時間、教室にいる生徒は二十人にも満たなかった。久保寺先生の死以来、ずっと休みっぱなしの者もいたし、いったんは出てきたものの、また休んでいる者もいた。中にはやはり、鳴が云っていたように、家族の理解と協力を得て早々に街を脱出した者もいるのかもしれない。

突然の合宿の告知に、教室は低くざわめいた。囁《ささや》き交わされる生徒たちの声には、なぜこの夏休みにわざわざそんなことを？　という困惑があからさまに窺えた。事情を知らないみんなにしてみれば、まあ当然の反応だろう。

「これは大切な行事だと思ってください」

ざわめきを静めようともせず、三神先生はそう云った。

「これはとても大切な行事だと……強制はしませんが、都合のつく人はできるだけ参加してほしいと思います。――いいですね」

それ以上踏み込んだ内容を、彼女は話そうとはしなかった。

十五年前の三年三組と同じ場所・同じ日程でのクラス合宿。そこで夜見山の神社にみんなでお参りをすれば、今年の〈災厄〉が止まるかもしれない。――合宿の実施には踏みきったものの、この場でそう公言してしまうのにはためらいがあるのだろうか。

教壇に立つ三神先生の表情は、緊張のためか、ひどくこわばっているように見えた。見方によっては、何だかひどく茫然《ぼうぜん》としているようにも。

やきもきしながらぼくは、何とか彼女の心中を推し測ろうと努めたのだが――。

「詳細については近日中に、みなさんにプリントをお送りします。申込書を同封しますので、参加希望者は今月末までに返送してください。――いいですね」

合宿についての説明は結局、それだけで終わった。質問の手がいくつか挙がったが、どれも無視に等しい扱いで……。

……ともあれ。

こうしてぼくは——ぼくたちは夏休みを迎えたのだ。中学生活最後の——いや、もしかしたら「人生最後の」になるかもしれない可能性を孕《はら》んだ、その夏休みを。

Interlude Ⅲ

合宿のプリント、来た？

来たよ、きょう。

どうするの。参加する？

まさか。するわけないじゃない。

だけど三神先生、**とても大事な行事**だって云ってたし……。

べつに受験勉強の特訓とか、やるわけでもないんでしょ。

プリントには「目的・クラスの親睦《しんぼく》を深める」ってあるけど。

意味分かんない。何で〈ある年〉の夏休みにこんなことするんだか。**夜見山にいるのは**

危ないって、逃げちゃった人もいるのよ。クラス合宿なんか行って、それこそ何か事故でもあったりしたら……。

……でも。

どこにも出かけずに、家に閉じこもってるのがいちばん安全。なのかなあ。

外は危険がいっぱい、でしょ。

…………

にしても、何であたしたちがこんな目に遭わなきゃいけないんだか。ほんと、理不尽な話よねぇ。せっかくの夏休みも台なし。

――うん。

だいたい、あの転校生が見崎さんに話しかけたりしなかったら、きっとおまじないが効いて……。

――かもね。

対策係の人たちも問題だと思うな。最初からもっとちゃんとしてれば……転校生が学校に来る前に事情を説明しておくとか。

うん。でも、今さらそんな文句、云ってみても仕方ないし。

まあねぇ。まさか本当にこんなに人が死ぬなんて、あたしたちも信じてなかったとこ、あるから……。

そうだよね。まさか、こんなことになるなんて……。

＊

例の合宿だけどさ、案内状、来てるよな。

あ、うん。

どうするんだ、おまえ。

あ、ええとぼくは……。

行かない？

ああ……うん。

おい委員長、おまえ、対策係も兼任してんだろ。参加するべきなんじゃないのか。

ああ……いや、でも……。

怖がってんのかよ。合宿で何か起こるかもしれない、とか？

いや、そういうわけじゃあ……。

意味があるらしいぜ。

えっ。意味って、それ……。

合宿にさ、意味があるらしいんだよ。とても大切な行事だって、三神先生も云ってただろ。あれってさ、あとでおれ、サカキから事情を聞いたんだが……。

＊

八月八日から十日って、十五年前の合宿と同じ日程なんですよね。

ええ、そうね。

夜見山神社のお参りも、するんですか。

そのつもり……だけれど。

二日めの、九日に？

十五年前もその日だったみたいだから。

でも、十五年前にはその日に事故があったみたいで……。

知ってるわ。千曳先生のファイル、見せてもらったし。だけどね、やってみるからには、できるだけ同じ条件を整えて実行するべきなんじゃないかって。

じゃあどうして、終業式の日、みんなにちゃんとそう説明しなかったんです？

ああ、それは……自信が持てなかったから。

…………

本当にこれが「大切な行事」なのか。本当にそれで今年の〈災厄〉が止められるのか。どのくらいの期待を抱いていいのか。わたし自身どうしても、自信が持てなくて、迷いつづけていて……だから、あのときはどうしても、あんなふうにしか。
今はもう、迷いはなくなったという？
——分からない。
…………
分からないけれど、でも、何もしないでいるよりは、少しでも可能性があるんだったら
……ってね。やっぱりそう思うから。

＊

やっぱり行ったほうがいいかもしれないよ、合宿。

まだ云ってるの、そんなこと。

何でもね、**それでみんなが助かるかもしれないんだって。**

助かる……って？

ちらっと噂を耳にしたんだけど。ほら、夜見山神社っていう神社、あるでしょ。合宿のときそこへ行って、お祓《はら》いをしてもらうんだとか。

えー？

それで昔、助かったクラスがあったとか。

ほんとにぃ？

噂、だけどね。

うーん……。

ね、どうする？

誰が参加するのかな。

赤沢さんは行くって云ってたよ。クラス委員長だし、対策係としての責任もあるからって。あと、杉浦《すぎうら》さんも。

赤沢さんの右腕、みたいな感じだもんね、杉浦さん。

あと、中尾《なかお》くんもかな。

って、赤沢さんがお目当てで？

そうそう。女王さまぁ、ぼくもご一緒しますぅ、みたいな。

何か哀れっぽく見えるなぁ、あの男。

それで云えば、望月くんなんかも行くんじゃない？　彼は三神先生がお目当て、ね。

見え見えだもんね、望月くん。それから、榊原くんはやっぱり……。

見崎さんはどうなのかな。

さあ……。

あの子が行くんだったら、いやだなぁ、あたし。

でも、もう関係ないいじゃない。〈いないもの〉のおまじないは終わったんだし。

それはそうだけど。でもやっぱり、見崎さんって何かこう、近寄りがたいっていうか……人を見る目が冷たい感じ、しない？

そんなに苦手なの？

苦手っていうより、不気味……。

…………

…………

……小学校のとき、あの子にすごく似た子がクラスにいたのよね。

あの子って、見崎さんに？

そう。

でも見崎さんって、一人っ子じゃなかったっけ。

苗字《みょうじ》は違ってたの。けど、下の名前は確かミサキっていって。

へええ。

今でもあたしね、あれって実は今のあの子と同一人物なんじゃないかって、ときどきそんな気が……。

その子、中学は？

五年生のとき、引っ越してったのよね。だからよく分からない。

眼帯は？　してた？

それは……してなかった、かな。

見崎さんが左目をなくしたの、四歳のときだって聞いたけど。

えっ。それじゃあ……。

Chapter 13

July Ⅲ

1

いやな夢をまた見るようになった。

前にうなされた悪夢とは違う。始まってしまった〈災厄〉について、「おまえのせいだ」と自責するような内容ではなくて……。

〈死者〉は、誰――？

暗闇の中で独り、しきりにその問いかけを繰り返す夢。

〈死者〉は、誰――？

問いかけに応《こた》えて、次々にいろいろな人間の顔が現われる。

風見。勅使河原。望月。――転校以来、それなりのつきあいをしてきた彼ら。

剣道部の前島《まえじま》。水野・弟。前の席の和久井《わくい》。赤沢。杉浦。中尾、小椋《おぐら》。……あまり親しく話をしたことはないけれども、名前と顔の一致にまぎれのない彼ら、彼女ら。

それから……鳴。

ほかにも大勢いる、三年三組のクラスメイトたち。いったい誰が、今年の〈もう一人〉＝〈死者〉なのか。

暗闇の奥から順不同で浮き上がってくる彼ら、彼女らの顔。それらの輪郭が一つ一つどろりと崩れ、腐臭を漂わせたおぞましい物体に変わり果てる。ホラー映画でさんざん見てきておなじみの、その種の特殊メイクを駆使した変貌《へんぼう》さながらに。そして――。

最後に決まって現われるのが、ほかならぬぼくの――榊原恒一の顔なのだった。

鏡や写真でしか見たことのない、自分自身の顔。それがやはり、どろりと輪郭を崩して世にもおぞましい変貌を……。

……ぼく？

ぼくが？

このぼく自身がまさか、自分でもそうと気づかないうちにクラスにまぎれこんだ〈死者〉だというのか。――まさか。

崩れたおのれの顔を両手で掻《か》きむしりながら、気味の悪い呻《うめ》き声を発しながら……そこで、はっと目が覚める。そんなことが連夜、あったものだから――。

まさか本当に、ぼく自身が〈死者〉なのかもしれない？

かなり真剣に、その可能性を疑ってみたりもしたのだ。

〈死者〉は自分が〈死者〉であるという自覚がない。彼もしくは彼女もまた、自分は死んではいない、今も変わらず生きている、といった記憶の改変・調整のもとに存在している。

――とすれば。

このぼく自身が実はそれである、ということもありうるのではないか。

今年の四月の初め、教室の机と椅子は足りていた。それが五月になってひと組、足りなくなってしまった。中途半端な時期にぼくが転校してきたために。

期せずして一人増えた生徒はぼく。そのぼくがすなわち、今年の〈もう一人〉＝〈死者〉だとしたら――。

自覚できていないだけで、ぼくはたとえば昨年か一昨年、すでに死んでいて、その事実を祖父母も怜子さんも父もみんな忘れていて、あれこれの記録もすべて辻褄《つじつま》が合うように改竄《かいざん》されてしまっていて……。

……いや、待て。

強くかぶりを振って、ぼくは胸に掌を当てる。そうやって、規則正しく続いている心臓の動きを確かめながら、気を落ち着かせて考えてみる。

千曳さんや鳴の口から語られた、〈もう一人〉＝〈死者〉についての基本的な法則——。

年々の〈死者〉は、二十五年前から三年三組に起こりはじめたこの〈現象〉によって過去、命を落とした者の中から、ランダムに出現する。

〈災厄〉が及ぶ範囲は、クラスの成員およびその二親等以内の、血のつながった親族に限られる。ただし、たとえ範囲内に含まれる人間であっても、夜見山から離れた土地にいる場合は対象外となる。

この法則に照らし合わせてみて、ぼくはどうだろうか。

この〈現象〉によって命を落とすためには、少なくとも過去に一度、この街に住んでいたことがある、という条件が必要だ。そしてぼく自身がそのさい、夜見北の三年三組に所属していたか、二親等以内の誰かがそうだったか。——なのだが、そんな事実はない。

母が中三のとき、当然ながらぼくはまだ、この世に存在しなかった。怜子さんが中三だったとき、その年の春にぼくはこの街で生まれたのだったが、怜子さんとぼくの続き柄は叔母《おば》と甥《おい》だから、三親等。つまり〈災厄〉が及ぶ範囲外なのだ。母、理津子にまでは及んでも、ぼくには及ばないはず……。

十五年前の七月に母が死んで、ひと粒種のぼくはその後、父とともにずっと東京で暮らしてきた。夜見北の三年三組とは何のかかわりあいもなしに。そうしてこの四月、中学生になって初めてこの街に……。

……ありえない。

ずうぅぅぅん……という重低音が、どこかでかすかに鳴っている。何——? と、ほんの一瞬だけ違和感があったが、それもすぐに消え去って。

ありえない。

と、ぼくは自分に云い聞かせる。

ぼくが〈死者〉だなんてことは、やはりありえない。

入院中、病室へ見舞いにきてくれた風見と桜木も、あのときのやりとりできっと、それを確信したのに違いない。

あのときの彼らの質問は、そう……。

——夜見山に住むのは初めて?

——ひょっとして昔、こっちに住んでたりしたのかなって。

——長期滞在したことは?

何だか妙な質問だなとは思ったものだったが、ああやって、二人は転校生のぼくが〈死者〉である可能性があるかどうか、探りを入れていたわけだ。

そうして最後に、風見はぼくに握手を求めたのだったが。

「それも確認の一環だったのね」

と、これは鳴が教えてくれた。夏休みに入る前のことだった。

「何でも〈死者〉は、初対面で握手をしたらものすごく手が冷たいんだとか。そんな噂もあって、だから……ね。でもね、この噂はかなり怪しいって。あとからくっついてきたいいかげんな尾ひれの一つで、信憑性《しんぴょう》はほとんどないだろうって、千曳さんがそう云ってたから」

しかし、仮にぼくが今年の〈死者〉だったとして、あのとき風見と桜木がその事実に気づいたとしたならば、それで彼らはどうするつもりだったんだろうか。

ぼくがふと抱いたそんな疑問にも、鳴が答えを示してくれた。

「その場合はね、五月に榊原くんが登校してきた時点から、わたしじゃなくて、榊原くんを〈いないもの〉にしたんだと思う」

「ぼくを？」

「そう。もともと存在しないはずの〈もう一人〉を、みんなして〈いないもの〉として無視する。そうしたら完全に帳尻《ちょうじり》が合うでしょ。代わりの誰かを〈いないもの〉にするよりも、遥《はる》かに効果があるはずだから」

「それで〈災厄〉は起こらない？」

「そのはずね」

「じゃあ――」

と、ぼくはそこで、おのずと浮かんできた新たな疑問を彼女にぶつけてみた。

「もしもこのあと〈死者〉の正体が分かったなら？　その場合も、そいつを今からでも〈いないもの〉にしてしまえば……」

「それはきっと、だめだと思う」

鳴はあっさりと否定した。

「すでに〈災厄〉が始まってしまっているから。だから、いくら今からそんなふうにして帳尻を合わそうとしても、もう……」

2

インドに遠征中の父、陽介《ようすけ》と久々に話をしたのは、夏休みに入って四日め、七月二十五日の夜のことだ。

「おう、もう夏休みだな。元気にやってるか」

と、何も知らない父の第一声は、いつものごとく能天気なもので。

「まあまあだね」

と、ぼくもいつもと変わらない調子で応じた。今こっちで起こっていることを彼に告げるのは、やはり良くないように思えたから。告げてもどうしようもないと思えたから、というのもある。

「ところで恒一、あさってが何の日か知ってるか」

訊《き》かれて、ぼくは一瞬どきっとした。——のだが、なるべく何でもないふうに、

「へぇ、憶《おぼ》えてたんだ」

と切り返す。父は若干、語気を強めて、

「当たり前だろうが」

あさって——七月二十七日は命日なのだ。十五年前にこの街で死んだ母、理津子の。

「今いるのは夜見山か」

と、父が訊いた。

「そうだよ」

「東京に戻ったりはしないのか」

「息子だけでもお墓参りしてきなさい、ってこと?」

「いや。もちろん無理にとは云わないが。何も話し合っておかなかったしなあ」

「そうだよね。どうしようかなってぼく、迷ってたところで……」

母の遺骨は夜見山ではなく、東京の榊原家の墓に納められている。毎年、命日には父と

二人で墓参に足を運んできた。ぼくの記憶にある限り、欠かした年は一度もなかった。

「ちょっとだけでも一人で帰ろうかな、と思ったんだけど……」

どうせなら「ちょっとだけ」じゃなくて、そのまま夏休みいっぱい東京にとどまる手もあるか、とも考えてみたのだ。そうやって夜見山から離れていれば、少なくともその間は自分に災いが降りかかる恐れはなくなるわけだから。——けれど。

「やっぱりやめておこうかな、って」

と、ぼくは云った。

「ここはお母さんが生まれたところだし、亡くなったところでもあるんだし、わざわざ東京のお墓に行かなくても……って」

「まあ、確かにな」

と、父は即座に納得してくれた。

「おじいさんとおばあさんによろしくな。私からもまた直接、連絡するが」

「ああ、うん」

ぼくがこの夏休み、東京に戻らない理由。その第一は……やはりそう、鳴の存在なんだろうと思う。彼女をこの街に残して、自分だけが「圏外」に逃れてしまうことに、どうしても抵抗があって——。

もう一つは、八月のクラス合宿の件が気になるから。自分もそれに参加して、〈災厄〉

を喰《く》い止めるための何かにかかわるべきなんじゃないか。そんな想いが、漠然とではあるが強くなってきていて——。

「あのさ、お父さん」

この機会に一つだけ、尋ねておきたい問題を思いついて、ぼくは少し口調を改めた。

「お母さんのこと、訊いてもいい？」

「ん？　美人だったぞ、あいつは。男を見る目もあった」

「そういうのじゃなくって……」

前に電話で、夜見北の三年三組についてちらっと父に振ってみたときには、思い当たるふしは何もなさそうだった。ということはつまり、母は「呪われた三年三組」の件を父には話していなかったのか。それとも、話は聞いたものの父が忘れてしまっているのか。

——どちらとも判断のつかないところだけれど。

「お母さんの中学時代の写真って、見たことある？」

ぼくの質問に、電話の向こうの父はちょっと首を傾げたように思えた。

「前にもおまえ、理津子の中学時代がどうのこうの云ってたな」

「いま通ってるのが同じ中学だから、何となくその……」

「卒業アルバムは確か、婚約したころに見せてくれたなあ。高校のも、確か。——美人だったぞ、あいつは」

「そのアルバムは東京の家にあるの？」

「ああ。書庫にしまってあるはずだが」

「ほかの写真は？」

「うん？」

「卒業アルバム以外の、お母さんの写真。中学時代の写真、残してある？」

「捨ててはいないと思うが……しかし、アルバム以外の中学時代の写真っていうのは、あったかな。あまりそういう写真をあいつ、大事に保存していたふうでもなかったしなあ」

「じゃあ――」

ぼくは質問を絞り込んでみた。

「お父さんは見たことない？　お母さんが中学の卒業式の日に、クラスのみんなと撮ったっていう記念写真」

「はて……」

何秒かの沈黙があった。ざざっ、とかすかに電波が乱れた。――やがて。

「どうかしたのか、それが」

不審げな父の問い返しが聞こえてきた。ぼくは「ええと……」と口ごもり、

「その、何だかそれ、ちょっと変な写真だったたって。ええとその、心霊写真みたいな」

「心霊写真？」

いささか呆《あき》れたような父の声。

「どこで仕入れた噂か知らないが、恒一、そんなものを真に受けてるのか。だいたいおまえ、心霊写真なんてものはだな……」

「いや、あの、つまりその……」

「……ん？」

と、そこで父の声音が変わった。

「ちょっと待て。待てよ、恒一。——うんうん。そういえば昔、そんな話を聞いたっけなあ、理津子から」

「本当に？」

ぼくは電話機を握り直した。

「どんなふうに」

「気味の悪い写真があるんだ、と。幽霊だか何だかが写っているとか。それがそう、中学時代の……」

「見たの？　その写真」

「いいや」

父はいくぶん声を低くして、

「私のほうは適当に聞き流しただけで、見たいとも見せろとも云わなかったしなあ。それに確か、あんなものが身近にあるのはいやだから、実家に置いてきたと」

「実家に？」

　ぼくは思わず声高になった。

「こっちにあるって？」

「今でも残してあるかどうかは知らないが」

「そう……だよね」

　応えながら、祖母に訊いてみなければ——と考えていた。

　嫁入り前に母が使っていた部屋とか物置とか、そういうところにあるいは、昔の彼女の持ちものが残っているかもしれない。その中に、もしかしたら……。

「おい恒一、そっちで何か変わったことでもあったのか」

　ぼくの様子に、さすがに違和感を覚えたらしく、父がそんなふうに訊いてきた。

「ないない、何も」

　と、ぼくはすかさず答えた。

「ちょっとその、退屈なだけ。あ、でもさ、友だちも何人かいるし、来月はクラス合宿っていうのもあったりするし」

「——そうか」

　父はそして、珍しく殊勝な口ぶりになって告げたのだ。

「おまえのお母さんはな、本当に魅力的な人だったぞ。私のあいつに対する気持ちは、今でもまったく変わっていない。だから恒一、おまえは私にとって……」

「分かった分かった」

何だかうろたえてしまって、ぼくは彼の言葉をさえぎった。これでもしも「愛しているぞ、息子よ」なんて云われようものなら、インドの暑さに頭をやられでもしたんじゃないか、とこちらが心配しなければならなくなる。

「じゃあ、またね」

と云って携帯の通話終了ボタンを指で探りながら、ぼくは軽くこう付け加えた。

「ありがとう、お父さん」

3

勅使河原から電話があって、「ちょっと話がある」「今から出てこられないか」という呼び出しを受けたのは、よりによって週明けの、母の命日の午後のことで——。

すぐに「うん」と云いたがらないぼくに、勅使河原は「ひょっとして鳴ちゃんとデートとか」なんていう軽薄な突っ込みをしてくれた。まったくこいつ、本当に調子がいいというか変わり身が早いというか……だけどまあ、事情が事情だったのはもうよく分かっているから、今さら怨《うら》み言を云う気にもならない。

呼び出された場所は、学校近くの飛井町《とびいちょう》にある〈イノヤ〉という喫茶店だった。そこに今、なぜだか望月も一緒にいるのだという。

どういう用件なのかは、とにかく会って話したい。もしもデートの約束があるのなら、彼女も連れてこい。これはクラス全員の問題でもあるから。——と、そこまで云われたら行かないわけにはいかない。

店の所在地を詳しく聞いて、とるものもとりあえずぼくは家を出たのだ。

夏も本番の炎天下、飛井町まではバスで移動して、教えられた道順を汗まみれで辿《たど》って……到着までに一時間ほどもかかったろうか。夜見山川沿いの道に面して建つ、この辺にしてはいやにお洒落《しゃれ》な雰囲気のビルの一階に、〈イノヤ〉はあった。昼間は喫茶店、夜はアルコールも出す、という店らしい。

暑さから早く逃れたくて、中に飛び込んだ。ほどよく効いた冷房で人心地つくなり、

「よっ。待ったぞサカキ」

勅使河原が片手を挙げ、自分たちがいるテーブルにぼくを招いた。派手なパイナップル柄のアロハシャツを着ている。はっきり云って趣味が悪い。

勅使河原の向かいの席にいた望月が、テーブルに歩み寄ったぼくを見上げ、何やら気恥ずかしそうにすぐ目を伏せた。彼のほうは白いTシャツ姿。前面に大きな絵がプリントし

てあるから、一瞬「叫びTシャツ？」と思ったのだが、絵柄はどこかで見たような口髭《くちひげ》の男の顔。

誰だっけ？　と考えるまでもなく――。

口髭男の顎《あご》を掠《かす》めるようにして、斜めに並んでいるアルファベットが読み取れた。

Salvador Dali

うーん。あんがい一途じゃないやつめ。

ぼくは望月のとなりに腰を下ろし、店内をざっと見まわす。ビルの外観とは裏腹に地味……というか、レトロな雰囲気の内装。流れている音楽は、例によって曲名はさっぱり分からないのだけれど、何かジャズっぽいスロウなインストルメンタル。――うん。こういうのは苦手じゃない。

「いらっしゃい」

と、まもなくオーダーを取りにきたのは、年のころ二十代なかばの女性だった。バーテンダーっぽい服装とストレートの長い髪が、しっくりと店の空気に溶け込んでいる感じで。

「あなたも優矢くんのお友だちね」

と云って、彼女は柔らかく会釈した。

「いつも弟がお世話になってます」

「えっ」

「姉です。はじめまして」

「あ、はい。あのぼく……」

「榊原くんね。聞いてるわ、優矢くんから。——ご注文は?」

「じゃあの、アイスティーを。あの、レモンティーで」

「はい。ごゆっくりね」

このあと聞かされた解説によれば、十歳以上も年齢の離れた彼女と望月とは確かに姉弟だが、いわゆる「腹違い」の関係なのだという。知香《ともか》という名前の彼女は、望月の父親の、死別した前妻の娘——で、何年か前に結婚して、苗字《みょうじ》は猪瀬《いのせ》に変わっている。

〈イノヤ〉はそもそも、結婚相手である猪瀬氏が営んでいた店——で、現在の営業は、昼間は知香さんが中心になって、夜は猪瀬氏が中心になって、という大まかな分担で成り立っているらしい。

「学校にも近いし、友だちのよしみもあるだろ。それでおれも、たまにここには来るわけ。そしたら、けっこうな確率で望月に会ったりして……な?」

勅使河原に云われ、望月は小声で「うん」と応じた。

「——んで、本題だ」

と、勅使河原は丸めていた背筋を伸ばした。

「望月、おまえが話せよな」

「あ……うん」

望月はグラスの水で唇を湿して、「ふうぅ」と一度、大きく息をついた。

「ぼくと知香さん——お姉さんとはね、産みのお母さんは違っても、血はつながっている姉弟だし……だからね、だから今回の件、もしかしたらお姉さんも巻き込まれちゃう可能性だってあるから」

「『今回の件』っていうのは、三年三組の今年の〈災厄〉?」

ぼくが確認すると、望月は深々と頷《うなず》いてみせながら「だから、ぼく」と続けた。

「どうしてもこのこと、お姉さんにだけは黙っていられなくて……」

「事情を話してしまった?」

「——うん」

「詳しく話したんだよな」

と、これは勅使河原。

「うん。かなり詳しく」

「知香さんは——」

勅使河原は、彼女がいるカウンターのほうを横目で窺《うかが》いながら、

「知香さんもやっぱり、中学は夜見北の出身なんだな。三年のときのクラスは三組じゃな

かったそうだが、それでも三組にまつわる物騒な噂は耳にしたことがあったんだとさ。そんなわけで望月の話も、最初から真面目に聞いてくれたんだと」

「実際に何人も人が死んでるしね。ぼくやクラスのみんなのこと、とても心配してくれて」

　云いながら、望月はほんのりと頰を赤らめる。――そうか、少年。きみの年上趣味のルーツはここにあったのか。

「でも、いくら心配してももう、どうしようもない問題でしょ、これって。いったん始まってしまった〈災厄〉は止まらない。ぼくらにはもう、どうしたって……」

「といった状況も、それから来月の合宿の件なんかも、望月は姉貴に話したんだよな」

「――うん」

「そうしたところが、だ」

　と、勅使河原がまた背筋を伸ばした。

「ある新情報が、最近になって飛び込んできたのさ。知香さんを通じて」

4

　松永克巳《まつながかつみ》。

というのが、その「新情報」をもたらした人物なのだという。

彼は一九八三年度の、夜見山北中学の卒業生。つまり怜子さんと同期で、なおかつ三年生のときには同級、つまり三組に所属していたらしい。

地元の高校を卒業後、東京の大学へ。大学卒業後は某中堅銀行に就職したものの、数年でドロップアウト。その後は夜見山の実家に戻り、家業の手伝いをしながら暮らしている。

この人物がたまたま、〈イノヤ〉の常連客だったというのだ。

「週に何回か来てくださるお客さまなの。夜見北の出身だとは知っていたんだけど、クラスが三年三組だったって分かったのは、今月に入ってからのことで――」

と、ここからは知香さんが、新たにやってきたぼくを相手に直接、語ってくれた話になる。

「優矢くんからいろいろ事情は聞いていたから、それであたし、思いきって尋ねてみたのよ。松永さんの年は、クラスに〈もう一人〉がまぎれこんだ年だったのか、って。そしたらね、そのときはあの人、だいぶお酒が入っていたんだけれど、ちょっとびっくりするような反応があって……」

知香さんの質問に「そうだ」とも「違う」とも答えないうちに、カウンター席で酒を飲んでいた彼は、いきなり頭を抱え込んでしまったのだという。そうしてやがて独り、途切れ途切れに言葉をもらしはじめた。こんなふうに――。

「あの年の〈呪い〉が、あれで……」

「おれ……悪くなかったんだ」

「悪いことじゃあ……」

「おれが、みんなを……」

「……助けたんだ。助けたんだよ」

「だから……伝えたいと思って」

「伝えなきゃと思って……」

「……残したんだ」

「あれを、こっそりと……」

「教室に、こっそりと……」

もつれる舌で、呻くような声で——。

そのあとはすっかり酔っぱらって正体をなくしたまま、何も云わずに店を出ていったのだという。

「何ですか、それ。どういう意味なんですか、それって」

思わずぼくが問うと、知香さんは困ったように首を傾げて、

「よく分からないの」

と答えた。

「いま話したようなことがあったのが一週間ほど前の夜で、それからも松永さん、何回かお店にいらしたのね。そのたびにこっちから話を振ってみるんだけれど、あの人、まるで憶えてなくって」

「自分が云ったことを、ですか」

「そうなの。いくら訊いても、何だか茫然《ぼうぜん》とした顔で『知らない』って云うばかりで」

「…………」

「十五年前の三年三組で、例の〈呪い〉がもたらすっていう〈災厄〉が続いたこと、それ自体は憶えてるみたいなのね。だけど、誰がその年の〈もう一人〉だったのかはもちろん、どうしてその年の〈災厄〉は止まったのかとか、肝心な問題については全然……」

「知ってて隠してる様子は？」

「そういうふうには見えないわ」

知香さんはまた首を傾げて、

「あの夜はずいぶん酔っていたせいで、たまたま何かをかすかに思い出したのかも。どうもそんな感じなのよね」

その年の〈死者〉にまつわる当事者たちの記憶は、ある時点から希薄化し、消えてしまう。それが松永さんというそのOBにも起こっているのは確かだとして。

十五年が経った今、たとえば酒に酔った頭に、何かの拍子でふと記憶の断片がよみがえってくる。そんなことが？　——ありえない、とは誰にも断言できないんじゃないか。ぼくにはそう思えた。

「気になるだろ、この話」

　と、勅使河原がぼくの顔を見た。

「気になるよな、すごく」

　と、彼は続けて望月の顔を見る。

　望月はおろりと目を伏せ、ぼくはアイスティーのストローを噛《か》みながら、「確かにね」と答えた。すると、勅使河原はしかつめらしく頷いて、

「合宿に行って神社で神頼みっていうのもいいけどさ、それまでのあいだ、ただびくびくしてるのも何だかなあってさ」

「——って？」

「知香さんの話から何となく、大まかな想像はつくだろう。松永ってやつがここで何を云おうとしたのか」

「って、どんな？」

「だからさぁ、やつは『助けた』と云ったわけだろ。自分がみんなを助けたんだ、って。でもって、それを伝えるために『あれ』を残したと」

「こっそりと、教室に？」

「ああ。こっそりと残した——つまり、隠したんだな。その『あれ』が何なのかは分からないが、〈呪い〉に関係のある何かなのは確かだろうし……な、気になるよな、すごく」

「そりゃあ、まあね」

「だろ？　だろ？」

そして勅使河原は、真顔でこんなことを云いだしたのだ。

「ここは一つ、探してみようぜ」

ぼくは「ええっ」と声を上げ、となりの望月の反応を窺った。彼は顔を伏せ、身を縮めていた。ぼくは勅使河原のほうを見直しながら、そろりと訊いた。

「探すって、誰が」

「おれたち」

と、勅使河原は答えた。当然、とでもいった面持ちで。どこまで深く考えての提案なのかは不明だが。

「おれとサカキと、望月もだ。そもそもこの情報、おまえが知香さんから聞いて知らせてくれたんだからな」

望月は身を縮めたまま、「はあぁ」と大仰な溜息《ためいき》をついた。

「風見もひっぱりたいところだが、あいつは真面目なだけが取り柄で、こういう話にはとことん臆病《おくびょう》だからなあ。——何だったらサカキ、鳴ちゃんも誘うか」

ぼくは憮然《ぶぜん》と唇を尖《とが》らせ、勅使河原を睨《にら》みつけた。

「ちょっともう、勘弁してよ」

5

とは云ったものの——。

それから一時間余りのちには、ぼくは御先町の人形ギャラリー〈夜見のたそがれの、うつろなる蒼《あお》き瞳《ひとみ》の。〉へと足を運んでいたのだ。〈イノヤ〉を出て勅使河原たちと別れたあと、鳴の家に電話をしてみた。そうせずにはいられない気持ちになったのだった。

応答に出たのは霧果さんだった。一ヵ月半前に初めて電話したあのときと同様、ちょっとびっくりしたような、あるいは不安そうな声だったのが、ぼくが名を名乗るとすぐに「ああ、榊原くんね」と了解して、娘に取り次いでくれた。

「学校の近くまで来てるんだけど」

なるべく何気ないふうを装いつつ、ぼくは鳴に告げた。

「これからそっち、行ってもいいかな」

何の用かと問い返しもせず、彼女は「いいよ」と答えた。

「じゃあまた、ギャラリーの地下で。たぶんお客さんはいないから」

「分かった」

入館のお代は天根のおばあちゃんに免除してもらって、ぼくはまっすぐ地下の展示室へと向かった。すでに鳴は、そこに降りてきていた。部屋の奥に置かれた例の黒い棺《ひつぎ》のかたわらに、棺に納められた彼女そっくりの人形と並ぶようにして立っていた。

細身のジーンズに無地のTシャツという、そっけないいでたち。けれどもそのTシャツは、棺の中の人形がまとったドレスに合わせたような蒼白い色で……。

「やあ」と手を挙げ、彼女のほうへ歩み寄ったところで、ぼくは問いかけた。前からずっと気にかかっていながら、まだ答えを得られていなかったこと——それを、思わず。

「あのさ、その人形」

と、ぼくは棺の人形を指さして、

「やっぱりきみがモデルなんだよね。初めてここで会ったときに確か、半分だけ、みたいに云ってたけど、あれって……」

「半分もないのかもね」

という鳴の答え。——そうだ。あのときも彼女は、そのように云ったのだった。

——でも、これはわたしの半分だけ。

——もしかしたら半分じゃなくて、それ以下かも。

「これは——」

鳴は棺のほうに視線を流しながら、

「この子はね、十三年前にお母さんが産んだ子」

「霧果さんが……って、じゃあそれ、妹さん？」

姉も妹も、鳴にはいないんじゃなかったのか。

「十三年前にあの人が産んで、だけど産んだときにはもう死んじゃってた子。名前もちゃんと決まらないうちに」

「えっ……」

——お姉さんか妹さんはいる？

以前ぼくがそう尋ねたとき、鳴は無言で首を横に振ったのに。あれはなぜ？　とここで問いただしたなら、「質問が現在形だったから」とでもいう答えが返ってきそうに思えた。

「これはね、わたしを見かけのモデルにしてはいるけれど、あの人がその、生まれてこられなかったわが子を想いながら創った人形。だから、わたしは半分だけか、それ以下なの」

——わたしはあの人のお人形だから。

そういえば鳴は、自分と霧果さんの関係についてそんなふうにも語っていた。あれは……。

——生身だけど、本物じゃないし。

何だかひどく混乱してしまって、ぼくは返すべき言葉を見失う。鳴は棺のそばから静かに離れながら、

「それより、何があったの」

するりと話題を切り替えた。

「急に電話してきて。何か大事件？」

「驚いた？」

「少し」

「実はさっきまで、勅使河原と望月の三人で会ってたんだ。望月のお姉さんがやってる喫茶店に呼び出されて」

「ふうん？」

「それで……うん、やっぱり見崎には話しておこうと思ってさ」

やっぱり鳴ちゃんもか？　と云いたげな、勅使河原のにやにや笑いが浮かんでくる。その顔を心中で睨みつけつつ……ぼくは、彼女に話したのだ。さっき〈イノヤ〉で聞かされた「新情報」を。

ひととおりを聞きおえると、鳴は若干の沈黙ののち口を開いた。

「探してみるって、どこを」

「旧校舎」

ぼくは答えた。

「0号館の教室だよ。昔の三年三組の教室。〈いないもの〉用の例の古い机、そこから運んできてるって？」

「そう。あの校舎の二階は原則、立入禁止だけれど」

「夏休み中だし……人目のなさそうなころあいを見計らって、こっそり忍び込んでみようっていう話になって。いったいそれで何が見つかるのか、何も見つからないのか。やってみないと分からないけど」

「——ふうん」

鳴は小さく吐息して、さらりと横髪を撫《な》でた。

「千曳さんには知らせないの？　云えば、きっと協力して……」

「ああ。ぼくもそうするべきかなとは思うんだけど、勅使河原のやつは何だか、どう云ったらいいかな、変な冒険モードに入っちゃっててね。自分たちだけでやるんだって、そう云って譲らない感じで」

「そう」とだけ応えて、鳴は口をつぐんでしまった。関心がないはずはないのに……と思いながら、ぼくは訊いてみた。

「もしかしてその、見崎もそれ、来る？」

「旧校舎の探検に？」

鳴はうっすらと笑んで、

「探しものは男子三人に任せた。あんまり大勢で行くものでもないでしょ」

「気にならないのかい。何が教室に隠してあるのか」

鳴はあっさり「なるよ」と答えた。

「だから、もしも見つかったら教えて」

「ああ、そりゃあ……」

「それにね、わたしちょっと、あしたから出かけなきゃならないの」

「出かける？」

「お父さんがこっちに帰ってきてるの」

云って、鳴は心なしか表情を翳《かげ》らせた。

「それでね、お母さんと三人で別荘へ行こうって。ぜんぜん気が進まないんだけれど、毎度のことだから、いやだって云うわけにもいかなくて」

「別荘って、どこに」

「海のほう。車で三時間くらいかな」

「夜見山市外？」

「もちろん。夜見山には海、ないからね」

「街から脱出、ということ？」

この質問には、鳴はきっぱりとかぶりを振って、

「一週間ほどで帰ってくる予定だから」

「じゃあ……」

〈災厄〉の件はわたし、家の誰にも話してないから。戻ってきて、合宿にも行くつもり」

「——そっか」

そのあとひとしきり、ぼくはあれこれと最近の自分の話をした。鳴は基本的に無言で、ときおり右の目を涼やかに細めながら、ぼくの言葉に耳を傾けていた。

「自分が〈死者〉なんじゃないかって、改まってまた、そんなに考え込んじゃったの？」

ひとしきりのあれこれのあと、鳴が最初に口にした問いかけ——。

「どこまで本気で疑ってみたの」

「——わりと。考えだすときりがなくて」

「疑いは解けた？」

「まあ、いちおうは」

ぼくの曖昧《あいまい》な頷きを見て、鳴はやおら身を翻した。かと思うと、黙って例の黒い棺の向こうへと姿を消してしまったのだ。

何だ？　と焦って、ぼくは彼女を追った。奥のエレヴェーターで上階《うえ》に行こうとでもいうんだろうか。——ところが。

棺の向こうへまわりこもうとして、ぼくは思わず「あっ」と声をもらした。それまでまったく気づいていなかったのだが、何やら以前とは様子が違っているのだ。

以前はその棺のすぐ後ろに暗赤色のカーテンが掛かっていたのが、今は棺の置き位置がそれよりもだいぶ手前になっている。そうして生じたカーテンとのあいだのスペースに——。

棺がもう一つ、置かれているのだった。

同じ大きさ、同じ形の……色だけが黒ではなくて赤く塗られた棺。それが、手前の黒い棺と背中合わせになった恰好《かっこう》で、そこに。

「いま工房で制作中の新しい人形が、この中に納められる予定みたい」

と、鳴の声がした。その声はまさに、彼女が云う「この中」から聞こえてきた。

赤い棺とカーテンとのあいだにはなお、いくらかスペースが残っている。ぼくはそろそろと足を進めた。空調の風で揺らめくカーテンに右肩を押しつけるようにして上体をひねり、赤い棺の中を覗《のぞ》き込んだ。

鳴が、いた。

黒い棺の中の人形と同じように、その棺の中に入っていた。サイズが彼女の身体よりもいくらか小さいぶん、少し膝《ひざ》を曲げて、少し肩を縮めるようにして……。

「……〈死者〉じゃない」

と、鳴が云った。

覗き込んだぼくの顔からほんの何十センチしか離れていないところに、彼女の顔があった。いつのまに外したんだろうか、左目の眼帯が取り去られていた。眼窩《がんか》に埋められた例の〈人形の目〉が、蒼く虚《うつ》ろにこちらを見つめていた。

「安心して」

囁《ささや》きかけるような、それでいてどこかしら力強い声だった。何だか鳴らしくない、とも思えるような。

「榊原くんは〈死者〉じゃないから」

「あ、あの……ええと……」

近すぎる彼女との距離を広げようとして、ぼくはおろおろとあとずさる。背中がすぐ、硬いものに触れた。カーテンの後ろに隠されている、例のエレヴェーターの鉄扉だ。

「お母さんの写真は？」

棺の中に身を納めたまま、鳴が訊いた。

「卒業式のあとの、問題の集合写真。実家に残っているかもしれないって云ったけれど、見つかった？」

「いや、まだ……」

祖母に頼んで探してもらっているところ、だった。

「見つかったらその写真、わたしにも見せてくれる？」

「あ、うん。それはいいけど」

「じゃあ——」

と、そこでようやく鳴は棺から出てきて、場所を部屋の中央に移した。ぼくのほうはおろおろとまた、そのあとを追うばかりだったのだが。

「これを」

と云って、振り返った鳴がぼくに向かって差し出したもの。それは——。

「何かあったら、この番号に」

このギャラリーの案内が印刷された、名刺大のカードだった。彼女の云う「番号」は、その裏面に鉛筆で書かれていた。

「これって——」

カードを受け取り、そこに並んだ数字を見ながら、

「電話番号？　——携帯の？」

「そうよ」

「見崎の携帯？」

「そう」

「持ってるんだ。いやな機械、なんて云ってたくせに」

「いやなのはほんと」

鳴は困ったように右の眉《まゆ》をひそめた。

「四六時中、電波でつながってるなんて気持ち悪い。本当は持ちたくないんだけれど」

ぼくは彼女の顔をじっと見ていた。

「本当はこんな機械、持ちたくないんだけれど――」

繰り返しそう云ってから、鳴は憂鬱《ゆううつ》そうに続けた。

「持たされてるの、あの人に」

「あの人……霧果さんに？」

鳴は小さく頷いて、

「たまにあの人、不安で仕方なくなるみたいで……だから、これまでの通話の相手はあの人だけ。ほかに使ったこと、一度もない」

「そうなんだ」

ぼくは何だかとても奇妙な心地で、カードに記された携帯電話の番号を改めて見つめる。

鳴は〈人形の目〉をもとどおり眼帯で隠しながら、低く小さく吐息した。

「探しものの件と写真の件、分かったら知らせて。その番号に直接、ね」

6

小学校に上がる前の、物心がつくかつかないかのころ、ビデオで『吸血鬼ドラキュラ』を観た。ぼくが生まれるよりずっと前に撮られた、イギリスはハマー・フィルム・プロダクションの名作。これがぼくの、憶えている限り最初のホラー映画体験で、以来ひとしきり、父が好きで集めていたドラキュラシリーズのビデオを観た、というか、観せられたものだったが——。

幼いその時分、幼いながらに抱いた切実な疑問があった。

どうして主人公がドラキュラ城を訪れると、すぐに日が暮れてしまうのか。

ドラキュラは恐ろしい怪物だけれど、弱点も多い。何よりも太陽の光に弱い。だから、昼間なら楽勝なのに。なのにどうして、主人公はドラキュラと対決するさい、わざわざ日が暮れそうな時間帯に到着するよう城へ出向くのか。

理由は今や十二分に承知している。もちろんそれは「物語を盛り上げるため」なのであって……とはいうものの。

おかしな話で、勅使河原と望月の三人で0号館の二階へ忍び込む計画が具体化してきたとき、真っ先に気になったのはそれだったのだ。

わざわざ夜を待って決行、なんていうのはもってのほか。べつに吸血鬼退治にいくわけではないが、それにしても、途中で日が暮れてしまうような事態だけはどうしても避けねばならない。——これはまあ、個人的なある種の強迫観念みたいなもので。

逆に勅使河原は、昼日中《ひるひなか》からというのも何だかなあ、との意見。早朝にこっそり、というのも「違うんだよなあ」とのたまう。

単に気分の問題だけではなくて、夏休み中の校内を三年生の男子三人でうろうろするのは、時間帯を選ばないと悪目立ちするだろうし……という懸念もあった。——で。

三人の都合や意見その他をすりあわせた結果、決まったのは七月三十日の午後三時、という日時だった。日没は午後七時前だから、探しものをしているうちに外が暗くなってしまうこともないだろう。

千曳さんには結局、この件は相談しないままだった。祖母はもちろん怜子さんにも、ぼくは話していない。勅使河原の影響だろうか、いつしかぼくも、「夏休みの秘密めいた冒険」みたいな気分に囚《とら》われつつあったのかもしれない。

決行当日はまず、０号館一階の西端にある美術部の部室に集合した。部員の望月が、事前に部屋を開けておいてくれて——。

変な目立ち方をしないよう、三人とも服は制服で。もしも教師に会って何か云われたなら、美術部のミーティングがあると答えて切り抜けることに……。

……そして、午後三時過ぎ。

ぼくたち三人は予定どおり、0号館の二階へと向かったのだ。

棟の東西に設けられた階段の昇り口にはそれぞれ、ロープが一本張り渡されている。このロープの中央にぶらさがった厚紙には、「立入禁止」の四文字がしっかりと記されていて——。

付近に何者の姿もないと確かめてから、ぼくたちは順番にロープの下をくぐった。そうして普段は誰も昇ることのないその階段を、忍び足で昇っていったのだった。

「この旧校舎には、『夜見北の七不思議』はないの?」

途中、軽口半分で勅使河原に訊いてみた。

「たとえば階段の段数が増えるとか、減るとか。いかにもありそうじゃない」

「知らないよ」

勅使河原はぶっきらぼうに答えた。

「だいたいおれ、『七不思議』のたぐいには興味ないんだ」

「おやまあ。最初に風見くんと二人で校内を案内してくれたとき、嬉々《きき》として語ってたじゃないか」

「ありゃあその……つまりだな、あのときはおまえに、どうやったら三年三組の特殊事情を伝えられるかっていうんで、おれなりに頑張ってたわけさ」

「ふうん。じゃあ、本当は勅使河原、あんまり信じてないわけ？」

「レイとかタタリとかを、か」

「そう。それ」

「そんなものいるわけない、あるわけない、っていうのが本音さ。ただ一つ、三年三組のこの件を除いては……」

「ノストラダムスの大予言は？　当たると信じてるんじゃなかったっけ」

「当たるもんか、あんなもの」

「あれあれ」

「本気で当たると思ってるんだったら、今こんなことであくせくしてない」

「なるほどねえ」

「0号館で有名な『七不思議』は――」

と、そこで望月が口を挟んできた。

「第二図書室の秘密、ってやつだね」

「第二？　あそこに何か」

「ときどきあの部屋で、かすかな人の呻き声が聞こえるっていう話。――聞いたことある？　榊原くん」

「ないよ、そんなの」

「噂によれば、あの図書室の下には封印された地下室があるんだって。そこにはこの学校や街の、絶対に公にはできない秘密が記された古文書がたくさん隠されていてね、それを守るために昔、そこに閉じ込められた老司書がいて……っていうの」

「そいつがまだ地下室で生きていて、その声が聞こえてくるってか。それとも、声の主は老司書の幽霊？」

云って、勅使河原がくつくつと笑う。

「怪談としてはまあまあの線だが……しかしどうもなあ。現に起こっているうちのクラスの〈災厄〉に比べたら、その手の話はどれもこれも可愛いもんだよな」

「——確かにね」

二階の廊下に出た。

北側に並んだ窓から射し込む外光で、何となく予想していたよりも明るい。ただ、ここが長年のあいだ立入禁止で使用されてこなかったことについては、そこかしこの汚れや破損でそうと分かる。床に積もった埃《ほこり》や、独特の澱《よど》んだ臭気もあいまって、いかにも「廃屋」めいた空気が濃厚に漂っている。

かつてこの校舎で、三年三組の教室として使われていたのは——。

西から三つめの部屋、だった。

これは勅使河原が、風見に訊いて確かめてきた情報。対策係も兼ねている風見は、五月の初め、赤沢たちと一緒に〈いないもの〉用の古い机と椅子をそこまで取りにいく役目を担ったのだという。

出入口の戸に施錠はされておらず、ぼくたちはやがて、なかば恐る恐るその教室に足を踏み入れたのだ。

室内は廊下よりも薄暗かった。

南側の窓に引かれている汚れたベージュのカーテンが、その原因だった。この部屋が使われなくなって十年以上。なのにカーテンが取り去られず、昔のまま残してあるのはどうして……って、そんなことはどうでもいいか。

ブレイカーが落としてあるらしく、スイッチを入れてみても電灯はつかなかった。カーテンを開ければ相当に明るくなるはずだけれど、誰かの目について、新たな「七不思議」のネタになってしまうのも気がひける。

というわけで——。

カーテンは閉めたまま、薄暗いままのその中で、ぼくたち三人は「探しもの」を始めたのだった。

こういうこともあろうかと、小型の懐中電灯を各自一本ずつ用意してきてあった。ぼくは軍手も持ってきていた。舞い上がる埃がひどいので、望月はハンカチを鼻と口に当てていた。

まずは全部で三十いくつかある机と椅子の一つ一つを、手分けして調べる。調べながらぼくは、いやでもさまざまな想像を巡らさざるをえなかった。

そもそも二十六年前、この教室でみんなが、夜見山岬という「すでに死んだ者」の死を認めず、一年ものあいだ彼を「いまだ生きている者」として扱ってしまったがために——。それが「引き金」となって起こりはじめた、理不尽きわまりない〈現象〉。そのせいでこの二十五年間、どれだけの関係者が〝死〟に引き込まれてしまったのか。十四年前まで三年三組があったこの教室。ここだけでもいったい、どれだけの人間が……。

たとえば久保寺先生のように、まさにこの教室の中で命を落とした者もいたかもしれない。

たとえばこの教室の窓から転落して死んだ者もいたかもしれない。

たとえば授業中に何かの発作を起こして死んだ者も……。

そんな想像を独り続けていると、何だかつい、現在の自分までがどんどんと〝死〟に引き寄せられていきそうな感覚に囚われた。——いけない。

「いけない、いけない」

慌てて声に出して呟《つぶや》き、ぼくはいったん動きを止めて深呼吸をする。埃を吸い込んで咳《せき》込《こ》んでしまったが、そのおかげで多少、気分を立て直すことができた。

とにかく今、集中しなければならないのは「探しもの」だ。——そうだ。

松永克巳という一九八三年度の卒業生がかつて、本当にこの教室に「あれを、こっそりと」隠したのだとして――。

さて、その隠し場所はどこだろうか。

ひとしきり机と椅子を調べてみて、「こんなところじゃないんだろうな」と思えてきたのだった。「隠す」にしては、これだとあまりにも見つかりやすすぎるから。

だから、もっとほかのどこかに……。

そうそう簡単には見つからず、それでいてどこか、いずれは誰かに発見されるだろうというような場所にこそ、彼は「あれ」を隠したはずなんじゃないか。

誰が探しても絶対に見つからない。そんな場所ではきっとないだろう。でないと、「伝えたいと思って」という目的にそぐわないから。

だったら、床板や壁、天井を剝《は》がしたりしなければならないような場所ではないはずだ。

とすれば……。

ぼくは教室内を見まわしてみた。そこで「あそこか」と直感したのは、部屋の後方に造り付けられた生徒用のロッカーだった。

ロッカーといっても、扉が閉まって鍵《かぎ》がかかるようになっていて、というふうな代物ではない。四、五十センチ四方の開口部が上下左右に並んだ、木製の棚のようなものだが。

机を調べるのを早々に切り上げて、ぼくはそのロッカーの前に立った。勅使河原と望月も、ぼくの考えを察知したのだろう、まもなくそばに集まってきた。

「この中にあるって？」

望月が訊くのに、ぼくは「さあ」と首を傾げてみせ、

「とりあえず全部、調べてみよう。奥のほうとか、死角になる部分があったりするかも」

「そうだね。じゃあ……」

けれども結局、その作業も徒労に終わった。すべてのロッカーの中を調べてみたが、それらしきものは何一つ発見できなかったのだ。

「あと、何か隠されていそうなところといえば……」

ぼくはいま一度、薄暗い教室内を見まわしてみる。そうしてそのとき、ようやくそれに気づいたのだ。

部屋の隅に据えられた掃除用具入れ。

これもロッカーと同様、古びた木製の備品で、高さは二メートルほどある。あの中はどうだろうか。あの中の、たとえば普通は誰も目をやらないような……。

ぼくはその前に駆け寄り、黒い鉄の把手《とって》が付いた細長い扉を引き開けた。箒《ほうき》が何本か、ちりとりにバケツに柄付きのモップ……何がどうということもない古びた道具が、そこには昔のままに残っていて――。

躊躇《ちゅうちょ》は感じなかった。ぼくはそれらの道具を掻き分けるようにして、狭苦しい箱の中に

身を潜り込ませる。そして懐中電灯の光を頭上に向けた。

「――これ、かな」

それを見つけたとたん、思わず声がこぼれていた。

「何だよ、サカキ。何かあったのか」

勅使河原が駆け寄ってきて訊いた。

「ここに――」

と、ぼくは爪先《つまさき》立ってそれに手を伸ばす。

潜り込んだ掃除用具入れの、天板の内側だった。黒いガムテープで、そこに何かが貼り付けられているのだ。

「何かある、ここに。――何だろう」

入念に、何重にもテープが貼り重ねてあった。ぼくは懐中電灯を口にくわえて両手を自由にして、それを天板から剝がし取ろうとした。

やがて――。

やっとのことでそれを剝がし取ると、ぼくは外に出た。大した運動量でもないのに息が切れ、顔中が汗まみれになっていた。

「何だ、それ」

「この中……天板に貼り付けてあったんだけど。今みたいに入ってみないと、こんなものが隠してあるなんて気づかないと思う」

「そうだよな」

「何なんだろう、これ」

天板から剝がし取ったそれは、それ自体もガムテープでぐるぐる巻きにされている。このテープは黒ではなく、茶色い布製のテープだった。ものの大きさはどのくらいだろうか。巻かれたテープを取り去ってしまえば、たぶん文庫本よりもっと小さいくらいの……。

手近な机のそばに移動して、それを机の上に置いた。とにかくこの、ぐるぐる巻きのテープを剝がすことが先決だが。

「あ、ちょっと待った」

勅使河原が云った。

「ガムテに何か書いてあるぞ」

「えっ」

はやる心を抑えつつ、懐中電灯を持ち直してそれを照らしてみる。よく見てみると……ああ、確かに。

茶色いガムテープの表面に、赤いマーカーで文字が記されている。固定に使われていたテープを剝がし取っても文字が消えなかったのは、この面を天板に向けて貼り付けてあったからなのだろう。

> 将来このクラスで
> 理不尽な災いに苦しめられるであろう
> 後輩たちに……

そう読み取れた。ほとんど走り書きのような、きたない筆跡だった。

「ビンゴだな」

勅使河原が指を鳴らした。

「きっとこのメッセージも、松永っていうOBが書いたんだぜ」

ぼくたちはその場で作業にとりかかることにした。何かに巻きつけられたガムテープを丁寧に剝がしていくという、なかなかに面倒《めんどう》な作業。何分間かの地道な努力の末、ようやく正体を現わしたもの——。

それは一本のカセットテープだった。見たところ何の変哲もない、TDKの六十分テープ、ノーマルポジション。

7

発見したカセットテープを持って立入禁止区域から脱出し、いったん美術部の部室に戻ったとき、時刻は午後五時過ぎ。思ったよりも時間が経ってしまっていたな、というのがぼくの実感だった。

「ラジカセ、ないのか」

と、勅使河原が望月に訊いた。

「ないよ、ここには」

望月が答えると、勅使河原は埃だらけの茶髪を掻きまわしながら、

「とにかくこいつ、聴いてみないことにはな。しかし、よりによってカセットテープかよ」

「十五年前にはまだMDもないし」

「そりゃあまあ、そうだが。——うーん。うちにはカセットを再生できる機械、なかったんじゃないかな」

「ぼくんちにはあるよ」

と、望月が云った。

「榊原くんちは？」

「さあ……」

東京から持ってきている自前のオーディオ機器は、再生専用のポータブルMDプレイヤーだけだった。祖父母がテレビ以外の機械で音楽を聴いているのは見たことがない。怜子さんの仕事場なら、ラジカセの一台くらいあってもおかしくはないけれど。

「じゃあ望月、今からおまえんち行くか」

と、勅使河原。望月は「ああ、うん」といったん頷きかけたが、急に「いや」と動きを変えて、

「待って。——これ見てよ、ほら」

両手でカセットテープをそっと持ち上げ、ぼくたちに示した。

「ほら、これ。よく見て。リードテープが切れちゃってるの、分かるでしょ」

「ああ……」

「本当だ」

「たぶんさっきガムテープを剝がしたとき、くっついて切れちゃったんだよ」

「うう」

「ってことは？」

「このままじゃあ再生できない」

「ったくもう、どうせならケースに入れて隠してくれよな」

勅使河原は思いきり顔をしかめて、またぞろ茶髪を掻きまわす。中庭の、窓のすぐ外の木でさっきから鳴きつづけているアブラゼミの声が、凶悪なくらいにうるさかった。

「どうしたらいいんだよ」

勅使河原の投げやりな問いかけに、望月があっけらかんと答えた。

「修理したら聴けると思うけど」

「ん？　できるのか、おまえ」

「やってできなくはないと思うけど」

「そうか。――よし。それじゃあとりあえず、テープは望月に任せた」

「任せられて大丈夫？」

ぼくが確かめると、望月は神妙に頷いて、

「とにかくやってみるよ。ちょっと時間がかかるかもしれないけど」

そうしてぼくたちは美術部の部室をあとにし、三人揃って校門を出たのだった。

そろそろ夕暮れが迫りつつあり、西の空が朱色に染まりはじめていた。それがとても鮮やかで、この世のものとは思えないほどきれいで……見つめていると、なぜだかやけに気持ちがしんみりしてきて、涙ぐみそうになった。去年の夏休みには、まさか一年後、自分がこんな「冒険」の渦中にいるなんて夢にも思わなかったよなあ……。

……そんな中。

バス停に着いたあたりでふいに、どこか遠くからけたたましい音が聞こえてきたのだ。救急車とパトカーのサイレンが、幾重にも重なって。

「何か事故、かな」

「——なのかな」

「気をつけなきゃいけないんだよね、ぼくたちも」

「——だよね」

このとき、三人のあいだで交わされた言葉はこれだけだった。

8

翌三十一日の昼前になって、ぼくはその情報を知らされた。

小椋敦志《あつし》（十九歳、無職）の死。

地元の高校を卒業したあとも定職につかず、彼は日がな一日、自宅に閉じこもりっぱなしの生活を続けていたらしい。昨今、「引きこもり」と呼ばれて問題視されている若者の一人だった、と云ってもいいだろうか。

七月三十日、午後五時二十分。

付近での作業を終えた大型工事用車両がこのとき、運転を誤って小椋敦志の家に突っ込んでしまったのだという。建物の破壊は、敦志が閉じこもっていた二階の自室にまで及んだ。部屋が道路に面する位置にあったため、ほとんど車体の直撃を喰らう形になったのだ。敦志は頭蓋骨《とうがいこつ》骨折をはじめとする重傷を全身に負う結果となり、三十一日未明、搬送先の病院であえなく息を引き取った。

問題は「小椋」というその苗字だった。

夜見山北中学の三年三組には現在、同じ小椋姓の女子生徒がいて……つまりはそう、この事故で不運な死をとげた小椋敦志は、彼女の実の兄だったのだ。——久保寺先生とその母親に続く、三人めの〈七月の死者〉。

Interlude Ⅳ

……ええと、おれの……おれの名前は、松永克巳。

夜見山北中学、一九八三年度の三年三組の生徒で……来年の三月には卒業の予定。

……今、このカセットテープにこれを録音しているのは八月二十日の夜、十一時過ぎ。

夏休みの終わりまで、あともう十日ほどか。自宅の自分の部屋で、おれ一人でテープレコーダーに向かってる。

録音が終わったら、このテープは教室のどこかに隠すつもりでいる。

いつか……どのくらい先か分からないけれども、将来このテープを見つけて聴く者がいるとして、それが……今このテープを聴いているきみ、いや、もしかしたらきみたちかもしれないな、きみたちが未来の三年三組の生徒……おれの後輩であること、その可能性はどのくらいだろう。そしてきみたちが、今年おれが……おれたちが経験したのと同じような目に遭っていて、クラスに降りかかる理不尽な災いに怯《おび》えている可能性は……。

……まあいい。

可能性の大小なんて、ここで考えてみても仕方ない。仕方ないよな。

ええと……そう、**おれがこんなテープを残そうと決めたのには、大きく云って二つの意味があるんだ。**

一つはおれの……**おれ自身の「罪の告白」みたいな**……うん、そうだな。そういうことだよな。

誰かにおれがやったことを話したくて、聞いてほしくて、それでこんな……そう、そういうことなんだ。いくら今、まわりのみんなに話してもまるで分かってくれなくて。取り合ってくれない、みんなもうすっかり忘れちまってる……そんな状態になってしまったもんだからさ、だから、せめて……。

もう一つの意味は、**未来の後輩であるきみたちに忠告を**……いや、**アドバイスを伝えたい**、ということで。これは……。

……これは、とても大事な問題だ。

このあとおれが話すことを、きみたちが信じるかどうか。それは結局のところ、きみたちの自由なんだけれども……でも、できれば信じてほしい。おれはここで、決して嘘を云ったりはしないから……。

三年三組にまぎれこむ〈もう一人〉と、そのために起こってしまう〈災厄〉……〈呪い〉って云うやつもいるし、そんなものじゃないって云うやつもいるけど、どっちだっていい。とにかく、**この事態を終わらせるためにはどうしたらいいのかっていう問題**……。

……つまり。

それは……。

……ああ、いや、やっぱり順を追って話したほうがいいのかな。うん。そうだよな。そうしよう。

…………

…………

……合宿が、あったんだ。

八月八日から二泊三日で、夏休みのクラス合宿が。夜見山のふもとにある学校の施設、〈咲谷記念館〉っていう名前の付いた合宿所で……。

何でそんなことになったかっていうと、これは担任の古賀《こが》先生が云いだしたんだ。合宿をして、神社にお参りをしようって。

夜見山は昔から「夜見のお山」って呼ばれていて、山腹に夜見山神社っていう古い神社があるんだな。そこにみんなでお参りをしたら、きっと〈呪い〉が消えるに違いないって……要はまあ、困ったときの神頼み。

聞くところによると古賀先生、この件について思いつめたあげく、何とかっていう霊能者に相談したらしい。で、そんな助言をされたとかいう噂もあるんだけど……実際どうだったのかはよく分からない。

とにかくまあ、それでおれも、その合宿に行ったわけだ。

参加した生徒は、おれを含めて二十人。みんな半信半疑の様子だったけれども、合宿二日めの八月九日……ああ、これってむかし長崎に原爆が落とされた日だよな。まあそれは関係ないことだけど……合宿二日めのその日、おれたちは先生にひっぱっていかれて山に登って、神社にお参りしたんだよ。

……ひどく寂れた神社だった。

この街の名前が付いた神社だっていうのにさ、どういうわけだか、ちゃんと管理されているふうでもなくて。何だかもう、世界から見捨てられちまってるような……。

だからさ、お参りをしたついでに、みんなで境内を掃除したりもして……あのときは、そうだな、もしかしたらこれで本当に呪いが解けるんじゃないか、みたいな気分にもなったよ。先生は自信たっぷりに「これでもう大丈夫です」って……ところが。

……だめだったんだ。

そんなことで解決するほど、甘いもんじゃなかったのさ。

神社をあとにして、その帰りの道でさっそく、だった。朝からずっといい天気だったのが、いきなり雲行きが怪しくなってきて、いきなり雨が降りだして……しかも、ひどい雷雨で。先生も生徒も大慌てで、逃げるみたいにして先を急いだんだけど、それがまずかったのかな。いや、今さらこんなふうに云ってみても始まらない。始まらないよな。

最初にやられたのは、浜口《はまぐち》っていう男子だった。

やられたっていうのはつまり、雷に打たれたんだ。バカなやつでさ、あいつ。用意周到に傘を持ってきてて、自分一人それを差してたんだな。山道で、しかも雷がガラガラ鳴りまくってるっていうのに……。

……で、落雷が直撃。

おれは先のほうを歩いてたから目撃はしてないけど、あのときの音はものすごかった。あんなに間近に落雷の音を聞いたの、初めてだったよ。

浜口は……たぶん即死だったんじゃないかな。焼け焦げて、しゅうしゅうと煙が出てるのが見えた。それでもう、その場はパニックさ。

何とか先生が混乱を鎮めようとしたんだけど、どうにもこうにも収拾がつかなくて。浜口のことはほったらかして、ほとんどの生徒が、われ先にって感じで走りだして……おれもそれに押されるみたいにして、とにかく早く山を下りなきゃって、雨の中をやみくもに走った。そんな中で……二人めの犠牲者が出たんだ。

星川《ほしかわ》っていう女子だった。

今度は雷にやられたんじゃない。パニクって走りつづけるうち、道を踏み外してさ、崖《がけ》から転落しちまって……。

切り立った高い崖で、おれたちにはとてもじゃないけど助けられるような状況じゃなくて、結局みんな、それも置いてけぼりにして……つうか、下山して助けを呼ぶしかもう、できることはなかったんだよな。

結果を云ってしまうと、浜口も星川も助からなかった。二人して〈八月の死者〉になっちまったってことだ。神社のお参りなんて、何の効果もなかったわけで……。

…………

…………

…………

……で。

肝心なのはこのあとだ。

このあと、みんながやっとの思いで下山した直後、それがあったんだ。

それっていうのはつまり……つまり、おれが…………

Chapter 14

August I

1

「写真、撮ろうよ」

ちょっとはにかんだ調子で、望月優矢が云いだした。デイパックのサイドポケットから取り出したコンパクトカメラをぼくたちに示して、

「ね、記念写真。中学最後の夏休み、なんだから……ね？」

「わたしが撮ってあげましょうか」

三神先生がそう応《こた》えて、望月のほうに向かった。

「あ、だめです。先生も一緒に」

望月は慌てたふうに首を振って、

「みんな、そこに並んで。——そうそう。はい、先生も入ってくださいね」

指示されるままに、ぼくたちはそこ——合宿所の門の前に並んで立った。黒ずんだ石造りの門柱に〈咲谷記念館〉と文字の彫られた青銅板がはめこんである、それが中央に写るような恰好《かっこう》で。

「はい。撮りまぁす」

と、望月がカメラを構える。

「荷物は脇に置いちゃったほうがいいかな。榊原くんと見崎さん、もうちょっと寄って。先生ももうちょっと……うん、そう。それじゃあ——」

シャッターを切る音。

被写体となった「みんな」は全部で五人だった。ぼくと鳴、三神先生、それから風見と勅使河原の「腐れ縁」コンビ。

生徒は全員、制服の夏服姿——男子は半袖《はんそで》の白い開襟シャツ、女子は半袖の白いブラウス。校外だから、胸に名札を付けている者はいない。三神先生も生徒に合わせたような白いブラウスで、その上に薄手の茶色いジャケットを羽織っている。

建物の敷地を取り巻いた森の木々からは、蟬の声が降り注いでくる。といっても、アブラゼミやクマゼミの騒々しさはない。市街地ではあまり聞くことのない、涼やかなヒグラシの声。――東京の都心育ちのぼくは、むかし初めてこれを聞いたとき、てっきり何か鳥の鳴き声なんだろうと思ったものだった。

「よし望月、おまえも入れ」

と、勅使河原が云った。

「おれが撮ってやるよ」

「あ……でも」

「遠慮するなって。ほらほら、ちゃんと先生のとなりに行けよ」

「あ、うん。じゃあ……」

勅使河原にカメラを手渡すと、望月は小走りにこちらへやってきて、しかるべき位置に立った。勅使河原が額の汗を腕で拭《ぬぐ》いながらカメラを構え、

「撮るぞぉ」

高々と片手を挙げる。そして即座にシャッター音。

「うーん。もう一枚いこっか。――おいおい望月、先生との距離が遠い。もっとくっついて。サカキと見崎もだ。風見はそのまま……よし。いい感じだな」

何が「いい感じ」なんだか。――べつにどうでもいいけど。

「撮るぞぉ。はい、チーズ」

今も昔も、写真撮影時の笑顔を促す合図は「チーズ」で変わらないんだな。――と、こ

れもべつにどうでもいいことだけれど、その「どうでもよさ」がこのときは、何だか不思議と心地好《よ》かったりもした。

八月八日、土曜日の夕刻の、これはそんな「どうでもよさ」に多少なりとも浸ることができた、多少なりとも平和なひととき——。

街の北の外れ、夜見山のふもとのこの場所までは、みんなで市営バスに乗ってやってきた。終点の停留所で降りて、あとは徒歩で登り坂を二十分余り。この移動の間、参加した生徒たちの大半は、多かれ少なかれこんな調子でふるまっていたのだが……。

……見せかけの平和。

誰もがそれを自覚していたに違いない。

本当はみんながみんな、激しい不安や恐れを胸のうちに抱いているに違いないのだ。お互いにそうと分かっているけれども、暗黙の了解のように表には出さない。

不用意に口にしてはいけないんじゃないか。口にしたら最後、そのせいで不安や恐れの対象がすぐさま現実のものになってしまうんじゃないか。——みんなして、そんな心理状態に落ち込んでしまっていて……と、これってたぶん、こういう状況ではありがちな話なんだろうなと思う。そして——。

そんな中で誰もが、充分に承知していたんだろうな、とも思うのだ。

この「見せかけの平和」はそうそういつまでも続くものではない、続くはずがない、ということを。

2

山麓《さんろく》の森の中に建つ〈咲谷記念館〉は、漠然とした事前の予想とは違って、ちょっとクラシカルな雰囲気を漂わせた洋館風の建物だった。

夜見北のＯＢで地元の名士としても知られていた咲谷某氏が、もともとは自分の会社の施設として建てたものだったという。それが学校に寄付されたのが、今から何十年か前。寄付者の苗字《みょうじ》を冠して、〈咲谷記念館〉と命名された。

「正直なところ、今や学校では持て余しているみたいなんだがね」

と、これはそういった基本情報とセットで千曳さんから聞いた話。

「建物の保守管理にかかる手間と費用が莫迦《ばか》にならなくて、そのわりには近年、あまり利用されなくなってきていて。それでも、なかなか売り払うなんてわけにもいかず……」

当初、今回の合宿に参加しようという生徒は数えるほどしかいなかった。まあ、それもむべなるかな、だろう。

いくら「大切な行事」だと先生に云われても、それ以上の具体的な目的が明らかにされない状態では、二の足を踏んで当然だ。合宿なんかに行くより、街からの脱出は叶《かな》わないにせよ、おとなしく家に閉じこもっていたほうが安全に決まっている。——そう考える者が多かったということで。

ところが——。

そんなおりもおり、「引きこもり」の小椋敦志が先月末、あのような死に方をしてしまったのだった。

たとえ自宅に閉じこもって一歩も外に出なかったとしても、決して安全とは云えない——という現実を思い知らされて、「だったら……」と考え直す生徒が出てきた。合宿に行くとみんなが助かる——という噂が、何となく広まってきてもいたらしい。それで、申し込みの締切日が過ぎてから、「やっぱり参加することにします」といった連絡が相次いで……。

駆け込みで数人が増えた結果、参加者は十四人となった。男子が九人に女子が五人。これで参加率、五十パーセント。引率の三神先生を入れて計十五人が、きょうから二泊三日を〈咲谷記念館〉で過ごすことになったわけだが——。

集合場所は学校の正門前だった。そこで三神先生は、

「あしたはみんなで夜見山に登りましょう」

と、ぼくたちに告げた。

「山腹の神社にお参りをして、クラスの無事をお祈りするのです」

生徒たちの反応はまちまちだったけれど、そう告げた先生の声にそもそも、ぼくはあまり力強さを感じ取れなかった。ぼくだけじゃない。少なくとも勅使河原と望月は同じように思っただろう。おそらくは鳴も、だ。

十五年前の夏休み、同じ日程でクラス合宿が実施され、八月九日にはみんなで夜見山に登って神社を参拝した——そのときの顚末《てんまつ》をぼくは、すでによく知っていたから。そして、三神先生自身もそのこと——帰りの山道で二人の生徒が事故死したという——を承知している、と分かっていたから。

だから、先生にしてもためらいを覚えざるをえなかったはずなのだ。それでもやはり、文字どおり藁《わら》にもすがらざるをえない気持ちで、少しでも可能性があるのならば……と決断した。——そう。やはりそういうことなんだろう。

〈咲谷記念館〉には、住み込みの管理人夫妻がいた。夫妻ともに六十歳前後と見える年配で、苗字は沼田《ぬまた》という。

沼田・夫のほうは小柄で痩《や》せぎすで、禿《は》げ上がった浅黒い額にぐねぐねと走る深いしわと落ちくぼんだ三白眼がいかにも気むずかしげで……見かけどおり無口で無愛想な人で。沼田・妻のほうは対照的に大柄でふくよかで、そのくせちゃきちゃきと動いて朗らかに話す。やってきたぼくたち一行を、ちょっと気味が悪いくらいに大歓迎してくれて……。

十五年前の合宿のときにも、彼ら夫妻はここにいたんだろうか。

ふと気になったけれど、いきなりそんなことを訊《き》ける雰囲気でもなかった。

建物は木造モルタル塗りの洋風二階建て。ごく大ざっぱに云うと、北側の山を背にしながら、南側に向かって口を開いたコの字形の構造だった。

もともとは社員の保養施設だったのを、ほとんどそのままの状態で使ってきたのだという。広々としたホールや食堂などに加えて、相当数の寝室が備わっている。基本的に寝室は二人部屋で、なるほど見るからに老朽化は進んでいるものの、内装や設備はちょっとしたホテルのようで。トイレと浴室は共同だが、全室にエアコンも入っている。

部屋数からすると一人一部屋でも充分に足りそうだったのを、そこは三神先生の指示で、二人一部屋の割り振りとなった。これはきっと、安全上の配慮なのだろう。

——で。

ぼくは望月優矢と相部屋になった。

3

「例のカセットテープ、持ってきた?」

部屋に荷物を入れてひと息つくと、ぼくは望月に確認した。とたんに彼は表情を硬くして、「うん」と神妙に頷《うなず》いた。

「小型のテープレコーダーも持ってきたよ。うちにはデッキしかなかったんだけど、知香さんが貸してくれて」

「知香さんには、事情は？」

「テープの内容については、ちゃんと話してないの。訊かれたんだけどね、とても話す気になれなくて」

「そっか」

ぼくはベッドに寝転がり、両手を組んで後頭部に当てた。そうしながら、四日前のことを思い出す。八月四日の昼下がり、勅使河原と二人で望月の家を訪れた、あのときの――。

「テープが修復できたから」と、望月から連絡があったのがその前夜だった。そこで翌日さっそく、集まってそれを聴いてみようという運びになったのだ。

ぼくは鳴との約束を思い出し、知らされていた携帯の番号に電話してみたのだが、何度かけてもつながらなかった。あとで聞いたところによると、このとき彼女はまだ海辺の別荘に滞在していて、そこは電波事情が悪くて「圏外」だったんだとか。

望月の部屋の、テープデッキ付きのミニコンポで、そしてぼくたちはそのテープを聴いたのだった。

やたらと雑音の多い、良好とは云えない録音状態だった。あまりボリュームを上げるのもためらわれたので、スピーカーに近づいて耳を寄せるようにして、再生される声に神経を集中させたのだったが──。

『……ええと、おれの……おれの名前は、松永克巳』

そんな自己紹介から始まったテープの声は、十五年前の合宿で夜見山に登った、その帰り道での二つの事故を語ったのち、しばらくの間をおいて『……で』と続けた。

『肝心なのはこのあとだ。

このあと、みんながやっとの思いで下山した直後、それがあったんだ。

それっていうのはつまり……つまり、おれが…………』

そうして彼が──十五年前の松永克巳が語ったこと。それは確かに、彼自身の「罪の告白」であり、十五年後の後輩であるぼくたちに対する「忠告」「アドバイス」だったのだ。

『……下山して、合宿所に戻って助けを呼んで……そんなどさくさの中で、実はちょっとしたトラブルがあったんだよ』

松永さんの話はこのように続いた。

『きっかけが何だったのか、正直云ってよく憶《おぼ》えていない。おれもほかの連中と同じで、ひどく動転していたし……だから、そもそもどういう流れであんなことになったのか、詳しくは思い出せないんだけど……。

……とにかく。

とにかく、そう、場所は合宿所の外の、森の中だった。そこでおれ、ある男子生徒と云い争いをして、それがエスカレートして摑《つか》み合いの喧嘩《けんか》になったんだ。

考えてみるとおれ、あいつのことが前から気に喰《く》わなかったんだよな。どう云うんだかな、何があってもシレッとしてるっつうか。何だかもう、いちいちが癇《かん》にさわって、見てるといらいらしてきて……と、まあそんなやつだったわけで……。

あのときもおれ、あんな事故が起こって二人も大変な目に遭ったっていうのに、あいつがいつもと変わらずシレッとしてて、まるで無関心なふうなのに腹が立ったんだ……と思う。それでたぶん、おれのほうからつっかかってって、あそこで喧嘩みたいになったんだと思う。

あいつは……』

と、そこで松永さんは、その「ある男子生徒」＝「あいつ」の名前を云った。——のだと思う。ところが、よりによってその部分だけ、テープの雑音がやたらと激しくなっていて、どうしても言葉を聞き取れなかったのだった。これはこのあとの録音についても同様で、彼が「あいつ」の名前を口にするたび、どういうわけかそれを搔《か》き消すように激しい雑音が覆いかぶさってきて……結果、ぼくたちはとうとうその名前を知ることができなかったのだ。

なので、もしもこのテープの内容を文字に起こすとしたら、問題の男子生徒の名前は「[redacted]」とでも記すしかないだろう。

『とにかくおれたち、あそこで喧嘩みたいになって……で、気がついたときにはあいつ、動かなくなってたんだ』

　このあたりの声音はそれまでよりも低くて、気のせいか震えているようにも聞こえた。

『掴み合いになって、たぶんおれが、力いっぱいあいつを突き飛ばしちまったんだと思うんだけど……ああ、詳しいところはやっぱりちゃんと思い出せない。

……あいつは動かなくなってた。

森の中の、でっかい木のそばに倒れていて……おい、って声かけても返事がなくてさ。近寄ってみたら、後頭部に木の枝が深々と突き刺さってて、血が流れ出してたんだ。

　おれがあいつを突き飛ばして、その勢いで木にぶつかったとき、たまたまそこに突き出ていた枝が頭に刺さっちまって……と、そう思えた。そうとしか思えない状況だった。

[redacted]は……死んでた。

ちゃんと脈も取ってみたよ。胸に耳を当ててもみたんだけど……間違いなく死んでた。

おれが……おれが、殺したんだ。

　そのときはおれ、無性に怖くなって、合宿所の部屋に逃げ帰ったよ。

　誰にも云えなくて……自分が[redacted]を殺したなんて。死体が見つかったら事故でかたづけられるかもって、そんなふうに考えていたことも正直に告白しておくよ。

　その日はそのあとずっと雨が激しくて、おれたちはもう一泊、合宿所で休んでいくことになって。中には親が迎えにきて、連れて帰られたやつもいたけど。警察もやってきて、あれこれと質問されたりもしたんだけど……そこでもおれ、[redacted]の件は何も云わなかった。云えなかったんだ。

ひと晩、ほとんど眠れなくってさ。誰かが[redacted]の死体を見つけて、今にも大騒ぎになるんじゃないかと気が気じゃなくて……。

……なのに。

朝になっても、いっこうにそんな気配がなかったんだ。

生徒が一人足りない——いなくなっていることに、誰かが当然、気がついてしかるべきなのに。なのに、先生はもちろん生徒たちもみんな、まるで気づいてないっつうか、気にしてないっつうか……。

それでおれ、恐ろしいのを我慢して、こっそり確かめにいってみたんだよ。[redacted]の死体があるはずの森の中へ。そしたら……』

テープの声はそこでまた、しばらく間を取った。低い息づかいが、雑音にまじってかすかに聞き取れた。

『そしたら……なかったんだよ。死体がなかった。消えてたんだ、跡形もなく。これは雨で流されたのかもしれないけど、血の痕《あと》もまったく残っていなかった。

おれはびっくりして、すっかり混乱しちまって……みんなに訊いてまわらずにはいられなかった。[redacted]はどうしたのかな、どこにいるのかな、もう家に帰ったんだろうか、ってさ。

するとみんながみんな、変な顔をするんだよ。先生も生徒も、みんなが。[redacted]って、誰だそれ？ って。そんなやつは知らないぞ、って。

まさかと思って確認してみたら、合宿に参加した生徒の数は、そもそも十九人だって。二十人じゃないって云うのさ。要するにだな、みんなにしてみれば、[redacted]なんてやつは最初っからいなかった、って、そういう話になってしまってたわけで……。

本当にもう、あのときは気が変になりそうだったよ。けれども、そこでやっとおれ、思い当たったのさ。つまり……。

つまりだな、おれが殺したあいつ……[redacted]がきっと、今年クラスにまぎれこんでいた〈もう一人〉だったに違いないって』

テープA面の録音は、ここでぷっつりと切れていた。

ぼくたちは息を呑《の》んだまま、ひと言も口をきけずにいた。望月が残りを早送りして、B面を再生した。

『……これは、おれの「罪の告白」だ』

十五年前の松永克巳は、そこでふたたびそのような口上を述べた。

『そしてこれは、未来の後輩であるきみたちへのアドバイスでもある』

スピーカーから流れ出す雑音だらけの再生音に、ぼくたちは引き続き耳を傾けた。

『おれはあのとき、確かに[redacted]を死なせた……殺した。この事実に変わりはない。だからそれを、ここでこうして「告白」しておこうと決めた。そうして少しでも、自分の良心を慰めたいと思ったわけで……。

しかし皮肉にも、一方でおれがやったことは「救い」にもなったんだよ。救い……分かるか？ つまりそれは、クラスのみんなにとっての「救い」だ。

偶然の成り行きだったとはいえ、おれが[redacted]を殺してしまったこと——それが、結果としてみんなの「救い」になったのさ。クラスにまぎれこんでいた〈もう一人〉の〝死〟によって、この年の〈災厄〉が終わったんだ。あれからまだ十日ほどしか経っていないけれども、これはまず確かな話だろうと思う。その証拠に……。

誰ももう、[redacted]のことを憶えていないのさ。

おれが[redacted]を殺した、あの次の日から。先生も生徒も親も……少なくともおれが知ってる三年三組の関係者は誰一人として、今年の四月から[redacted]という男子生徒がクラスにいた事実を憶えていない。忘れちまってるんだ。記憶がそのように組み直されてしまってる、とでも云うのかな。

もともと存在するはずのなかった〈死者〉が〝死〟に還《かえ》ることで数の辻褄《つじつま》が合って……で、世界の秩序が回復した。関係者の記憶をはじめとするいろいろな改変が、もとどおりに修正された。そんなふうに考えればいいんじゃないかと思う。

[redacted]の〝死〟と深くかかわったおれだけは、そんな中でもまだ[redacted]のことを憶えている。けれどもおそらく、それも時間の問題じゃないかって気がするのさ。

ちなみに、[redacted]っていう名前のそいつは、実は二年前——一九八一年度の三年三組にいた[redacted]っていうやつの弟だった。で、実はその年の〈災厄〉のせいで、弟の[redacted]は死んじまってるわけなんだ。おれ以外のみんなの記憶はもうすっかり、その正しい現実に従って組み直されていて……。

これからだんだんと、おれも[redacted]のことを忘れていくんじゃないかと思う。

四月からクラスに誰だか分からない〈もう一人〉が増えて、毎月のように関係者が死んでいって……という基本的な事実の記憶は残るにしても、その〈もう一人〉が[redacted]だったことや、あいつを自分が殺したこと、それによって今年の〈災厄〉が止まったこと、その辺のあれこれはいずれきっと、おれの記憶からも消えてしまうんだろうなって、そう思うんだ。

……だから。

だからおれ、このテープを残そうと思い立ったんだよ。教室のどこかにこれを隠そうと考えたのは、遅かれ早かれおれ自身にも、このテープの意味が分からなくなっちまうかもしれないからで……。

……だから。

記憶がまだ確かなうちに、こうして自分の経験を録音して……で、将来おれたちと同じような目に遭うかもしれないきみたち後輩に、この事実を伝えようと。どうやったら〈災厄〉を止められるか、そのアドバイスを……。

……な？　分かるよな。分かってくれるよな』

松永さんはそして最後に、語気を強めてこう語ったのだった。

『〈死者〉を〝死〟に還す。それでその年の秩序は回復する。

いいか？

〈死者〉を〝死〟に還す。おれがやったのと同じように、〈もう一人〉を殺すんだ。それが唯一、始まってしまった〈災厄〉を止める方法だと……』

4

「見崎さんには云ってあるんだよね、テープのこと」

と、今度は望月のほうが訊いてきた。

「だいたいのところは」

ベッドに寝転がったまま、ぼくは答えた。

「おととい、会って話したんだ。そしたら彼女、実際に聴いてみたいって。だからきょう、テープとテープレコーダーを持ってきてくれって頼んだわけ」

「——だったよね」

望月はとなりのベッドの端に腰かけ、頬に両手を当てていた。部屋のエアコンはつけず、窓が開けっぱなしにしてある。流れ込んでくる外の空気が、市街地とはだいぶ違う涼しさだからだ。東京の夏の空気とはもっと違う。

「ほかには？」

と、続けて望月が訊いた。

「——って？」

「ほかにテープのこと、云った人はいるの」

「それは……うん。怜子さんには、少し」

思わずそう答えてしまった。

「怜子……ああ」

望月は頬から片手を離して頷き、

「ぜんぶ話したの？」

「確かめただけさ」

ぼくはゆっくりと上体を起こしながら、

「十五年前の合宿には、あの人も参加したっていう話だから。二日めに神社へ行った帰り道、事故で生徒二人が死んだ件を確認してみたんだよ」

「――それで？」

「細かい記憶はやっぱり曖昧《あいまい》なふうだったけど、『帰りの山道で二人の生徒が』というのは、そう云われてみれば確かにそうだった気がするって。思い出して、当時のショックもかなりよみがえってきたみたいで……」

どうしよう――と、あのとき彼女は悩ましげに呟《つぶや》いていた。どうしたらいいんだろう、わたし……と。

そんな彼女に対して、ぼくは……。

「それ以上のことは話さなかったの？」

「松永さんっていう同級生がいたかどうかは確かめてみたよ。『いたと思うけど』っていう答えだった。でも、死んだ二人以外に行方不明になった生徒はいたかっていう質問には、『知らない』って」

「テープの話どおりだね」

「――うん」

「云ったのはそこまで？」

「そう」

始まってしまった〈災厄〉を止める方法は、〈もう一人〉＝〈死者〉を見つけ出して〝死〟に還す——殺すことだなんて、そこまでの話を彼女にする気には、どうしてもなれなかったのだった。

「そのほかには、誰にも？」

「云ってないよ」

「ぼくも、誰にも。——勅使河原くんもたぶん、そうだと思う」

「云ったところで、どうしようもないもんなあ。かえってみんな、混乱するばかりで」

「——だよね」

冷静に考えてみたとき、恐れるべきはそこで膨れ上がる疑心暗鬼なんじゃないか、とも思うのだ。

〈もう一人〉＝〈死者〉を殺せば〈災厄〉は止まる。

もしもクラスのみんながそれを知ってしまったら、いったいどうなるだろうか。

きっとみんなは躍起になって、クラスの中の誰が〈もう一人〉なのかを突き止めようとしはじめるに違いない。突き止める方法なんてない、とされているにもかかわらず、だ。その結果もしも、確たる証拠もなしに誰かが〈もう一人〉だと決めつけられてしまったとしたら……。

想像してみるだけで、ひどくいやな気分になった。

ひどくいやな……恐ろしい予感も覚えた。

だからぼくたちは、少なくとも当面、この件については自分たちの胸にとどめておくほうがいいと考えたのだ。ただ、鳴には例外的に話すかもしれない、ということは云ってあった。

「ねえ、榊原くん」

室内をきょろきょろと見まわしながら、望月が云った。

「この合宿にも来てると思う？　つまりその、〈もう一人〉が」

「――さあ」

「どうしてもぼく、気になっちゃって。この中に〈もう一人〉がいるのかも、って思うとやっぱり……」

「みんな同じだよ」

そう応えて、ぼくは深呼吸をした。

「気にするなっていうほうが無理な話だし。勅使河原のやつだって……あいつきょう、ふと気づくと参加者の顔をちらちら窺《うかが》ってばかりいたしさ。誰が〈もう一人〉なのか、何とか見分けられないものかって、たぶん……」

「見分ける方法って、本当にないのかな」

「十五年前の松永さんの場合は、まったくの偶然だったみたいだしね」

「――本当にないのかな」

「ない、と聞いてるけど」

ぼくはベッドの端に身を移し、望月と向き合った。ムンク好き・年上好きの美少年は肩をすぼめながら、きょろきょろと動かしていた目を伏せた。

「でも、仮にそんな方法があったとして……で、誰が〈もう一人〉なのかが分かったとして、それでどうする？」

「どうするって……」

「そいつを殺す？」

なかば自問のつもりで、ぼくは問いかけた。

「殺せる？」

望月は何とも答えず、いったん上げた目をまた伏せる。困り果てたような深く長い溜息《ためいき》をつく。つられてぼくも溜息をつき、ふたたびベッドに寝転がりながら、

――そいつを殺す？

――殺せる？

声には出さずに自問を繰り返した。

――誰がそいつを殺す？

――どうやって殺す？

「あしたは本当に山、登るのかな」

窓のほうを見ながら、望月が云った。

「予定に変わりはないみたいだけど」

寝転がったまま、ぼくは答えた。

「神社にお参りしても、意味がないって分かってるのに……」

「まあ、確かに」

「天気が悪かったら中止だよね。そうなったほうがいいよね。十五年前みたいに雨に降られでもしたら、それこそ……」

「確かにね。——逆さてるてる坊主でも作る？」

携帯電話の着信音が、そのとき鳴りはじめた。自分のだ、と音色で分かった。

ベッドから飛び起き、カバンから携帯を探り出し、液晶画面の表示を見て——。

「見崎から」

望月にそう伝えてから、電話に出た。電波の状態が相当に悪いようで、ざざざ、がががが……という雑音がやたらと耳障りな中——。

「榊原、くん？」

やっと聞き取れた鳴の声。

「今どこ？」

「望月と部屋に」

「部屋はどこ？」

「二階の端のほう。玄関から見て左側の……番号は、ええと……」

と、望月が小声で教えてくれた。

「202号室、だけど」

「今からそっち、行ってもいい？」

鳴は云った。

「夕食までまだ時間、あるし」

5

鳴がやってくる前に、望月は「ちょっとあちこち見てまわってくる」と云って独り出ていってしまった。気をきかせたつもり、なんだろうか。

やがて部屋を訪れた鳴は、ドアを開けるなり「例のテープ、聴かせてほしくて」と用件を告げた。ぼくはすみやかにそれに応じた。テープとテープレコーダーは窓ぎわの小テーブルにあった。望月がカバンから出しておいてくれたのだ。

テープを機械にセットし、再生ボタンを押しながら——。

ぼくは一昨日、鳴と会ったときのことを回想する。

その日の朝にまず、祖母が報告してくれたのだった。「理津子の写真、あったよ」と。

父から電話で話を聞いて、祖母に探してくれるよう頼んであった母の昔の写真。それが見つかったというのだ。

「どこにあったの」というぼくの問いに、祖母は「離れの押入れに」と答えた。

「離れ」というと、怜子さんが仕事場兼寝室にしている部屋だ。十五年前に亡くなった母の持ちものが、何でそんなところに……？

「昔はあそこを理津子が使ってたんだよねえ。陽介さんと結婚して東京へ行ったとき、あの子が置いていった持ちものはたいがい母屋のほうに移したはずだったんだけど……見てみたら、押入れの天袋の奥にこんな箱が残ってたのさぁ」

そう説明して祖母は、

「ほら。これだよ」

と、古びた平たい小箱を差し出した。くすんだ薄紅色の上蓋《うわぶた》の隅に、黒いインクで名前が書いてあるのが読み取れた。ローマ字の筆記体で「Ritsuko」と。

「中に何枚か写真が入ってるよ。一枚がたぶん、中三のときのクラスだねえ……」

……というわけで。

約束どおりぼくは、鳴の携帯に連絡を入れたのだった。この日にはもう、彼女は海辺の別荘から帰ってきていて、すんなりと電話はつながった。

「今からそっち、行ってもいい?」

そう。あのときも鳴はそんなふうに云って、昼過ぎには古池町までやってきたのだ。

彼女を家に迎えるのは、それが初めてのことだった。祖母に紹介すると、最初はたいそうびっくりしたふうだったが、すぐに渾身《こんしん》の歓迎モードに切り替わって、ジュースだのクッキーだのアイスクリームだのでもてなしてくれて……感謝します、おばあちゃん。

母が残していった小箱には、全部で四枚の写真が入っていた。祖母の云ったとおり、そのうちの一枚が問題のクラス写真で——。

一九七三年三月十六日 三年三組のみんなと——

裏に鉛筆でメモ書きがあった。

三月十六日。これが卒業式の日、か。

2L判の、色あせたカラー写真。クラス全員が写っているのだとしたら、タイマー撮影をしたことになる。

教室の黒板の前に集まった生徒たち。最前列の者は膝《ひざ》に手を当てて少し身をかがめ、二列めは直立、三列めは教壇の上に……というおおよその並びだった。二列め中央に担任の先生がいる。若かりし日の千曳さんだ。腕組みをして、唇をく、っと引きしめて、目もとと頬だけで笑っている。

その斜め後ろに立っているのが、十五歳のときの母、理津子だと分かった。第二図書室で見た卒業アルバムの写真と同じ制服姿。笑顔だが、どことなくやはり表情には緊張が含まれているような……。

「……これが」

手に取った写真に目を落として、鳴が呟いた。

「分かる？　榊原くん。この中のどれが、例の夜見山岬くんなのか」

「ああ……それは」

ぼくはかたわらから写真を覗《のぞ》き込みながら、

「きっと右端の、その……」

みんなからはぽつんと離れて、教壇の端っこに立っている男子生徒がいた。みんなと同じように笑ってはいるけれども、その笑いはどこかしら寂しげで。肩を落とし、両手をだらんと下げている。「立っている」というよりも、気のせいかそこに「浮かんでいる」「漂っている」みたいにも……。

「……何かほら、見るからに変な感じだし」

「そう？」

鳴の声が、ぴりっと震えた。

「変に見える？」

「——うん」

「どんなふうに？」

「どんなって……」

戸惑いつつ、ぼくは感じたままを答えた。

「どう云うかな、ほかの部分に比べて何だかそこだけ、焦点がずれてるっていうか、まわりの空気が微妙に歪《ゆが》んでるっていうか……そんなふうに」

「そう。——色は？」

「色？」

「おかしな色に見えたりしない？」

「いや、それはべつに……」

見れば見るほどに気味の悪い写真、ではあった。事情を説明したうえで、「本物の心霊写真」だと云って父にこれを見せたら、どんな反応をするだろうか。——おおかたやはり、「莫迦莫迦しい」と笑い飛ばされるんだろうな。——けれど。

いくら莫迦莫迦しかろうが非科学的であろうが、これは「本物」なのだ。だから――だからこそ今、ぼくたちはこんな……。

「ありがとう」

と云って、鳴が写真をぼくに返した。いつのまにそうしたのか、そのとき彼女の左目からは眼帯が外れていた。

〈人形の目〉の「うつろなる蒼《あお》き瞳《ひとみ》」が見えた。かすかな吐息とともに、もとどおりそれが隠された。

「ほかの写真も、お母さんの？」

「ああ、うん」

箱の中に入っていたそのほかの三枚を、ぼくは自分の手もとで順に見ていった。今度は鳴がそれをかたわらから覗き込む。

一枚は、祖父母と三人で写っている写真。場所はこの家の玄関先に見える。これもたぶん中学生のころだろう。

次の一枚は、母が一人で写っている写真。場所は近所の児童公園だろうか、ジャングルジムの上からVサインを送っている。これは明らかに、まだ小学生の子供時代。

もう一枚は、どこか屋内で撮った姉妹のツーショットで……裏を見てみてると、「理津子、二十歳。怜子と」というメモがあった。二人は十一歳の年齢差だから、この怜子さんは九歳くらいか。

「――ふうん」

鳴がおもむろに呟いた。

「やっぱりね」

「何がやっぱり?」

「似てたんだな、って」

「えっ」

「お母さんと……その、叔母《おば》さんがね」

「ああ……そう見える?」

「ツーショットのほうは微妙だけれど、二枚めと三枚め、子供のころの顔を比べてみたら、何だかそっくり」

確かに鳴の云うとおり、だった。卒業アルバムの母の写真を初めて見たときにも感じたことだ。年齢の関係などを補正して考えると、二人はやっぱりよく似た顔立ちだったんだな、と。

それはまあ、血のつながった姉妹なんだからべつに驚くような話でもないし……と、ことさらのように何気なく心中で呟きながら、裏腹にぼくは、目の前の鳴に対しては「そうかなあ」と応えて、左右に首を振り動かしていた。ちょっとむきになって、というふうに見られたかもしれない。

「きょうはその、怜子叔母さんはいらっしゃらないの？」

右の目をすっと細めて、鳴が改まった調子で訊いた。

「出かけてるみたい、だね」

と、ぼくは答えた。

「離れが仕事場、っていうと？」

「アトリエに使ってるって。ぼくは入ったことないけど」

「家で絵、描くんだ」

「そう。美大では油絵をやってて、当時からコンクールに入賞したりもしてたそうで……本人によれば、そっちが本職のつもりなんだってさ」

「ふうん。——そっか」

…………

…………

松永克巳の「告白」を聴きおえた鳴が、さっきの望月にもまして深く長い溜息をついた。

ぼくは回想から引き戻され、テープレコーダーを停めた。

「〈死者〉を〝死〟に……」

低く押し殺した声で、鳴が呟く。何だか忌まわしい呪文《じゅもん》でも唱えるように。——ひどくこわばった表情、ひどく蒼ざめた顔色、に見えた。

「〈もう一人〉の名前の部分、ぜんぶ聞き取れなくなってるよね」

ぼくが確認すると、彼女は無言で頷いた。

「記録の改変が、こんなところにまで及んでいて、ということ?」

「――たぶんね」

「このテープにそんな変化が起こるんだったら――」

以前から抱いていたささやかな疑問を、そこでぼくは口にした。

「千曳さんの例のファイルね、あれに書き込まれた年々の〈もう一人〉の名前は、どうして消えたり読めなくなったりしないんだろう」

鳴は「さあ」と小首を傾げたが、やがて、

「ひょっとしたら何かの偶然で、千曳さんのあのメモは見逃されてるのかもしれない」

「見逃されてる?」

「っていうか、免除されてるっていうか」

「何かの偶然で?」

「よく分からないけれど、たとえば千曳さんが取っている〈観察者〉としてのスタンスとか、あのメモを書き込む時期とか、もしかしたら第二図書館っていうあの場所とか……いろんな要因がたまたま重なって、そんな特異点ができてしまったのかも。――でなければ、このテープのほうが特別なのかもね」

「というと？」

「だって、これまでで唯一、途中で止まった年の記録だから。〈死者〉を〝死〟に還すことによって〈災厄〉が終わってしまった場合には、例外的にここまでのことが起こるのかも」

「ははあ」

「いずれにせよ、相手はそういう『超自然的自然現象』なんだから、わたしたちはそんなものなんだって受け入れるしかない……」

「…………」

それからしばらくのあいだ、不安定な沈黙が続いた。

音の止まったテープレコーダーを見つめたまま、鳴は何も云わない。何か云いたげに唇を開きかけるのだが、やはり何も云わない。

どうしたんだろう。こんなのって、彼女にしては珍しい……。

「一つ、いいかな」

と、やがてぼくのほうから口を開いた。

「このテープには関係ないことなんだけどね、前々から気になってて」

「――何？」

「いとこ、いとこの藤岡未咲さんのこと、なんだけど」

　ぼくにしてみれば、相当に思いきって切り出したつもりだったのだが、鳴は何やら心ここにあらず、という面持ちで「ああ」と応じた。ぼくはひるまずに言葉を接《つ》いだ。

「いつだったかスケッチブックに描いていた絵、あったよね。ほら。最後に翼を付けてあげるんだって云ってた、女の子の……」

「………」

「想像とモデルが半々、みたいにも云ってたけど、そのモデルっていうのはもしかして、未咲さんだったり？」

　若干の間があって、鳴は小声で「まあね」と答えた。

「仲良しのいとこ同士だったの？」

「──まあ」

「ねえ、どうして彼女は……」

　さらにぼくが質問を重ねようとすると、鳴はゆっくりと首を振りながら、「あとで──」と、それをさえぎった。左目の眼帯に、強く掌を押し当てていた。

「あとで話す、そのことは。──もう少し考えさせて。お願い……」

　望月が部屋に戻ってきたのは、ちょうどそのときだった。ドアを開けてぼくたちの姿を認めるなり、彼は「えへん」とわざとらしい咳払《せきばら》いをしてから、

「そろそろ夕食みたいだよ。食堂に集合、だって」

と告げた。

「それからね、司書の千曳さんが来てるよ。三神先生の助《すけ》っ人《と》だって」

6

午後七時前——。

望月の願いが通じたか、そのころから外では雨が降りはじめていた。小雨のレベルだけれども、風が強くなってきたせいで窓を打つ雨音がやたら耳につく。

食堂は一階の、玄関から見て建物右隅——方角で云うと北東——の一角を占めた広い部屋だった。白いクロスの掛けられた方形のテーブルが全部で十ほど。それぞれに四脚の椅子が添えられており、すでに料理が用意されはじめていた。

「まず、みなさん——」

集まった十四人の生徒たちを見まわして、三神先生が告げた。

「きょうはお手伝いに、千曳先生が来てくださいました。ご存じのとおり、第二図書室の司書の先生です。いちおうご紹介しますね。——先生、どうぞ」

立ち上がった千曳さんは、真夏だというのにいつもと同じような黒ずくめの服装で、相変わらずぼさぼさの髪で——。

「千曳です」

眼鏡の黒縁を指先で撫《な》でながら、ぼくたちの顔を順々に見ていった。

「三神先生お一人では不安も多いだろうということで今回、参加する運びになりました。よろしくお願いします」

図書室でぼくや鳴と接するときに比べて、明らかにしゃちほこばっている、というか、よそいきっぽい話しぶりだった。大勢の生徒の前でこんなふうに改まって喋《しゃべ》るのは、社会科教師をやめて以来ずいぶん久しぶりだから、だろうか。——ところが、そこで。

「今年の三年三組が置かれている特殊な状況については、私もよく承知しています」

と、千曳さんはいきなり核心となる問題に言及したのだ。自身の緊張や不安を表に出すまいとした結果なのかもしれない、必要以上に淡々とした、それでいて鋭い声音だった。

場の空気が、瞬時にして凍りついた。

「あしたはみんなで夜見山に登る予定、とのことですが、もちろん私も随行します。万事がうまくいくよう、せいいっぱい協力するつもりでいますので。みんなはくれぐれも、行き帰りの事故には気をつけるように。——ただ」

千曳さんは窓のほうをちらりと見やり、それから同じテーブルの三神先生のほうに視線を移して、

「天気がちょっと崩れてきましたが」

と云った。

「雨天の場合は中止になりますね、三神先生」

「ああ……そう、ですね」

三神先生は心もとなげに首を傾げた。

「それはあした、様子を見て……」

「分かりました」

千曳さんはぼくたちのほうに向き直り、話を続ける。

「できれば夏休みの合宿らしく、夕食は野外でバーベキューでも楽しみたいところだったんだが——」

それまでよりもいくぶん砕けた口調で。いくぶん柔らかな声音で。

「状況を考えるとね、やっぱりそういうわけにもいかないだろう。少なくとも今夜は、なるたけおとなしくしているほうがいい。雨が降ってきたのは、天がその判断を追認してくれたと受け取ることにしましょう。

ともあれ、よろしく。ぐあいが悪いとか気がかりな問題があるとか、何かあれば遠慮なく相談してください。いいですね」

そのあとしばらく、どうにも気まずくて重苦しい時間が流れた。

断続的に窓ガラスを叩《たた》く雨音。各テーブルでぽつぽつともれる、言葉としては聞き取れないような声。それらが寄り集まって、何やら低く不穏なざわめきとなり……。

管理人の沼田・妻がかいがいしく料理を運んできてくれるあいだにやっと、そんな場の空気も徐々に和らいでいったのだが——。

「テープの件、千曳さんには云っておいたほうがいいかな」

ぼくは囁《ささや》き声で鳴に話しかけた。

「わたしはそのほうがいいと思うけれど」

そう答えながら、彼女は同じテーブルを囲んだ望月と勅使河原に目をやる。望月は何も云わずに小首を傾げたが、勅使河原は唇を尖《とが》らせてかぶりを振った。

「あれ。反対かい」

ぼくが訊くと、

「絶対に反対とまでは云わないけどさ」

勅使河原は何となく浮かない面持ちで、また唇を尖らせる。

「いつまでも、おれたちだけの秘密にはしておけないだろうしなあ。そりゃあまあ、あの先生に話して相談してみるのも手だとは思うが」

「意見を聞いてみたい、っていうのはあるだろう。とにもかくにも千曳さんは、この〈現象〉を長年にわたって、ずっと観察してきた人なんだし」

「まあ、そりゃあそうなんだが……」

「じゃあ、云ってしまおうよ」

「──ああ」

「このあとにでも、タイミングを見つけてぼくと見崎が話すから」

「──そうだな」

勅使河原はやはり浮かない面持ちで、不承不承というふうに頷いた。

「さあさあ、みなさんどうぞ──」

沼田・妻の朗らかな声に促されて、ぼくたちはそろそろと食事を始める。夫妻のほかに雇われている者はいない様子だから、調理人はきっと沼田・夫なんだろう。

「千曳先生が上等なお肉を差し入れしてくださったんですよ。せっかくですからね、バーベキュー風の金串《かなぐし》焼きにしてみましたよ。さあさ、たくさん召し上がれ。ご飯のお代わりもご遠慮なくね。みなさん食べ盛りなんですからねえ」

と云われても──。

どう考えたってみんな、そんなに食が進むような状況でも雰囲気でもなかった。ぼくにしてもそうだ。空腹感はあったし、料理はどれもなかなかおいしそうだったが、食欲はあまり湧いてこない。

沼田夫妻はこの合宿の事情や目的を、いったいどこまで承知しているんだろうか。十五年前の合宿のときも彼ら夫妻はここにいたのか、ということも含めて、ふとまた気になったりもしつつ――。

ぱたぱたと厨房《ちゅうぼう》のほうへ戻っていく沼田・妻の姿を何気なく目で追ううち、向こうの扉の陰から食堂を覗き込んでいる沼田・夫に気づいた。妻とすれちがいざま、何ごとか言葉を交わす様子も窺えたのだが、彼の顔つきは相変わらず無愛想そのもので……落ちくぼんだ三白眼に浮かんだ光がそのとき、何だかひどく不気味にさえ見えた。

「怪しいよなあ、あのおっさん」

金串焼きの肉を口に運ぼうとしていた手を止めて、勅使河原がぼくに耳打ちした。

「来たときからさ、おれたちを見る目がいやにおっかないんだよな」

「そう……かな」

「何かあのおっさん、青少年に深い怨《うら》みでもあるんじゃないかね。奥さんがあんなに愛想いいのは、そんな旦那《だんな》の本性を隠すためとかさ」

「怨みって……何で?」

「んなこと知るかよ」

勅使河原はぶっきらぼうに答えた。

「世間じゃあ、少年犯罪の凶悪化みたいなことばかり云われるけどさ、年寄りだってアブナいやつが多いんだ。いきなり頭がおかしくなって、自分の孫とかを殺したりするジイさん、けっこういるだろが」

「ああ……まあ」

「油断できないぜ、あのおっさんも」

どこまで本気なのか、勅使河原はひそひそ声でそう吐き出して、金串焼きを皿に戻す。

「この料理、腐ったものとか入ってないだろうな。それとも、睡眠薬でも混ぜてあって、眠り込んじまった生徒を一人ずつ切り刻んでいく、なんてさ」

「そこまで云うかぁ？」

B級ホラー映画の観すぎ……と続けようとして、「うっ」と思いとどまった。「それは自分のことだろう」という内なる突っ込みの声が聞こえたからだ。

「ところでさ、サカキ」

ややあって、勅使河原がまた耳打ちしてきた。

「おれさ、きょうの参加者の中に〈もう一人〉がいるのかどうか、いるとしたら誰がそいつなのか、ずっと考えてんだけどさ」

「そのようだね」

ぼくはちょっと居住まいを正しながら、「で？」と応じた。

「まさか、見当がついたとか」

「それは……」

勅使河原は言葉を濁した。心なしか、これまでにもまして浮かない面持ちで。

「誰が〈もう一人〉なのか、見分ける方法はないって話だが……それでも何か、あるんじゃないかってさ。何かちょっとしたサインみたいなもの。——どう思う、おまえ」

「何とも云えない」

と、ぼくは正直なところを答えた。

「『方法はない』っていうことになってるけど、もしかしたらそれって、『まだ分かっていない』だけなのかもしれないし」

「——だろ？」

「——でも」

険しく眉根《まゆね》を寄せた勅使河原の横顔を見すえながら、

「もしもそれが分かったなら？」

と、ぼくは問いかけた。このときもまた、なかば自問のつもりで。

「そのときはどうするつもり？」

勅使河原はいよいよ険しく眉根を寄せて「そうだよなあ」と呟いたが、その先を続けようとはせずにまた唇を尖らせた。

7

たいがいの生徒がそろそろ食事を終えようか、というころになって——。

「ちょっといいでしょうか、先生」

そう云って立ち上がった者がいた。二代めの女子クラス委員長、赤沢泉美だった。

「このさいですから、ここで一つ、はっきり云っておきたいことがあるんです」

聞いた瞬間、いやな予感がした。

彼女のテーブルには、ほかに三人の女子がいた。つまり、この合宿に参加した女子生徒のうち、鳴以外の全員がそこに集まっているわけで……これがそもそも、気になるといえば気になる状況ではあったのだ。

もともとクラスの中では、「変わり者」として見られていたに違いない見崎鳴。〈災厄〉を防ぐ〈対策〉のために〈いないもの〉の役割を担わされ、完全に孤立していた五月から六月の初めまでは、それによってある意味、クラス内の人間関係は良好なバランスを保っていたんだろうと思う。

新たな〈対策〉としてぼくが〈いないもの〉に加えられた、六月上旬から七月のあの時期にしても同じだ。切実な危機感にかられての話だったとはいえ、鳴とぼくという異分子を人間関係から排除することで、三年三組という集団のバランスは安定的に維持されていたのだ。——ところが。

久保寺先生の死によって、〈いないもの〉を二人に増やすという〈対策〉が無効だと分かってしまった時点で、事態は一変した。

もはや〈いないもの〉ではなくなった見崎鳴。その存在を、これまでのように無視できなくなってしまった「変わり者」の鳴。——たとえば赤沢やその友人たちは、そんな鳴に対してどんな感情を抱いただろう。抱かざるをえなかっただろう。

幸いと云っていいものかどうか、そこで夏休みが始まり、そうしたバランスの崩れが教室で顕在化するには至らなかったのだ。彼女たちの感情も、云ってみれば一時保留状態に置かれることとなった。

けれどもきょう、この合宿が始まってみると——。

孤立していたはずの見崎鳴が、ぼくはともかくとして、望月や勅使河原なんかとも気やすげに話をしている。食事のときにはこうして同じテーブルを囲んでいたりもする。赤沢をはじめほかの女子たちを、逆に無視するような雰囲気で。

こういった状況に彼女たちは、強い違和感を覚えざるをえないんじゃないか。居心地の悪さを感じざるをえないんじゃないか。ありていに云って、おもしろくないんじゃないか。

夕食のあいだときどき、向こうのテーブルからこちらに飛んでくる彼女たちの視線に、ぼくは気づいていた。同時に、向こうのテーブルで交わされる会話はたぶん、こちらに対してあまり好意的なものではないんだろうな、という想像が頭の隅をよぎってもいたのだが……。

「いいでしょうか」と了承を求められた三神先生の、このときの反応は、大丈夫だろうかと案じたくなるほどに鈍かった。何拍かおいてやっと、「ああ、そうね」と返事をして、

「いいわよ。——どうぞ、赤沢さん」

赤沢は無言で頷き、それから案の定、睨《にら》みつけるような目をまっすぐ、ぼくたちのテーブルのほうに向けた。そうして鋭く声を投げつけてきたのだ。

「見崎さん。あなたにここで、ちゃんと云っておきたいことがあるの」

ぼくは鳴の横顔を窺う。平然としている、というふうに見えた。

「見崎さん、そしてやっぱり榊原くん、あなたもね」

と、赤沢は続けた。澱《よど》みのない口調で、滑舌《かつぜつ》もいい。法廷に立った気鋭の女性検事、とでもいった印象。

「五月からいくつもの不幸があって、先月は久保寺先生まであんなことになってしまって……この合宿で事態が収拾に向かうのかどうか、まだ何とも分からないところだけど、少なくともこれまでに起こってしまった災いの数々については、見崎さん、あなたに責任の一端があると思うの」

鳴に、責任……？

「どうして」とぼくが反論するまもなく、

「榊原くんにもやっぱり、同様の責任があると思うわ」

三神先生のほうを一瞥《いちべつ》しつつ、赤沢はぴしゃりと云った。

「もしも見崎さんが、当初の取り決めどおりに〈いないもの〉の役割をまっとうしていれば、きっと誰も死なずに済んだのよ。見崎さんがそうできなかったのは、榊原くんが見崎さんに接触したせい。だから……」

「ちょい待ち」

と、割り込んできたのは勅使河原だった。

「そいつは何て云うか、不可抗力っつうかさ、どうにも仕方のない成り行きだったんじゃないのか」

「そうかしら」

赤沢は腰に片手を当てて、「却下します」とでもいうような口ぶりで、

「あらかじめ榊原くんにうまく事情が伝わっていなかった、という不手際はあったかもしれない。榊原くんの最初の登校日にあたしが風邪で休んでしまったのも、いま思うと悔やまれることだけど……にしてもね、見崎さんのほうがあくまでも彼の接触を拒む、無視する、という態度を徹底していたならば、〈対策〉は成功したはず。そうじゃない？」

「それは……」

「その後の、〈いないもの〉を二人にするっていう〈対策〉に効果がなかったのは、素直にあたしたちの失敗を認めるにしても……でもね、そもそもの失敗の責任はやっぱりまず、見崎さんにあると思うの。そうでしょう?」

勅使河原は一瞬、気圧《けお》されたふうに見えたが、すぐに「だから?」と切り返した。

「だから今、どうしろって云いたいんだよ」

すると赤沢は、同じテーブルの女子たちに目配せをし、続いてほかのテーブルの男子生徒たちのほうにも視線を巡らせて、

「謝罪を」

と告げた。

「ひと言もまだ、あたしたちは見崎さんから謝罪の言葉を聞いていないの。なのに見崎さん、あなたは〈いないもの〉じゃなくなったとたんにもう、何ごともなかったみたいに、そんなふうに……」

こちらに突き刺さってくる険しいまなざし。そこに感じ取れるのは、「怒り」や「憎しみ」「怨み」というよりも、強い「苛立《いらだ》ち」だった。――しかし。

何て理不尽な……と、ぼくのほうもこのときは苛立ちを禁じえなかった。鳴もきっと……と思いつつ、彼女の横顔をまた窺う。けれども彼女は、さっきと変わらず平然と――

いや、冷然としているふうに見える。

「桜木さんが死んだときのこと」

と、そこで唐突に云いだしたのは赤沢ではなくて、彼女のとなりに坐《すわ》っていた杉浦だった。「忠実なしもべ」みたいな感じで、いつも赤沢の横にくっついている女子だ。

「わたしの席、廊下側の窓ぎわだったから、あのときの様子を見てたの。あのとき……」

……ああ。

いやおうなく、ぼくも思い出してしまう。中間試験最終日のあのとき、鳴とぼくは、そして桜木ゆかりは……。

「お母さんの事故を知らされて桜木さん、大急ぎで教室を飛び出していって。最初、普通に〈東階段〉に向かったんだけど、そのとき階段の前には見崎さんと榊原くんがいたのよね。それで桜木さん、慌てて方向を変えて〈西階段〉のほうへ……」

……そう。確かにそうだったけれど。

「〈いないもの〉の見崎さんと、榊原くんが一緒にいる、っていうのを目の当たりにして、きっと桜木さん、怖くなったのよ。そのせいでおまじないが効かなくなってしまって、それでお母さんが事故に……って。だからとっさに見崎さんたちを避けて、廊下を逆方向へ走っていったんだわ」

「もしもあのとき、あなたたちがあんなところに一緒にいなかったら」

杉浦の話を受けて、赤沢が続けた。

「桜木さんは普通に〈東階段〉を降りていって、そうしたらあんな事故は起こらなかったかもしれない。——ということよね」

「そんな……」

と、思わずぼくは声をこぼした。

「水野くんのお姉さんの件だって、似たようなところがあるでしょう」

赤沢はさらに続けた。

「あとで水野くんから聞いたんだけど、榊原くん、彼女と知り合いだったんだって？　でもって、三年三組のこの問題について、あれこれ彼女に相談していたって？」

「ああ、それは……」

「あなたがそんな相談をしたから、よりによって彼女が〈六月の死者〉の一人になってしまったのかもしれない。そういうふうにも考えられるんじゃない？」

「ああ……」

……ぼくの、責任。

水野さんがあんな事故で死んでしまったのも、ぼくの責任。

改まって指摘されると、薄らぎつつあった悲しみや後悔、自責の念が、今さらのように首をもたげてきた。——そうだ。赤沢の云うとおりなのかもしれない。あのころはまだ、まるで事情が分かっていなかったとはいえ、不用意に水野さんを巻き込んでしまったのは、確かにぼくの……。

「不毛ね」

と、そのとき鳴が云ったのだ。ぼくがよく知っている、いつもと同じ冷ややかな、淡々とした声で。

「いくらそんな話をしてみたって、何の解決にもならないでしょ」

「『解決』を問題にしているんじゃないの、今ここでは」

赤沢はいくぶん語気を荒らげた。

「あたしたちが云いたいのはね、見崎さん、あなたが自分の責任を認めて、ちゃんとみんなに謝罪を……」

「して、意味がある？」

鳴は静かに椅子から立ち、相手の顔を一直線に見返した。

「あるのなら、するけれど」

「見崎」

と、ぼくが横から制した。

「そんな……きみが謝罪なんて」

謝罪しなければならないとしたら、それはまずぼくのほうだ。そもそもぼくがこの春、夜見北に転校なんてしてこなければ、きっとこんなことには……。

ところが鳴はぼくの言葉を無視したうえ、自分が投げかけた質問に対する赤沢の返答を待とうともせず——。

「ごめんなさい」

淡々とそう云って、ゆっくりと頭を下げたのだった。

「ごめんなさい。わたしのせいで……」

「違う！」

と、ぼくは思わず声を張り上げていた。それとほとんど同時に発せられた、「やめてよ！」という大声。——望月だった。

「意味ねえよ」

と、これは勅使河原。腹立たしげに両手でテーブルを叩いて、

「こんなの意味ねえだろ。それよかさ、肝心なのは〈もう一人〉が誰なのかを……」

いや、待て。

だめだぞ待て、勅使河原。気持ちは分かるけれども、それをここで云ってしまうのは……。

……と、そのとき。

険悪な場の空気を吹き払ってしまうような、新たな騒ぎが起こったのだ。

8

「ちょっとおい、和久井。大丈夫か、おまえ……」

突然のそんな声で、ぼくたちはそれに気づいた。

となりのテーブルだった。席についた四人の中には風見智彦がいる。突然の声の主は、風見の向かいに坐っていた剣道部の前島。声をかけられた和久井はその左どなりの席にいて、見ると明らかに様子がおかしい。椅子を引いて身体を前に折り、顔を伏せてテーブルの端に額を押しつけている。苦しげに肩を大きく上下させている。

「おい、和久井」

声をかけながら、前島が和久井の背中をさする。

「大丈夫か。苦しいのか、おい」

すかさずそこに駆けつけてきたのは、千曳さんだった。和久井の様子を見るやいなや、

「喘息《ぜんそく》?」

呟いて、あとを追ってやってきた三神先生を振り返り、

「この生徒には、気管支喘息の持病が?」

三神先生はしかし、おろおろするばかりでとっさの返事ができない。

「そうです」

と、代わって答えたのは風見だった。

「和久井くんは喘息持ちで、いつもその、薬を……」

そう云って風見が指さしたのは、テーブルに投げ出されていた和久井の右手だった。携帯用の薬剤吸入器を握りしめている。

「吸入薬……使ってもだめなのか」

千曳さんは和久井に問いかけたが、彼はいよいよ苦しげに肩を上下させ、質問に答えるどころではない。ひゅう、ひゅうっ……という異様な息の音が聞こえてくる。喘鳴《ぜんめい》——いや、これは笛声《てきせい》というやつか。

教室では前の席に坐っている和久井だが、彼がこんな発作を起こすのを見るのは初めてだった。この一年で二度も肺のパンクを経験しているぼくにとって、呼吸の苦しさ、というのは他人事《ひとごと》じゃない。気胸と喘息とでは質がまた違うんだろうけれど、見ていると自分まで息苦しくなってきそうで……。

千曳さんが吸入器を取り上げて、薬剤を噴出させる操作をした。しゅっ、とかすかな音がした。——が。

「ああ……空っぽ、なのか」

和久井の耳もとに顔を寄せて、千曳さんはさらに問いかける。

「薬の予備は？　持ってきてないのか」

苦しげに喘《あえ》ぎつづけながらも、和久井はかろうじて首を左右に動かしてそれに答えた。

「ない」という意味に取れた。

「救急車を！」

千曳さんはかがめていた身を伸ばし、大声で命じた。久保寺先生が自殺した直後、彼が教室に駆け込んできたあのときの光景がおのずと思い出された。

「三神先生、お願いします。すぐに救急車を呼んでください」

9

建物に備え付けられている電話が使えない、という事実が判明したのは、その何十秒かあとのことだ。急を聞いて厨房から飛び出してきた沼田・妻が、そう告げたのだ。ゆうべから回線の調子が悪くて、きょうの午後にはまったく通じなくなってしまって——と云う。

「電話がかけられないものですから、まだ修理の手配もできていないんですよ。よりによってこんな時に……」

その言葉が終わらないうちに千曳さんは、上着のポケットを探って携帯電話を取り出した。——ところが。

「だめか」

憮然《ぶぜん》とした、あるいはなかば呆然《ぼうぜん》としたような呟き。

「電波が……」

「通じないんですか」

と云って、ぼくは一歩、千曳さんのほうへ進み出た。

「圏外になってる」

「ぼくの携帯はさっき、使えましたけど」

「じゃあ、すぐにそれで」

と、千曳さんは命じた。

「電話会社によって違うことがあるから」

「携帯は、部屋に」

「すぐ取りにいって！」

すると、そこで——。

「ケータイならおれ、持ってます」

「ぼくも」

そう申し出た二人がいた。勅使河原と望月だった。鳴は黙っている。彼女もぼくと同じで、部屋に置いてきてしまったくちか。

「そうか。じゃあ頼む」

千曳さんは二人に向かって云った。

「119番を試してみて救急車を、至急」

ところが、やはり——。

「おっかしいな。アンテナマークは一つ立ってるのに、つながらない」

「ぼくのも……だめです、先生」

勅使河原の携帯も望月のPHSも、ここでは使いものにならなかったのだ。

そういえば先ほど、鳴がぼくに連絡してきたあのときも、やたらと雑音が多くて声が聞き取りにくかった。山ぎわで、基本的に電波状況が悪い立地なのだろう。それで……? ほかの生徒たちの中に、携帯とPHSを持ってきている者が一人ずついた。だが、彼らの電話もやはりつながらなくて……。

その間もずっと、和久井の喘息の発作は続いていたのだ。椅子に坐っていられなくなって、とうとう床にうずくまってしまう。呼吸困難に喘ぐその背中を、前島が懸命にさすってやっている。

「まずいな。チアノーゼはないようだが、もたもたしてるわけにはいかない」

千曳さんは厳しく口もとを引きしめてから、

「私の車で病院に運ぼう」

と云った。蒼ざめた顔で立ち尽くしていた三神先生のほうを見やって、

「いいですね、先生」

「あ……はい。あの、わたしも付き添いで」

「いや、それはいけません。あなたはここに残って、ほかの生徒たちを」

「ああ……はい。そうですね」

「病院からご両親に連絡して、容態が落ち着いたら私は戻ってきます。――あ、沼田さん。毛布を何枚か持ってきてくれますか。身体を冷やさないようにしないと」

「承知しました」

答えて、沼田・妻がぱたぱたと廊下に駆け出していく。

テーブルのまわりに集まってきた生徒たちも、遠巻きに見守っている生徒たちも……誰もが一様に、不安と怯《おび》えに支配されたような面持ちだった。女子の中には、低く啜《すす》り泣いている者もいる。

「大丈夫だ」

そんなみんなに向かって、千曳さんは云った。

「心配はいらない。今から病院へ連れていけば大丈夫、大事には至らない。きっと大丈夫だから、みんな取り乱したりしないように。いいね。これは彼が普段からつきあっている病気の発作であって、何も特別な事件じゃないんだ。不慮の事故なんかでもない。むやみ

に不安がったり恐れたりする必要はないから。落ち着いて、あとは三神先生の指示に従って……今夜は早めに休むこと。——いいね」

表情の厳しさに変わりはないが、しごく冷静な話しぶりだった。大半の生徒たちは神妙に頷き、ぼくもそれに倣ったものの——。

嘘だ。

心中ではひそかに、そう呟いていた。

もちろん、今の千曳さんの言葉は嘘だ。「嘘」という云い方が悪ければ、そう、とにかく少しでもみんなの動揺を鎮めるための、苦しまぎれの方便だ。

クラスに降りかかる災いは、何も「不慮の事故」だけじゃない。〈六月の死者〉の一人、高林郁夫は昔から心臓が弱くて、その発作で命を落としたのではなかったか。

喘息の持病がある和久井が、合宿に参加するにあたって、たまたま常用薬の残量を確認し忘れていたという、ありえないことではないが普通は考えにくい事態。もともとの緊張や不安に加え、たまたまさっきのような糾弾劇が勃発《ぼっぱつ》したりもして高まったストレス……結果、起こってしまった発作。救急車を呼ぼうとしたら、たまたまきょうから不通になっていたこの合宿所の電話。さらにはこの、携帯電話がつながりにくい電波状況。

こういった偶然や不運がいくつも重なり合ってしまうこと、これがすなわち、〈ある年〉の三年三組に特異的なリスクの偏りの一例なのであって——と考えられるんじゃないか。鳴の言葉を借りれば、このクラスは「〝死〟に近いところにある」という……。

……やがて。

沼田・妻が持ってきてくれた毛布で和久井の身体をくるみ、勅使河原やぼくも手を貸して彼を建物の入口まで連れていった。千曳さんが乗ってきた車は、玄関の車寄せ近くに駐《と》めてあった。どろどろに汚れたシルバーメタリックのセダン。車種は分からないけれど、相当な年代物であることは確かだろう。

時刻は午後九時をまわっていた。

降る雨は小雨のままだったが、夜を吹く風はいよいよ強い。周囲の森をざわめかせる風音にときおり、何者かの甲高い悲鳴がまじって聞こえてくるような気もしたり……。

和久井が車の後部座席に落ち着くと、ぼくは運転席に乗り込む千曳さんに駆け寄って、「あの」と声をかけた。

「あのですね、千曳さん、実は……」

松永克巳が残した例のカセットテープの件。それを少しでも伝えておきたかったのだが、もはやあまりにも時間がなさすぎた。

「大丈夫。和久井くんはきっと助かる」

おのれに云い聞かせるように、千曳さんはそう云った。

「あの……気をつけて」

「ああ。それよりきみも、肺に爆弾を抱えてるんだったね。気をつけろよ」

「——はい」

「行ってくるよ。できるだけ早く戻るつもりだから」

千曳さんは軽く手を挙げ、ドアを閉めた。

いつのまにかぼくの横に立っていた三神先生に気づいて、「大丈夫ですか」と声をかけてみた。蒼ざめきった顔でこちらを見て、先生は「ん」と頷く。

「わたしの心配はいいから……ね」

濡《ぬ》れた髪を撫でながら、見るからに弱々しい笑みを作った。

「ええと……あした山に登るのは、やっぱり中止にしたほうが」

ぼくが云うと、「そうね」という掠《かす》れ声が返ってくる。このときもう、彼女の顔からは直前の笑みさえ消えていた。

10

走り去っていく千曳さんの車を見送って、建物の中へ引き返そうとしたところで——。

「榊原くん、ちょっと」

と、呼び止められた。鳴だった。

「さっきはありがとう」

云われて、思わず「えっ」という声が出てしまった。

「さっき、食堂でいろいろ云われたとき」

「いや、べつにそんな……」

小雨が吹き込んでくる玄関ポーチでの立ち話、だった。明りは仄《ほの》かな玄関灯だけで……ちょうどそれが逆光になって、彼女がどんな表情でこちらを見ているのかはよく分からない。

「ぼくだけじゃないよ。望月だって勅使河原だって、あのときは……」

「ありがとう」

囁くようにそう繰り返すと、鳴はぼくのほうに一歩、身を寄せてきて、

「あとで来てくれる？」

と云った。思わずまた「えっ」という声が出てしまった。

「わたしの部屋、同室の子はいないから」

女子生徒の参加者は全部で五人。二人で一部屋の割り振りだと、一人余ることになる。そして当然のように、鳴がその一人だというわけか。

「２２３号室。榊原くんたちの部屋とは反対側の、端のほうだから」

「——いいのかな」

「『あとで話す』って云ったこと、あったでしょ。あの約束を守りたいし」

「──うん」

「それから……」

鳴の肩越しにそのとき、勅使河原の姿が見えた。入口の扉の前で立ち止まって、「おやおや」というふうにこちらを窺っている。

ぼくは何だか慌ててしまって、鳴の言葉が終わらないうちに、

「分かった。分かったよ」

と答えた。

「時間は十時ごろとか。いい？」

「分かった。行くよ」

「じゃあ──」

鳴はすいと踵《きびす》を返し、独り建物の中に戻っていった。少し間をおいてから、ぼくはそれに続いた。そうしたら案の定、玄関ホールに入ったところで待ちかまえていた勅使河原につかまってしまい……。

「よう」

背中をどん、と叩かれた。

「やったな、サカキ。聞こえちまったぞ、逢《あ》いびきの約束」

「待てよ。逢いびきって何だよ。そんなんじゃない」

「そう照れるな。おれの胸だけにしまっといてやるから」

「やめろって、つまらない邪推は。彼女とはその、真面目な話があって」

「真面目に、二人の今後を？」

勅使河原はどこまでもからかい調子で、ぼくがいささかむっとして、

「怒るよ、本気で」

そう云ってみても、「へえへえ」と両手を上げておどけてみせる。——けれど。

途中からぼくは勘づいていたのだ。身ぶり口ぶりとは裏腹に、彼の目が少しも笑っていないことに。

Chapter 15

August Ⅱ

1

同室の望月には事情をだいたい告げたうえで、午後十時前には部屋を抜け出した。

このとき携帯電話をポケットに入れていったのは、何となく……いや、そうじゃなくてたぶん、さっきの食堂での出来事が頭にインプットされていたからだろうと思う。緊急時に備えて持ち歩いていたほうがいい、と。電波状況が悪いといっても、夕方には一度、鳴の携帯とつながったんだし……。

202号室から223号室まで、薄暗い二階の廊下を行く途中、誰とも出くわすことはなかった。千曳さんの云いつけを守ってみんな、おとなしく引きこもっているのか。

鳴の部屋の前まで辿《たど》り着いたところで、廊下の窓から外を見てみた。

相変わらず風が強いが、雨はもうやんでいるようだ。上空を覆っていた雲が散って、その狭間《はざま》におぼろな円い月影が滲《にじ》んでいた。おかげで、敷地を取り巻いた森の黒々とした輪郭が視認できる。

森の手前——裏手の庭の隅に、何やら小さな平屋があることに気づいた。別棟や離れというほどの規模でもない。納屋とか物置小屋とか、だろうか。

何の気なしにそう思ったとき、ふいにその建物の窓が明るくなった。中で今、誰かが明りをつけたらしい。

誰が？　と改まって考える問題でもなかった。沼田夫妻のどちらかに決まっている。何か必要なものを取りにいったんだろう。

ぼくは窓から離れ、一度ゆっくりと深呼吸をしてから２２３号室のドアをノックした。

ややあってドアを開けた鳴は、夏服の上にアイボリーのサマーカーディガンを羽織った恰好《かっこう》で、顔色は普段よりもいっそう白蠟《はくろう》めいた感じで……。

「どうぞ」

にこりともせずに短く云って、ぼくを招き入れた。そんなに暑い夜でもないのに、室内の冷房はめいっぱい効かせてあった。

「どうぞ。適当に坐《すわ》って」

初めて彼女の家のリビングに上げられた、あのときに云われたのと同じせりふだった。

ぼくは窓ぎわのテーブルの椅子にそろりと身を落ち着ける。鳴は二つあるベッドの、片方の端に腰かけながら、

「ミサキのこと、だったよね」

いきなりそう云って、ためらいのない視線をぼくに向けた。ぼくは黙って頷《うなず》いた。

彼女の云った「ミサキ」とはもちろん、二十六年前の「岬」でも自身の苗字《みょうじ》である「見崎」でも、ましてや「御先町」の「御先」でもない。四月下旬のあの日、夕見《ゆうみ》ヶ《が》丘《おか》の市立病院で死んだ彼女のいとこ、藤岡未咲のことで——。

「最初に病院で会ったときから、やっぱりずっと気になってて。どうしてあのとき、きみはエレヴェーター、地下二階で降りたのかって」

みずからの記憶を辿り直すように、ぼくは言葉を連ねた。

「あの日、入院していた未咲さんが亡くなったんだよね。地下二階の霊安室に、だから彼女の遺体があったんだよね。それできみは、彼女のもとにあの人形を届けにいったという……にしても」

「奇妙に思った？」

「まあ、そう」

「ちょっと事情が複雑なんだけれど」

云いながら、鳴はそっと目を伏せる。

「あまり人には話したくないことだったんだけれど……」

「聞いてもいい？　話してくれる？」

若干の間があってから、鳴は目を伏せたまま「うん」と答えた。

2

「藤岡未咲とわたしはいとこ同士だった、同い年のね。だけど、何て云うのかな、もともとはそうじゃなかったの」

鳴はやや視線を上げて静かに語りはじめたが、最初はやはり、そんな思わせぶりな云い方をした。ぼくは意味を取りあぐね、首を傾げてしまう。彼女はかまわず続ける。

「未咲のお母さんはミツヨっていう名前で、わたしのお母さん——霧果の本名はユキヨ。二人は姉妹で、しかもまったく同い年で」

「同い年って」

ぼくは首を傾げたまま、口を挟んだ。

「双子っていうこと？」

「二卵性らしいけど。旧姓は天根、ね。天根のおばあちゃんって、一度も結婚しなかったそうなの」

〈夜見のたそがれの……。〉にいるあの老女——「天根のおばあちゃん」は確か、鳴の母方の大伯母《おば》さん、だったか。

「二卵性といっても、二人はとてもよく似た双子で、同じ環境で同じように育てられて、大人になって……で、ミツヨのほうが先に結婚したの。その相手が藤岡さん。食品関係の小さな会社に勤める、若くて生真面目なサラリーマンだった、って話。

ユキヨのほうは少し遅れて、見崎コウタロウ——お父さんと結婚したのね。お父さんはやり手の実業家で、お金持ちで、年中あちこちを飛びまわってる人で。ミツヨの結婚相手とは好対照、と云えるかもしれない。

でね、藤岡さんと結婚したミツヨのほうにまず、子供が生まれたの」

「その子供が未咲さん？」

ぼくが確認すると、鳴は黙って頷き、続いてすっとこちらに目を向けて、

「それと、もう一人」

「えっ」

「生まれたのは双子だったの」

そう云って、鳴はまた目を伏せた。

「これも二卵性だったんだけどね、やっぱりとてもよく似た、二人の女の子が」

藤岡未咲には双子の姉妹がいた？

ぼくはまたしても首を傾げる。

まさか――じゃあ、もしかして……。

「一方でユキヨのほうも、ミツヨより一年ほど遅れて妊娠したの。ところが、彼女の赤ちゃんはちゃんと生まれてこられなくて」

「云ってたね、そのことは」

「ユキヨはとてもとても悲しんだ。それこそ気が狂ってしまいそうなくらい。追い討ちをかけるように、その死産が原因で、彼女は将来もう子供を産めない身体になってしまったって、そんな事実が明らかになって……」

「……ああ」

何となく話が見えてきたような気が、この時点に至ってしはじめていた。

「双子を授かった藤岡家のほうは、経済的な事情もあって、同時に二人の子供を育てていくことに不安を感じていたの。対する見崎家のほうは、失意の底にあるユキヨの心を何とかして救う必要があった。ミツヨがユキヨに同情して、っていうのも、もちろんあったんだろうけど。――だからね、云ってみればここで、需要と供給のバランスがぴったり合ったわけ」

「需要と、供給」

「そ。分かるでしょ」

静かな語り口を少しも崩さず、鳴は云った。

「藤岡家に生まれた双子のうちの一人が、見崎家に養女に出されることになったのね」

「それじゃあ……」

「出されたのが、わたし。藤岡鳴から見崎鳴になったのは、わたしが二歳かそこいらのときだったっていうから、ぜんぜん憶《おぼ》えていないんだけれど。どうして未咲じゃなくてわたしのほうが選ばれたか、っていうのは」

鳴はそこでわずかに言葉を切り、

「たぶんね、名前のせいだったんじゃないかなって」

突き放すようにそう続けた。

「名前?」

「もしも未咲のほうが見崎家の養女になったら、ミサキ・ミサキになっちゃうもの。そんな莫迦《ばか》みたいな理由だったんだって、そう考えることにしてるの」

淡い桃色の唇にかすかな笑みが滲み、すぐに消えた。

「――というわけでね、物心つかないうちからわたしは、見崎の家で、ユキヨ――霧果の一人娘として育てられたの。養女だっていう事実はまったく知らされずに。なので昔は、ミツヨのことはあくまでも藤岡のおばさんだと思い込んでたし、未咲のこともよく似た同い年のいとこだと思ってた。誕生日が同じだと知っても、すごい偶然ね、さすがにお母さん同士が双子なだけあるよね、って感じで。

真実を知ったのは、小学校五年生のときだったかな。天根のおばあちゃんがうっかり口を滑らせて、それで教えてくれたんだけどね、あのときの霧果——お母さんの慌てっぷりったらなかった。たぶんわたしには、できれば一生、隠しておきたかったんだろうな」

みずからの生い立ちに関する重大な事実を打ち明けているというのに、鳴の口ぶりはあくまでも静かで、表情にもほとんど動きがなくて。——ぼくはどう反応したらいいのか分からず、しばらくはただ、彼女の話に耳を傾けるばかりだった。

「あの人にとってわたしは、基本的には生まれてこられなかったわが子の代わり——代用品だった、ってことね。お父さんにとっても似たようなもの。人並み以上に可愛がってくれたとは思う。目の病気のときも一生懸命になってくれたみたいだし、特別な義眼を作ってくれたりもしたし……感謝はしてる。でも——」

——わたしはあの人のお人形だから。

「でもやっぱり、代用品は代用品。あの人はいつだって、わたしを通して、自分が産むはずだった本当のわが子の姿を見ているの」

——生身だけど、本物じゃないし。

「工房に閉じこもって、ああいう人形を創りつづけているのもきっと、あきらめきれないわが子への想いが心の底に強くあるから。そう思えてならないし、わたしにしてみてもね、真実を知ってしまった以上はやっぱり、あの人はあくまでも育ての母であって、本当のお母さんじゃないし……」

鳴の言葉が途切れたところで、ぼくは「それで?」と質問を差し挟んだ。

「そのことを知って、それできみはどう?」

いくらか口ごもったのち、鳴は答えた。

「会いたい、って思ったよ。――藤岡のお母さんに。お父さんにも」

このときにはわずかながら、彼女の頬が赤らんだ気がする。

「わたしと未咲、二人のうちのわたしのほうを養女に出したこと、それを怨《うら》んだりなじったりするつもりなんて、まるでなかった。ただ会って、ちゃんと話をして、この人が自分を産んでくれた人なんだって確かめたかっただけ。

ところがそのころ、藤岡の家が引っ越しちゃったの。それまでわたしと未咲はとなり同士の小学校に通ってて、家もわりと近かったんだけれど、未咲は転校して、同じ市内ではあるけど家も遠くなって、簡単には会いにいけなくなって。――それでもわたし、お母さんに会いたいと思って、霧果にそう云ったの。そうしたらあの人、すごく悲しそうな顔をして、その次にはすごく怒りだして……」

「怒りだしたって、きみをその、産みのお母さんに会わせたくなくて?」

「そういうことね」

鳴は頷き、心なしか肩を落とした。

「前にちらっと云ったでしょ。あの人、わたしの生活や行動に関しては原則、放任主義なんだけれど、あることについてだけはとても心配性で神経質なの」

「ああ……うん」

「それが、これ。わたしが藤岡のお母さんに接近すること。――不安で仕方なくなるんだと思うの。相手が自分の双子の姉妹なだけに、よけい。わたしに携帯電話を持たせるのも、たぶんその不安の表われね。これでいつもつながってる、って。気持ちは何となく分かるけれど、でもね……」

鳴はそこでまたいくらか口ごもって、

「でも……そんな中でも、未咲とはたまにこっそり会ってたの。中学に上がって、お互いに行動範囲が広がってからは特に。そのころにはあの子のほうも、わたしたちがもともと実の姉妹だったってこと、分かってたし。

あの子とわたしとは、変な思い込みなのかもしれないけれど、いやおうなしにつながってる気がしてた。同じお母さんのおなかの中で同じ時間、ずっとつながっていた間柄だから……だから、わたしたちはお互いの半身同士だって、何だかありふれた云い方だけど、そんなふうにも思えて。

あ、けれどね、それが心地好《よ》かったのかっていうと、そうでもなかった気がする。自分の半身がそこにいる、っていう不思議……みたいな感覚がいちばん強かったかな。あとやっぱり、未咲は本当の父母の家で育てられ、一方の自分は養女に出された家で、しかも幼くして片目を失ってしまっていたし……わたしのほうにはたぶん、ちょっとひねくれたような気持ちもあったかもしれない」

　風向きが急に変わったんだろうか、とつぜん窓のガラスが激しく震え鳴いた。誰かに外から覗《のぞ》き込まれているような気がして——そんなことがあるはずもないのだが——、思わずぼくは背後を振り返った。

「そんなとき……去年の春ごろの話になるけど、未咲が病気になったの」

　鳴は語りつづけた。

「腎臓《じんぞう》の、とても重い病気で……一生涯、人工透析をしなきゃいけないっていうような。それを避けようと思ったら、腎臓を移植するしかないっていうような」

「腎臓移植……」

「そう。それで未咲は、藤岡のお母さんから腎臓を一つもらうことになって、その手術のために、東京のほうの大きな病院に入院したの。ほんとはね、わたしの腎臓をあげたかった。だってそうでしょ。二卵性とはいっても双子だし、体格も同じだし、普通に考えればいちばん移植に適してるじゃない？　大人の腎臓を子供に移植するのって、大きさが違うからけっこうむずかしいともいうし、だから……。

なのに、十五歳以下の子供は生体臓器移植のドナーになれない、っていう指針みたいなのがあるらしくてね、だめだったの。いくらわたしがあげたいって云っても。でも……そうね、たとえ病院のほうから特別にＯＫが出たとしても、あの人が——霧果が知ったら猛反対したに違いないんだけれど」

藤岡未咲が市立病院に来る前、「別の病院で大きな手術を受けた」というのは、そういう手術だったのか。——それを知らせてくれた電話での水野さんの声がふと生々しくよみがえってきて、ぼくは知らず、ぎゅっと目を閉じていた。

「年明けに手術があって、結果は大成功で。だけど経過を観察する必要もあって、容態が落ち着いてきた時点で未咲は、こっちの病院に転院することになった。転院してからも回復は順調でね、こっそりわたし、お見舞いにいったりもしてたの。もちろん霧果には内緒で。

未咲とはいろんな話をしたけど、鳴の家には素敵《すてき》な人形がいっぱいあっていいね、って云うから、そこで約束したのよ。わたしの部屋にある人形の写真を見せて、どの子が好き？　って訊《き》いて、いちばん好きな子を退院のお祝いにプレゼントするよ、って。それが……」

「それが、あのとき霊安室に持っていった人形だった？」

「——約束だったから」

鳴はゆっくりと、悲しげな瞬きをした。

「まさかあんなに突然、未咲が死んじゃうなんて……本当にわたし、思ってもみなかった。経過には何の問題もなくて、もうすぐにでも退院できるっていう話だったのに。それなのに、急にあんな……」

……そうだ。

水野さんもそう云っていた。

容態が急変して、手を尽くす暇もなく藤岡未咲は命を落とした。それが四月二十七日、月曜日のこと。——水野さんは云っていた。「一人娘さんだったみたいで、親御さんがすごく取り乱して大変だったとか」と。

長らく気になりつづけていた疑問の答えが得られたのは確かだけれど、鳴の心中を想像するとひどく胸が詰まって……涙腺《るいせん》が緩まないように頑張るのが大変だった。のだが、それと同時に——。

いやおうなく見えてきてしまった、重大な事実。

「いとこじゃなくてもともとは姉妹、だったんだね」

激しい当惑と混乱を覚えながら、ぼくはその事実を確認したのだ。

「つまりその、実際問題としては、きみと未咲さんとは二親等の血縁関係に……」

「そうよ」

「だから、あのときあんなふうに？」

登校初日、初めて学校で彼女と会話したあのとき。0号館の前の、黄色いバラが咲き盛っていたあの花壇の前で、あのとき……。

——気をつけたほうが、いいよ。もう始まってるかもしれない。

『もう始まってるかもしれない』って、あんな云い方を？」

「よく憶えてるのね。——そう」

「始まってたんだ」

ぼくは鳴の顔を見すえ、云った。

「今年の〈災厄〉は、四月の時点からもう」

「——たぶん」

「どうしてあのとき、はっきり云わなかったの？」

「わたし……わたしはね」

鳴はこちらに目を向けようとはせず、ふたたびゆっくりと悲しげな瞬きをした。

「そんなことであの子が——未咲が死んでしまっただなんて、信じたくなかった。そんな、わけの分からない呪いみたいなものが原因で、なんて。だから——。

だからね、姉妹はいるのかって榊原くんに訊かれても、いるとは答えられなかった。未咲のことを訊かれたときも、あの子はいとこだとしか云えなかった。云いたくなかったの」

ぼくは思い出す。

桜木ゆかりが〈五月の死者〉として死んだあと、二度めにギャラリーの地階で遭遇したあのときの、鳴の言葉を。わたしはずっと、心の底では半信半疑でいたのかもしれない——と、あのとき彼女は云った。

——あんなことがあって、五月になって榊原くんが学校に来て、あのころはあんなふうに云ってたけれど、信じる気持ちはまだ百パーセントじゃなくて……。

「あんなこと」というのがきっと、四月の未咲の死だったんだろう。そして「あんなふうに」というのが、「もう始まってるかもしれない」という、ぼくに対するあのほのめかしだったのでは……。

鳴はうなだれて、腰かけたベッドのシーツを握りしめていた。そんな彼女の心中を懸命にまた想像しようとしながらも、ぼくは見えてきてしまった事実を整理し、口に出して確かめずにはいられなかった。

「今年度の三年三組の〈災厄〉は、過去の幾多の例と同じように、実は四月から始まっていた。病院で亡くなった藤岡未咲が、その最初の犠牲者——〈四月の死者〉だった。としたら、つまり……」

窓ガラスを打ち震わせる強風が、ぼくのこの身体の内部にまで吹き込んできて、急激に体温を奪っていく。そんな感覚がふいに襲いかかってきて……背筋に鋭い寒けが走り、全身に鳥肌が立った。

「わたしもそれ、考えてはみたから」

分かってる、というふうに首を動かして、鳴はのろりと顔を上げる。

「つまり?」

「榊原くんが退院後、初めて登校してきたのが五月の初め。その時点で教室の机と椅子が足りなくなると分かったから、今年の〈災厄〉はイレギュラーに五月から始まったんだって、みんなはそう信じてきたわけだけれど、未咲が〈四月の死者〉だったのであれば、それは違ったっていうことに……」

「……なるね」

両腕で胸を抱え込むようにしながら、ぼくは頷いた。

「つまり、こういう話だね。机と椅子の数が合っていたにもかかわらず、本当は四月から——ぼくが夜見北に来る前からすでに、クラスにはひそかに〈もう一人〉がまぎれこんでいたっていう……」

3

「だから、なのかな」

何秒かの沈黙のあと、ぼくはそろりと問いかけてみた。

「ぼくが、もしかしたら自分こそが〈もう一人〉なんじゃないかと疑ったっていう話をしたとき、きみはきっぱり、違うって云ったよね。『安心して』『榊原くんは〈死者〉じゃないから』って」

「——云った」

「あれは、実は四月から〈災厄〉が始まっていたのを知っていたから？　四月にはまだ、ぼくはクラスにいなかったから……だから、そう？」

「それもあるけど……でもね、一番の理由は別のところにあるの」

という、このときの鳴の答えを、ぼくはどこかで予感していたような気もする。

「——というと？」

ぼくは問いを重ねた。

「どんな理由で？」

「それは……」

答えかけたものの、そこで鳴はためらいを見せた。視線をすいっとあらぬ方向にそらして、しばらくのあいだ瞬きの一つもせず、それこそ人形さながらに身を凍りつかせていたのだが、やがて――。

意を決したようにベッドから腰を上げると、彼女はぼくのほうに向き直った。そうして、それまでずっとこちらの視野には入ってこない位置にあった左目の眼帯を、おもむろに外してみせたのだ。

「この目が――」

空っぽの眼窩《がんか》を埋めた特別な義眼。その「うつろなる蒼《あお》き瞳《ひとみ》」をこちらに向けて、彼女は云った。

「この〈人形の目〉が、違うって知らせてくれるから」

とっさにはもちろん、意味が理解できなかった。――のだが、漠然とした予感のようなものがぼくの中にあった気は、やはりする。

「それって、どういう？」

さらに問いを重ねるぼくに、鳴はもはやためらうことなく、こう答えたのだった。

「前にも確か云ったよね。見えないものが、見えるの。見えるはずのない、見えなくてもいいような、見えてほしくはないようなものが、この目には」

「見えるはずのない、見えなくてもいいような……何が？」

「たぶんそれは——」

鳴は右手を上げ、〈人形の目〉ではないほうの目を掌で隠しながら、

「〈死の色〉、が」

秘密の呪文《じゅもん》を唱えるように、そう答えた。

「〝死〟の側にあるものの色、色合いが」

「…………」

「分かる？　分からないよね」

どう応じたらいいのか正直、ぼくには分からなかったのだ。——が。

「話しても普通、信じてもらえないと思うけれど……でももう、ぜんぶ話してしまうね。聞いてくれる？」

そう云われたときには、すかさず深く頷いていた。そして彼女の、こちらに向けられたその目を見つめ返した。とてもきれいな、けれどもあまりに虚《うつ》ろな「蒼き瞳」……。

「聞かせて」

と、ぼくは云った。

4

「初めは何が何だかよく分からなくて、戸惑ったり悩んだりするばっかりだった」

鳴は眼帯を外したまま、ふたたびベッドの端に腰かける。そうしてやはり、それまでと変わらない静かな調子で語った。

「空っぽになった左の目は当然、視力を失ってしまってる。たとえば懐中電灯なんかの光をじかに当ててみても、ほんのわずかな明るささえ感じられない。右目を閉じてしまえば何にも見えなくなる。摘出手術を受けたのが四歳のころだから、物心ついたときにはもう、そうなっていたの。霧果がこの〈人形の目〉を作って入れてくれたあとも、しばらくのあいだはずっとそうだった。ところが……。

最初は何だったかな。——確か、お父さんのほうの親戚《しんせき》が誰か亡くなって、そのお葬式に連れていかれたとき、だったと思う。小学校三年の終わりか四年の初めか、それくらいのころ。

『お別れですよ』って云われて、棺《ひつぎ》に花を入れて……亡くなった人の顔を見たとき、とても変な気がしたの。何にも見えないはずの左の目が、何かを感じ取ったような気がして……何か、形じゃなくて色みたいなものを。

びっくりした。左目に何かを感じたのって、とにかく初めてだったから。それにほんと、変な感覚だったし。左を隠して右の目だけで見てみても、ごく普通にその人の顔が見えるだけなの。なのに左目も一緒だと、そこに何か妙な色が、滲むようにして重なって見えて

「……」

「妙なって、どんな色？」

と、ぼくが訊いた。

「うまく説明できないんだけれど」

ゆるりと首を振って、鳴は答えた。

「右の目では見たことがない……絶対に見えないような色。赤とか青とか黄とか、知っている色の名前では表わせないっていうか、どれも当てはまらないっていうか、そんな……この世には存在しないような色」

「いくら絵の具を混ぜ合わせてもできない、みたいな？」

「――できない」

「それが〈死の色〉、だと？」

「そんなこと、初めは分かるはずもなかったし……」

天井を仰いで、鳴は短く吐息した。

「誰に話してみても、ほとんど取り合ってくれなかった。お医者さんに調べてもらったりもしたけれど、何も異常はなし。だから気のせいだ、って。そう云われて、自分でもそう思おうとしたんだけど……でも、以来ときどき、同じようなものが見えるようになって、それは止まらなくて。そして――」

鳴はやおら、視線をぼくのほうに戻しながら、

「何年か経つうちに、だんだんと分かってきた。その色を感じるときには、そこには〝死〟があるんだ、って」

「〝死〟がある――って、死んだ人の顔を見るたびに、っていう意味？」

「交通事故の現場に出くわしたことが一度、あった。潰《つぶ》れた車の運転席に、顔中血まみれの男の人が閉じ込められてて……もう死んでたの。その人の顔にやっぱり、お葬式で見たのと同じような色が感じられたり……」

「…………」

「じかに見た場合だけじゃなくてね、たとえばほら、ニュースとかで映像や写真が出ること、あるでしょ。事故や戦争の現場の。テレビや新聞ではめったにないけど、雑誌なんかだと死体の写真が載ったりもするよね。ああいうのを見ると、やっぱり感じるの」

「同じ色を？」

「何て云うかその、程度はいろいろなんだけれど」

「って？」

「はっきり感じることもあれば、うっすらと感じることもあって。濃淡、って云ってもいいのかな。実際に死んでる場合ははっきり。瀕死《ひんし》の重傷とか、重病で死の床についているとかの場合は、それに比べたらうっすら」

「死んだ人についてだけじゃないんだ、色を感じるの」

「そう。――たぶんそういう場合って、その人が〝死〟に近いからなんだと思う。普通以上、必要以上に〝死〟に近づいてしまって……存在が〝死〟の側に引き込まれかけてる、っていうか。だから、うっすら。色っていうよりも色合いみたいな……ね。

大きな病院はわたし、苦手なの。天根のおばあちゃんが腫瘍《しゅよう》の手術で入院したことがあってね、おばあちゃんは早期発見で助かったんだけれど、そのお見舞いにいったときとか……つらかったし、怖かった。ふと気がついたら、同じ病棟にいるいろんな患者さんに〈死の色合い〉が滲んで見えて……。

予知とか、そういう力じゃないのよ。重傷や重病の人には色が見えることがあるけど、たとえばこのあと事故か何かで死ぬっていう人と会っても、何も見えないから。だから、たぶんこれって、その人が持っている〝死〟の成分、みたいなものを感じ取るんじゃないかって」

「…………」

「未咲のお見舞いに市立病院へ行くのも、本当はあまり気が進まなかったの。ときどきやっぱり、感じることがあったから。でもね、未咲に対しては一度も、それは感じなかったのよ。だから、あの子は大丈夫だって安心していたのに……なのに、突然」

鳴は悲しげに、あるいは悔しげに、軽く下唇を嚙《か》む。しばし口をつぐんで、それからこう続けた。

「どうしてこの目に、そんなものが見えるのか、見えるようになったのか。不思議に思うでしょう。〈死の色〉っていっても、それは人間のだけで。ほかの動物については何も感じないし……変でしょ。おかしいでしょ」

「………」

「わたしも不思議だったし、怖かったし、いやでたまらなかったし。——あれこれ考えてみたんだけど、分からない。分からないけど、逃げられない、受け入れるしかない。それでそのうち、こんなふうに思うようになったの。つまり——。

人形の虚ろさのせいかな、って」

——人形はね、虚ろなの。

ああ……これもそう、あのギャラリーの地階で遭遇したときの、彼女の言葉。

——人形は虚ろ。身体も心も、とても虚ろ……空っぽなの。それは〝死〟にも通じる虚ろ。

「人形はね、虚ろなの。〝死〟にも通じる虚ろを抱いたものたち……だから、彼らと同じわたしのこの左目には、人間の〈死の色〉が映るのかもしれない、って。もしかしたらそこには、目の手術のときに死にかけた体験が何か関係しているのかもしれない、とも」

この世の秘密をこっそりと解き明かすように……と、あのとき自分が彼女の言葉を聞きながらそう感じたことを、ぼくは思い出していた。

「そんなふうに思って受け入れるしかなかったんだけれど……こんな話、誰にもできるはずがないでしょ。未咲にだってわたし、結局ちゃんと話してなかった。話せなかった。——で、ある時期からもう、特に人前では、この目はずっと隠したままでいようって決めたわけ」

「——そっか」

神妙に頷いてみせながらもぼくは、理性の部分ではずっと考えつづけていたのだ。いったいこの鳴の話を、どこまで真に受けていいんだろうか、と。

だがしかし、それを前に出すことはせず、

「じゃあその、幽霊とかはどうなのかな」

ぼくは真顔で訊いてみたのだった。

「見えることあるの？　死んだ人の霊とか、そういうの」

「ない。——なかった、一度も」

鳴のほうも真顔で答えた。

「だからね、世間でよく云われているような形でそんなものがいるのか、いろんなところをさまよっていたりするのか、わたしには分からない。基本的にはたぶん、いないんじゃないかって思ってるけれど」

「心霊写真なんかは、どう？」

と、これはもちろん探りを入れる意味での質問だったのだが。

「それもない」

彼女は動じずに答えた。

「テレビや雑誌で紹介されるあの手の写真って、どう見たって偽物やインチキばかりだし。でも、だから――」

鳴のまなざしがそこで、ふっと鋭くなったような気がした。

「だからね、二十六年前の三年三組の、例の写真を一度、ちゃんと見てみたかったの。実際にこの目で見て、確認しておきたかったの」

「うん。それであのとき……」

おとというちに来て、母が残したあの写真を見たとき、彼女は左目の眼帯を外したのだ。

そしてぼくに対しては、

――色は？

あんな問いかけを。

――おかしな色に見えたりしない？

「どうだったんだい、あれは」

ぼくは訊いた。

「あの写真に写っていたあの生徒、夜見山岬に〈死の色〉は見えた？」

「見えたよ」

彼女は即答した。

「心霊写真と云われてるようなものを見て、あんなふうに色を感じたのは初めてだった。だから、きっと……」

先を云い澱《よど》む鳴の口もとを見すえながら、ぼくは今さらのようにまた思い出す。

——わたしはわたしが〈死者〉じゃないと分かってる。

鳴の家を訪れ、三階のリビングに上がって長い話をしたときの、彼女の言葉。

自分が〈死者〉ではないことを、自分で確認できるものなのか？　ぼくがそう追及すると、「だって……」と云いかけて、あのとき彼女は口をつぐんでしまったのだったが……。

「これで説明になったかな」

ゆっくりとまたベッドから立ち上がりながら、鳴が云った。

「こうして眼帯を外して見てみても、榊原くんに〈死の色〉は感じられない。だからね、あなたは違うの。〈もう一人〉じゃない」

「同じ理由で、きみ自身も違うと分かるわけか」

「まあね」

頷いて、鳴は外していた眼帯を取り上げる。もとどおりにそれを装着しようとしたが、

思い直したように手を止めて、

「この〈人形の目〉の不思議な特性を、わたしは少なくとも信じてるから……ああ、でもこれ、心の奥底を探ればやっぱり、半信半疑の部分が残ってる気もする。もしかしたら単なる思い込みにすぎないのかもしれないって、今でもたまに疑ってみること、あるから。

あと、これは本当に思い込みにすぎないのかもしれないけど、さっきわたし、『予知とか、そういう力じゃない』って云ったでしょ。でもね、自分自身についてだけは、それもあるんじゃないかなっていう気がして。もしもわたし自身の未来に〝死〟が迫ってきたら、それだけは何となく分かってしまうような気が。うまく対処したら、場合によってはその〝死〟から逃げられるような気もしたり……だからほら、いつだったか、榊原くんが帰り道の心配をしてくれたとき、『わたしは大丈夫』って……」

……ああ、そう。

そんなことも、確かにあったっけ。

「いま聞いた話を、仮にぜんぶ信じるとして――」

応《こた》えながら、ぼくも椅子から腰を上げる。寒けが走ったり鳥肌が立ったりはもうしなくて、今度は逆に、寒いほど冷房が効いているにもかかわらず、首筋にじとりと汗が滲んでいた。

鳴との距離は一メートルと少し。彼女は左右両方の目を開いて、じっとこちらを見ている。背後でまた、窓ガラスが強く震えた。

「だったら、きみはひょっとして、もう分かってるの？」

〈死者〉は、誰――？

「その〈人形の目〉で見てみて、とっくにもう、クラスの中の誰が〈もう一人〉なのかってこと……」

鳴はすると、肯定とも否定ともつかない曖昧《あいまい》な首の動かし方をして、

「学校ではわたし、ずっと眼帯は外さないようにしていたから」

と答えた。

「三年になって、噂に聞いていた〈呪い〉の実態を知らされて、そして新学期が始まってからも、やっぱり外さないままでいたから。未咲があんなことになって、榊原くんが転校してきて……桜木さんが死んで、いよいよ〈災厄〉が現実のものだと信じられるようになってからも、やっぱり……」

「机にあんな落書きをしていたのに？」

〈死者〉は、誰――？

「外せば、誰が〈もう一人〉なのか分かるかもしれなかったのに？」

「分かっても――そのことを知っても、どうなるものでもない、どうしようもないから、って思ったし。気にはなったけれど、だから……ね」

実を云ってしまうと、鳴のこのときの答えを鵜呑《うの》みにする気には、ぼくはあまりなれなかったのだった。

確かにそう、学校で彼女が眼帯を外している姿を、ぼくは一度も見たことがない。本当のところはしかし、どこかの時点で外してみていたんじゃないか。〈死者〉は、誰――？その疑問に対する解答を、そうやって知ろうとしたんじゃないか。でないと気が済まなかったんじゃないだろうか……。

……けれど。

たとえそうであったとしても、それはもう過ぎた話だ。ここでとやかく云ってみても始まらない。問題はまず、現在にこそある。

「それじゃあ――」

云ってから、ぼくは胸に手を当てて深呼吸をした。ひどい緊張のためだろうか、気のせいか少し、忌まわしいあの肺のパンクを思い出させるような痛みを感じた。

「その後は？　今の時点では？」

松永克巳が隠しておいたあの、十五年前のカセットテープを聴いてしまった今。「知っても、どうなるものでもない」とは必ずしも云えなくなった今の、この時点では……。

「きみには分かってるの？　見えてるの？　この合宿にそいつは来てるの？」

たたみかけるようなぼくの質問に、鳴はちょっとたじろいだふうに眉《まゆ》を震わせる。答えを逡巡《しゅんじゅん》する。ぼくと同様に胸に手を当てて深呼吸をしたかと思うと、何やら困り果てたように視線を脇へそらし、それからまた軽く下唇を噛み……やがて。

こく、と小さく頷いた。

「〈もう一人〉は、来てる」

「——やっぱり」

シャツの下の肌に汗が伝うのを感じながら、ぼくは鳴の口もとを見つめた。

「誰なの？」

「——それは」

ところが、そのとき。

部屋のドアが激しく鳴って、ぼくたちのやりとりを阻んだのだ。何者かが外からドアを叩《たた》いた音。ノックではなくて、いきなり体当たりでもしてきたような……。

「何？　誰？」

鳴の声と同時に、勢いよくドアが押し開けられた。そうして中に転がり込んできた人物の姿を見るや、

「ああっ！」

時と場所も忘れて、ぼくは大声を上げてしまった。

「勅使河原ぁ!?　どうしたんだ」

5

勅使河原の様子は見るからに変だった。

ここまで全力疾走で来たんだろうか、異様に呼吸が荒い。シャツが汗だくの肌に貼り付いている。髪も顔面も汗まみれ……なのに、ひどく蒼ざめている。こわばりきった表情で、何だか焦点の定まっていないまなざしで。

「どうしたんだよ。何か……」

近づいていくと、勅使河原は「うぐっ」と喉《のど》を鳴らし、ぶるぶると頭を振った。それから、ぼくと鳴の顔を交互に見る。鳴が眼帯をしていないことには何の反応もせず、

「お、おう。悪い」

切れ切れの息で、やっと言葉を発した。

「あ、あのさ、突然だが、お二人さんに質問……いいか」

ぼくたちに質問？　――変だ。明らかに変だ。大丈夫か、勅使河原。いったい何が……。

「ちょっとその、訊いてみたいのさ」

乱れた呼吸のまま、勅使河原はぼくの横をすりぬけて窓のほうへ向かう。窓はコの字で囲まれた内側の庭に面していて、外には出入り可能なヴェランダが設けられていた。その手前まで進んでこちらを振り返ると、

「あ、あのさ……風見智彦ってやつ、おまえら知ってるか」

そんな質問を、彼は投げてよこしたのだ。

「はあ?」

と、ぼくは思わず首を傾げた。鳴の反応も似たり寄ったりだった。

「何だよ、急に」

「だからさ、訊いてるんだよ。知ってるか、風見のこと。どんなやつだ?」

質問を繰り返す勅使河原の声は、けれども真剣そのもので。

「知ってるも何も……」

どうにもいやな予感にさいなまれつつ、ぼくは答えた。

「三組の、男子のクラス委員長。で、きみとは昔からの『腐れ縁』なんだろう」

「ううう……」

勅使河原は顔をしかめて呻《うめ》いた。

「――見崎は? 知ってるか、風見のこと」

「知らないわけないでしょ」

勅使河原はまた「うう」と呻き、

「そ、そうか。——そうだよな」

力なく呟《つぶや》いて、その場にへなへなとしゃがみこんでしまう。蒼ざめていた顔色がよりいっそう蒼ざめ、唇が細かく震えていた。

「ねえ勅使河原、どうしたの。何があったわけ」

ぼくが詰め寄ると、彼は床にしゃがみこんだまま、のろのろと首を振りながら、

「ヤバいよ」

踏み潰された蛙みたいな声で答えた。

「ヤバいことに……」

「ヤバいって、何が」

「間違ったのかも……おれ」

「間違った？　何を」

「おれ……おれさ、てっきりあいつが〈もう一人〉だと思ってさ。んで、今さっき……」

「『あいつ』って、それ」

風見のことか？

「風見だよ」

「——まさか」

「やっちまったんだよ」

やっちまったって？　――まさかこいつ、風見を殺したというのか。

「嘘だろ」

「こんな嘘ついてどうすんだよ」

勅使河原は両手で頭を抱え込んで、

「こないだからおれ、あいつにちょいちょい探りを入れてみてたんだ。ガキのころの話なんかをいろいろして、あいつがちゃんと憶えてるかどうか、とかさ。そしたらあいつ……」

「ああ……そんな」

「変だったんだよ、あいつ」

なかば嗚咽《おえつ》まじりに、勅使河原は訴えた。

「小三のころ、よく遊んでた河原の秘密基地のこととか、云っても『忘れた』って。小五の夏休み、二人で自転車こいで、このまま海を見にいこうって……結局、やっと市外に出たところで挫折《ざせつ》したこととかもあいつ、『よく憶えてない』ってさ。――だから」

「だから？」

「それがサインなのかどうか、最初はいまいち自信なかったんだけどさ、ずっと考えてたらどんどん怪しく思えてきて……だから、あいつは別人なんだって。本当の風見は昔もう死んじまってて、今の風見はこの春からクラスにまぎれこんだ〈もう一人〉で……」

ああもう、勅使河原は大いに誤解している。〈もう一人〉＝〈死者〉は、そんな存在じゃないはずなのに。

　鳴や千曳さんから説明を聞いて、ぼくが理解しているところによれば、「本物」か「偽物」かで云うなら、それはあくまでも「本物」なのだ。死んだ本人が、自分でも自分がすでに〈死者〉であると意識できないままによみがえり、この世界にまぎれこんでしまった存在……なのだから、そんな、幼いころの記憶の有無なんて意味がない。識別の手がかりや証拠にはなりえないはず。なのに……。

　だいたい、いま勅使河原が云ったような子供時代の体験について、忘れてしまったり記憶が曖昧になったりするくらい、誰にだってあることじゃないか。なのに……。

「それで今夜、さっき……おれ、あいつを誘い出したんだ」

　ときおり喉を詰まらせながら、勅使河原は事情を語った。

「あいつとは同室だったんだけどさ、となりの部屋に聞こえたりしたらまずいと思って、だから、別の場所へ。二階の、あっちの角に娯楽室があるのを見つけてあったから、ちょっと行ってみないかって誘って……。

　そこでおれ、覚悟を決めて問いつめたんだよ。おまえはほんとは風見じゃないだろう、おまえがクラスにまぎれこんだ〈もう一人〉なんだろう、って。そしたらあいつ、すげえおろおろして、パニクって、とうとう怒りだして。怪しい、やっぱりこいつだっておれ、思ってさ。例のテープで云ってたとおり、こいつが死んだら——〝死〟に還《かえ》っちまったら、それでみんな助かるんだ、って」

「——で、殺したって？」

ぼくは昂《たかぶ》りそうになる声を抑えた。

「本当に？」

「初めは何つうか、押し問答の末の摑《つか》み合いみたいな感じだったんだ。はっきり殺そうと思って殴りかかったとかさ、そういうのじゃなくて……ああいや、その辺はおれ、自分でもよく分からない。そんなこんなのうちに外のヴェランダに出て……で、気がついたらあいつ、そこから……」

「転落した？」

「——ああ」

「突き落としたわけ？」

「——かもしれない」

「それで死んでしまったと？」

「下の地面に倒れて、動かなくなってた。頭から血も出てて」

「ああ……」

「でもさ、そこで急におれ、怖くなって。身体が震えて止まらなくなってさ」

勅使河原は片膝《かたひざ》を立てながら、汗まみれの茶髪を両手で掻《か》きむしった。

「んで、廊下に飛び出して……ここに。サカキが見崎の部屋へ行くことになっているの、知ってたからさ。とにかく、おまえたちにまず、と思って」

「望月くんには？」

「あいつは頼りないから」

「――にしても、さっきの質問。あれはいったい何なの」

「だってほら、あのテープ」

勅使河原は髪から手を離し、ぼくの顔を見上げる。充血した目に涙がたまって、今にも溢《あふ》れ出しそうになっていた。

「松永克巳が十五年前、合宿で〈もう一人〉を殺したあとの話……聴いただろ。〈もう一人〉が死んじまったら、その直後からもうそいつはいなかったことになるって。手を下した松永本人以外は誰も、クラスにそいつがいたのを憶えてなかったって。だからさ……」

「確認のつもり、だったのか。風見くんが本当に〈もう一人〉だったかどうかの」

「ああ。――けど、おまえらは風見を知ってると云った」

勅使河原は大きく肩を震わせる。そして、すがりつくような声でぼくに問いかけた。

「やっぱり間違ったのか、おれ。なあサカキ、どうなんだ？」

その答えを探しながらこのとき、冷静に捉《とら》えてみるならば可能性は二つある——と、ぼくは考えた。

一つは勅使河原が恐れているとおり、〈もう一人〉＝風見智彦ではなかった——すなわち、勅使河原が「間違った」という可能性。

もう一つは、〈もう一人〉＝風見智彦だったにしても、彼がまだ死んではいない、という可能性だ。今の話を聞く限り、勅使河原はヴェランダの下まで行って風見の絶命を確かめていない。だから、まだ……。

「死んでないのかも」

「えっ」

「二階の高さからなら、落ちても必ず死ぬとは限らないだろう。気を失ってるだけで、まだ息があるっていうことも」

「あっ……」

勅使河原はよろりと立ち上がり、窓のほうに向き直った。倒れかかるように手を伸ばして窓を開け、ヴェランダに歩み出る。ぼくは慌ててそのあとを追った。

吹きつける湿っぽい風の中。雲間から降る淡い月光の下——。

雨に濡《ぬ》れたヴェランダのフェンスに胸を押し当てて、勅使河原は右腕を斜め前方に向けて伸ばす。玄関の左手、二階の一角……そこに、うっすらと明りのともった窓がいくつかある。あれが娯楽室なんだろうか。

「あっちの、あのあたり」

と、勅使河原はその方向を指さす。

「うう、ここからは見えないな。あの植え込みの向こう……」

このときぼくは、ズボンのポケットから携帯電話をひっぱりだしていた。110番と119番に通報を、と思ったのだ。その動きを察した勅使河原が、

「お、おいサカキ。おまえ、友だちを警察に売る気か」

「バカっ」

と応じながらふと、いつだったかのあの刑事のことを思い出した。

水野さんの件で事情聴取を受けて、そのあと一度、学校の前の道で出会ったあの、年配の刑事。大庭という名だった。小学生の娘がいるんだと云っていた。「何か役に立てそうなことがあれば……」と名刺の裏に書き込んでくれた携帯の番号を、「何か」のときのためと思ってアドレス帳に登録してあった。あの人なら、事情を話せばある程度は理解を示してくれるんじゃないか。

勅使河原のそばからは離れて、大急ぎでその番号を呼び出してかけてみた。——のだが。つながらない。

画面を確認すると、一本だけだがアンテナマークが立っている。電話はしかし、つなが

ってくれない。

「榊原くん」

と、鳴の声がした。ヴェランダには出てこず、窓の向こうからこちらを見ている。彼女は静かに、けれども大きく首を横に振った。そして告げた。勅使河原の耳にまでは届かないような、低く抑えた声で。

「風見くんは違うよ」

「――そうなんだ」

彼女の〈人形の目〉によれば、やはり「風見は違う」のだ。〈もう一人〉は風見じゃないほかの誰か、なのだ。

「勅使河原」

と、ぼくは語気を強めて呼びかけた。

「とにかくまず、彼が生きているかどうか確かめにいかないと。まだ息があれば、すぐに対処しないと。ね、そうだろう?」

「お、おう」

力なく答えて、勅使河原はフェンスから胸を離す。がっくりとうなだれた茶髪のお調子者に向かって、ぼくは決して冗談や軽口のつもりではなく、こう云った。

「悲観して、自殺なんてするんじゃないよ」

「あ……ああ」

「急ごう。さあ」

6

２２３号室を飛び出すと、ぼくたち三人はまっすぐ玄関をめざした。二階の廊下を建物中央の階段まで駆けぬけ、階段を駆けおりて玄関ホールへ……と、その途中で。

ふっと妙な予感がしたのだ。

予感、虫の知らせ……ああいや、そうじゃない。冷静に考えるならばそれは、決してそんな超能力じみた感覚だったわけではなくて。

気配。──そう。気配を感じたのだ。

何だか妙な、気配。不穏な気配。いやな気配。冷静に考えるならばそれはきっと、階段を降りてきたところでざっと周囲を見渡したとき、ちらりと目に入ったもののせいで……。

勅使河原と鳴は迷うことなく玄関へと向かう。ぼくだけはしかし、思わず足を止めてしまっていた。

メインの照明が消された夜更けのホール。暗がりに吸い込まれるようにして延びた廊下。そこに──。

ほんの何センチかの幅だけれども、開いている扉が一枚ある。「目に入ったもの」というのはそれだった。

食堂の扉、か。

中からもれだしてくる光はない。廊下の暗がりよりもさらに暗い……扉の隙間に覗くその闇の奥にふっと、無性に気がかりな何かを感じ取った、感じ取ってしまった。それがつまり、このときの「気配」の正体だったんだろうと思う。

二人を呼び止めるのもためらわれた。ぼくは独りその扉に近づいていって、鈍く光るノブに手をかけた。

ぬっ、と滑る感触があった。

汗？——いや、汗じゃない。汗じゃなくて、これは……。

ノブから手を離すと、掌を上に向けて目を凝らす。暗がりの中、かろうじてそれが見えた。汗じゃない。何やら黒々としたもので、掌が汚れているのだ。これは……。

……血？

血なのか。だとしたら、なぜ？

そこで引き返して、先に行った二人を追う手もあったのだ。けれどもできなかった。あれこれと考えるまもなく扉を押し開けて、ぼくは食堂内に踏み込んでいた。暗くてほとんど何も見えないまま、壁を手探りしながら一歩、二歩と足を進めたところが——。

「わっ」

あらぬ声を上げてしまったのは、いきなり何者かに足首を摑まれたからだ。

「うわっ。な……」

何だ？　誰だ？

ぼくはその場から跳びのいた。

何か——誰かが、床に倒れ伏していた。暗闇に目が慣れてきたのと、奥の窓から忍び込んでくる仄《ほの》かな月明りのおかげもあって、それが分かった。

「な……何？」

ぼくは恐る恐る声をかけた。

「誰？　いったいどう……」

着衣は生徒の夏服のようだった。ズボンをはいているから、男子の。

倒れ伏しているので、顔が見えない。誰なのか分からない。右手が前方に投げ出されている。あの手でぼくの足首を摑んだのか。いきなりだったからものすごく驚いたけれど、力はひどく弱々しかった。

「大丈夫かい」

ぼくは彼のそばに戻り、肩に手をかけた。

「ねえきみ、大丈夫？　こんなところでいったい……」

呼びかけに反応して、ひくっと身体が震えた。投げ出された右手を握ってやった。すると——。

ぬっ、という、ノブにあったのと同じ感触が、そこにも。

「怪我、してるのか」

訊くと、彼は苦しそうに低く呻いた。

ぼくは彼の肩に手をかけなおし、身を起こさせようとした。——が。

「……だめ」

文字どおり蚊の鳴くような声が、彼の口からもれた。

「だめだ……もう」

「だめって、何をきみ」

云いかけて、やっと気がついた。彼が着ている白いシャツの、背中から腰にかけてが黒々と汚れていることに。血に濡れてずくずくになってしまっていることに。

「これは……まさかこれ、刺されたとか？」

問いかけてぼくは、床にみずからの頬を付けて彼の顔を覗き込んだ。暗いのと、その顔もまた血で汚れていたのとで分かりづらかったのだが——。

「前島くんか」

夕食後に和久井が喘息《ぜんそく》の発作を起こしたとき、苦しむ彼の背中を懸命にさすってやっていた前島。小柄で童顔の、それでいて実は剣道部の強者だという前島。——たぶん間違いない。

「ね、どうしてこんな？」

ぼくは前島の耳に口を寄せた。

「誰かに刺されて？ 誰に……」

苦しそうにまた低く呻いたあと、前島はようやく切れ切れに言葉を発した。最後の力を振り絞って、というふうにさえ感じられた。

「ち、ちゅうぼうを、の、のぞい……」

「厨房《ちゅうぼう》？ 厨房をどうしたって？」

「のぞいたら……か、かんり、にんが……」

「管理人？」

ぼくは前島の肩を揺すった。

「沼田さんが？ どうしたって？」

重ねて問いかけたが、答えはもう返ってこなかった。顔を覗き込むと、今さっきまで見開いていた目が閉じている。

気を失ったのか。あるいはまさか、死んでしまった？ 落ち着いてそれを確かめる余裕もなく——。

ぼくは身を起こし、一気に具体化してきた恐怖に抗《あらが》いながら足を踏み出した。照明のスイッチを探さなくても、月明りだけで何とか、奥にある厨房の扉が見える。

——怪しいよなあ、あのおっさん。

何時間か前にこの食堂で、勅使河原が耳打ちしたせりふが脳裡《のうり》に再生されていた。

——来たときからさ、おれたちを見る目がいやにおっかないんだよな。

ああ……まさか。

——いきなり頭がおかしくなって、自分の孫とかを殺したりするジィさん、けっこういるだろ。

まさか、そんな……。

——油断できないぜ、あのおっさんも。

厨房の扉の前まで辿り着いたとき、またしても何か、妙な気配を感じた。今度は視覚が捉えた情報によってではなくて、聴覚が、そして嗅覚《きゅうかく》が……。

何かしら、かすかに異様な音が聞こえてくる。この扉の向こうから。

何かしら、かすかに異様な臭気がもれてくる。やはりこの扉の向こうから。

しかし——。

開けないほうがいい、開けてはいけない、という内なる忠告に逆らって、ぼくはノブに手を伸ばしたのだ。

とたん、掌に感じたのは熱だった。幸い火傷《やけど》をするほどではなかったけれど、ノブそのものが今、びっくりするくらい熱くなっていて……。

この時点で思いとどまるべきだったのかもしれない。が、ぼくの手は止まることなくノブをまわし、あとは思いきって扉を蹴《け》り開けた。

異音の正体、異臭の正体を、その瞬間ぼくは悟った。――火が。

部屋中で火が燃えているのだ。

強烈な熱気と煙が溢れ出してきて、ぼくはたまらずあとずさった。腕を顔の前に上げて息を止めた。そうしながらも、そのとき――。

ぼくははっきりと目撃したのだった。

厨房の中で、炎に囲まれて横たわっているその人の姿を。

こちらに頭を向けていた。今しも衣服に火が燃え移ろうとしていた。それでも微動だにしないのは、すでに死亡しているからか。首や顔面に深々と突き刺さっている何本ものあれが、おそらく直接の死因で……ぼくの見間違いじゃなければ、それは夕食の肉料理で使われていたあの金串《かなぐし》だった。

炎の勢いは激しかった。手近に消火器があったとしても、もはやとうてい消し止められそうにない。

ぼくは前島のもとまで逃げ戻り、倒れ伏したままの彼に「おい！」と大声を浴びせた。

「前島くん！　大変だ。火が……おい！　逃げないと焼け死ぬぞっ」

7

前島の息はあった。ぼくの声に反応して、小さな身動きを見せた。

傷と出血のぐあいが気になったが、ここに放っておくわけには絶対にいかない。「しっかりして」と何度も励ましながら、どうにかこうにか彼を抱き起こして、廊下にひっぱりだした。厨房の炎はそのとき早くも、食堂にまで燃え広がってきつつあった。

少しでも火の手を喰《く》い止められれば、と思って扉を閉めた。——と。

「どうしたの、榊原くん」

ホールのほうから呼びかけられた。鳴だ。ぼくの姿が見えないので探しに戻ったのか。

「そんなところで……えっ？」

こちらに向かってくる足を止めて、

「誰なの、それ」

と、彼女は不審をあらわにする。

「どうかしたの、その人」

「大怪我をしてるんだ」

ぼくは叫ぶように答えた。

「それより、厨房から火が！」

「火……火事なの？」

「中で管理人……沼田さんが死んでるんだ。殺されてるんだ。それできっと、その犯人があそこに火を……」

もつれる舌で事情を告げると同時に、ぼくは「そうか」と心中で呟いていた。

……あのとき。

午後十時に鳴の部屋を訪れる前、廊下の窓から外を覗いてみた、あのとき。

裏手の庭に物置小屋みたいな建物があって、中で明りがつくのが見えた。管理人が何か必要なものを取りにいったんだろう。そう思ってあのときは納得したのだったが、あれは――。

あれはもしかしたら、犯人が沼田さんを殺したあと、あるいは殺す前にあらかじめ、のちの放火に使うための灯油か何かを調達しにいったのではないか。

「その人、前島くんね。どうして彼が」

「食堂で倒れてたんだ。背中を刃物で刺されたみたいで。きっと同じ犯人の仕業だと」

「傷は深いの？」

「かなり出血してる」

鳴も手伝ってくれて、両側から前島を支えながらホールに向かった。そうしてやっと、開けっぱなしになっている玄関の扉が見えてきたところで、

「一人で連れ出せる？」

と、鳴が訊いた。

「たぶん、何とか。でも、早く手当てをしないと」

「そうね」

「勅使河原は？　風見は？」

「風見くんは無事だった。雨でぬかるんで、地面が軟らかくなってて。足をひどく挫《くじ》いちゃってるけど、頭のほうは大した怪我じゃないみたい。意識もちゃんと取り戻して……」

「良かった」

　ぐったりとした前島の身体を抱きかかえるようにして、ぼくは玄関の扉へと急ぐ。するとそこで、鳴がひらりとまわれ右をしたのだ。

「あ……どこへ？」

「火事のこと、みんなに知らせなきゃ」

　もっともな考えだった。けれども、今から二階に戻るのは——。

　危ない。火災の危険も当然ながらあるし、この建物の中にはおそらくまだ、刃物を持った犯人がうろうろしていて……。

「待って、見崎」

制止の声を発したときにはしかし、彼女はもう階段を駆け上がっていたのだ。追いかけたいと思ったが、一人では動けない前島がいる。引き裂かれる気持ちのまま、とにかくぼくは彼を抱えて外に出た。

玄関ポーチに向かってくる勅使河原の姿が見えた。その横に風見の、どろどろに汚れた痛々しい姿もあった。転落時に吹っ飛んでなくしてしまったのか、顔には眼鏡がない。右足をつらそうに引きずり、勅使河原が肩を貸してやっている。

「だめだ。建物から離れるんだ」

ぼくが命じると、勅使河原は「あん？」とこちらに視線を投げて、

「誰だそいつ。前島か？　サカキ、おまえ……」

「火事なんだよ！」

ぼくは叫んだ。

「厨房から火が出て、止められそうにないんだ。放火かもしれない」

「ひえっ。嘘だろ」

「前島くんは誰かに襲われて、大怪我を」

「マジかよ」

「とにかく逃げないと、火が！」

「お、おう」

勅使河原は風見を、ぼくは前島を、それぞれに怪我人を抱えて玄関ポーチを離れる。よたよた、のろのろと前庭の小道を進む。

背後でやがて、激しい音が響いた。振り返ると、向かって右手――食堂がある側の一階の窓が割れ、火が噴き出していた。おりからの強風に煽《あお》られ、その火が見る見る建物の外壁を這《は》いのぼっていく。

けたたましい警報ベルが、このとき館内から聞こえてきた。

自動火災感知装置が作動したのか。さもなくば誰かが手動で鳴らしたのか。――いずれにせよ、これで二階の部屋にいるみんなも変事に気づくはずだ。火がまわらないうちに、早くみんな……。

鳴の安否が心配でたまらなかったけれども、重傷の前島をここで放り出すわけには、やはりいかない。一人では歩けそうにない風見もいるから、勅使河原に任せるわけにもいかない。

とにかくまず前島を、火災の危険が及ばない場所まで連れていかなければ。

勅使河原を促して、少しでも早く建物から離れようと頑張った。この間、火災に気づいた生徒たちが幾人か、玄関や横手の出入口から飛び出してきて……。いよいよ勢いを増して燃え広がっていく炎に、誰もがパニックを起こしていた。ぼくたちを追い越して、われ先にと門のほうへ逃げていく。ジャージにTシャツ、あるいはパジャマ姿の者ばかりだった。上履きのスリッパのまま駆け出してきた者もいた。

なかなか思うように動きが取れなくて、ぼくは焦った。煙と熱気は確実に追いかけてくる。炎の唸《うな》りとともに、あちこちで窓ガラスが割れる音がする。建物が軋《きし》むような音がする。

前島の身体が、あるところで急に重くなった気がした。

「しっかりして。頑張って」

声をかけるが、思わしい反応はなかった。もはや自力で足を動かすこともままならないふうで……。

……そんな中。

悲鳴が、聞こえてきたのだ。

火災によって生じるさまざまな異音にまぎれながらも、はっきりそれがそうだと聞き取れるような……誰かの悲鳴。甲高く鋭い悲鳴。

斜め上方から、だった。

見上げると、建物二階のヴェランダに人影があった。さっき飛び出してきた223号室よりも、たぶん二つほど手前の部屋。まだそこまでは火がまわってきていないと思われるあたりだが……廊下に出られなくて、あそこで助けを求めているのか。――いや。

違う、ということがすぐに分かった。

ヴェランダに見える人影は二つ。

背恰好や髪型からして、一人はどうやら赤沢泉美のようだった。悲鳴の主も彼女らしい。

そしてもう一人は……。

「やめてよっ！」

金切り声で叫ぶその様子が、やはり赤沢のイメージと重なった。

「何なの⁉ 何でこんなこと……」

ぼくは慄然《りつぜん》と目を見張った。ヴェランダにいるもう一人が、今しも赤沢に襲いかかろうとしているのだ。大きく右手を振り上げている。あの手にはおそらく、前島を刺したのと同じ刃物が握られていて……。

「やめて！」

赤沢が叫ぶ。

「助けてっ！」

襲う者と襲われる者、二つの人影がヴェランダでもつれあう。——と、そのとき。

すさまじい音が突然、耳をつんざいたのだ。同時に建物の奥の一角から、目も眩《くら》みそうな火柱が噴き上がり……。

……爆発？

爆発だ。

たとえばそう、厨房で使っていたガス。立地から考えるに、たぶんプロパンガスのボンベがどこかに設置されているのだろう。それに引火して？

吹きかかってくる熱風と降りかかってくる火の粉から顔面を守ろうとして、思わず両手を上げた。支えを失った前島の身体が、ずるりと地面にくずおれた。それを何とかしようと慌てながらも――。

ぼくは二階のヴェランダに視線を戻したのだ。すると、もつれあっていた二つの人影が、もつれあったままフェンスを越えて転落する、まさにその瞬間が見えたのだった。

「何ていう……」

暗然と呟いて目をそむけ、ぼくは前島の腕を握り直した。

「大丈夫か。さあ、頑張って」

片膝を地面について懸命に抱き起こそうとしたが、まったく反応がない。力を緩めると、前島の身体はまた、その場にくずおれてしまった。空気の抜けたビニール人形みたいに。

「前島……前島くん？」

何度も呼びかけながら、手首の脈を調べてみた。呼吸と心臓の動きも確かめてみた。

――けれど。

「ああ、前島……」

彼は死んでいた。

8

恐怖よりもむしろ徒労感、無力感に呑み込まれて立ち尽くしそうになった。慌てて強く首を振って、何とか少し気を取り直したものの、そのとたん——。

鳴は？

急速に膨れ上がってくる激しい懸念。

無事だろうか、彼女は。

今からでもすぐに引き返して彼女を探さなければ、と焦る。しかし……ああ、だめだ。建物の玄関は今やすっかり、燃え盛る炎の中にある。

鳴は——。

二階のみんなに火災の発生を知らせて、そのあと無事に脱出できただろうか。出入口は玄関だけじゃない。別の出入口からでも、窓からでも……。

できたはずだ、と必死に云い聞かせた。

できたはずだとも。でないと、あのときあそこで彼女を引き止められなかった自分が、あまりにも呪わしい。

さっきの爆発で火勢はさらに強まり、全館に燃え広がろうとしていた。ここでもたもたしていては、いよいよまずい。「ごめんよ」と最後の声をかけて前島から離れ、そのまま踵《きびす》を返そうとしたぼくの目に、そのとき――。

信じがたいものが映った。

爆発の直後にヴェランダの二人が落ちた植え込みの向こうからやおら、そいつが姿を現わしたのだ。

血と泥と灰で汚れ、もともとの色が何だったのかも判然としない服。髪も、露出した腕や顔の皮膚も同様だった。一見しただけではほとんど相好の別もつかない。

もつれあって二階から転落して……あいつのほうは命をとりとめたのか。赤沢のほうは……死んだ？　それとも殺された？

片足を引きずり、逆側の肩を下げてひどく身を斜めに崩しながらも――。

ずり、ずずっ……と、そいつは自力で歩いてくる。立ち込める煙の中、燃え盛る炎に赤く照らされ、その動きは何やら不死身の化物じみてさえ感じられた。

そいつはまっすぐこちらに向かってくる。ぼくとの距離は数メートル。右手にはやはり、何か刃物を持っている。赤黒く汚れた顔には、ぎらりと見開かれた双眸《そうぼう》があった。汗だくの全身に、一瞬にして鳥肌が立ってしまった。

小説を読んで想像してみたことは無数にある。映画で役者の演技を観たことも。――けれども現実には、ない。一度もない。こんな……。

……狂った目。完全に正気を失った人間の目。

教室でみずからの喉を切り裂いた久保寺先生とも、また違う。あのときの先生の目は、ひたすらに虚ろだった。少なくとも、こんなにも恐ろしい……凶暴な光は宿っていなかった。

その目が――。

ぼくを見た。

見られた、と悟るやいなや、ぼくは全速力でその場から逃げ出していた。襲われる、そして殺される、と確信したのだ。

ぼくは逃げた。その間、背後で一度か二度、誰かの悲鳴が聞こえた気がした。逃げ遅れた生徒がいて、あいつに襲われたのかもしれない。そう思ったが、足を止めも振り向きもしなかった。怖くてできなかったのだ。

走りつづけて前庭を抜けて、ようやく前方に門の影が見えてきたところで、ずんっ、と鈍い痛みが胸に走った。これにはたまらず足が止まった。両手で胸を押さえ、地面に膝を落としてしまった。

痛みは一度だけで、すぐに治まってくれた。

「もう……勘弁してくれよ」

呟いて、立ち上がろうとした。そのとき、思いきって後ろを見てみた。

あいつは――殺人者は片足を引きずっている。もうだいぶ引き離したはずだ。もう追いかけてきてはいないかもしれない。そうだ。きっともう……しかし。

そいつはまだ、いた。

たったいま地獄の炎の中からよみがえってきた、とでもいうような風情で。

さっきよりもいくらか距離が開いてはいたが、変わらぬ足どりでまっすぐこちらに向かってきていた。

大慌てで逃げようとして、足をぬかるみに取られた。見事なくらい無様にひっくりかえり、したたかに腰を打った。ショックに呻きながら、必死でまた立ち上がろうとした。だが、すぐにはうまく力が入らない。やっとの思いで身を立て直して、そこでもう一度、後ろを見た。着実に縮まっている相手との距離に戦慄し、同時にふたたび、ずんっ、と胸の痛みが来た。

ああ……逃げられない。

絶望が瞬間、頭を掠《かす》める。

逃げられない。――逃げられないのか。このままここで、ぼくも。厨房で殺されていたあの管理人のように。前島のように。赤沢のように。

「――来るな」

かろうじて声に出すことのできた、弱々しい抵抗の言葉。

「来るな。もう……」

そいつ——狂った殺人者の、化物じみた歩みは止まらない。むしろ速くなったかに見える。刃物を握った手が振り上げられる。その背後で、ひときわ激しく炎が唸る。煙が噴き上がる。——と、突然。

横合いから出現した黒い影。

何が？　誰が？　と考えるまもなく、影は猛然と殺人者に飛びかかり、手から刃物を叩き落とした。直後には、殺人者の身体がもんどりうつようにして地に倒れた。すかさずその上にのしかかる影……。

「ああっ」

ぼくは瞠目《どうもく》した。

「千曳さん⁉」

叫んだときにはもう、決着はつこうとしていた。

影が、動きを失った殺人者から離れる。立ち上がり、こちらを振り返る。

「千曳さん！」

ぼくの声に応えて、

「危なかったね」

黒ずくめの図書館司書は云った。

「病院から戻ったらこの騒ぎだ。びっくりしてここまで来てみたら、この人が刃物を持ってきみに……」

汚れた黒縁眼鏡をかけなおしながら、殺人者の顔に視線を投げかける。

「いったい何者かと思ったが、ひとめ見て普通じゃないと分かったから」

「厨房で沼田さんが殺されてたんです」

「沼田？」

「はい。——旦那さんのほうが」

「じゃあ……」

「たぶんそれが始まりで、そのあと前島くんが刺されて、火がつけられて……」

「全部この人が？」

と、千曳さんはふたたび殺人者——沼田・妻の顔に視線を投げながら、

「何だって、そんな」

云いかけたが、みずから大きくかぶりを振った。考えても仕方がない、と云い聞かせるように。これもまた、今年の〈災厄〉の一つなのだから……と。

「とにかく逃げなさい」

目を上げ、千曳さんはぼくに命じた。

「門の外まで離れたほうがいい。早く」

「あ……はい」

「きみは先に行って。私はこの人――沼田さんを」

「えっ」

「気を失わせただけだ。ここに放ってもおけない」

「でも……」

「私は一人で大丈夫。たったいま目撃しただろう？　見かけによらず、けっこう心得があってね。まだ現役で道場に通ってる」

柔道とか拳法《けんぽう》とか、そういったものの「心得」なんだろうか。――感心している場合ではないが、確かに、およそ千曳さんの見かけにはそぐわない。

「さあ、早く行きなさい」

「………」

「行くんだ！」

「――はい」

9

門の外まで逃げてきた者たちの中に、まず勅使河原の顔を見つけた。石造りの門柱に寄りかかって、〈咲谷記念館〉の炎上を呆然《ぼうぜん》と眺めている。反対側の門柱のそばには、風見がいた。地面に腰を落とし、片膝を立てて両腕で抱え込んでいる。膝頭に額を押しつけた恰好で、身を硬直させている。

「おう……サカキ」

勅使河原がぼくに気づき、力なく片手を挙げた。

「前島は？」

訊かれても、何も反応できなかった。

「——だめだったのか」

「…………」

「千曳さんが戻ってきて、様子を見に走ってったぞ」

「——会った」

答えながら、目は鳴の姿を探していた。

「——助けてくれた」

「とにかくここにじっとしてろってさ。消防と救急が来るのを待てって」

何しろこの激しい火災だ。遠く離れた場所からでも、ひと目で異常事態だと分かる。たとえ現場から直接の通報がなかったにしても、消防隊はもう動きだしているだろうから。

「逃げてきたのは、これだけ？」

ざっと見渡したところ、門のあたりにいるのはぼくを除いて五人。その中に、少なくとも鳴の姿はなかった。

「見崎は？」

「——ん？　ああ、いないいな」

勅使河原は汚れた茶髪をがりがりと掻きまわす。

「望月のやつもいないが……大丈夫だよ。どっちもきっと、別の場所に逃げてるさ」

そんなふうに楽観……いや、思考停止してしまう気には、ぼくはとうていなれなかった。居ても立ってもいられなくて、勅使河原に背を向けた。速足で何歩か門から離れ、夜空を焦がしつづける炎を睨《にら》みつけ……そこで。

「見崎、鳴」

見えないどこかに向けて低く、けれども強く呼びかけながら、ズボンのポケットを探った。携帯電話が……あった。転倒の衝撃で壊れたりもしていない。着信履歴から鳴の番号を呼び出して、発信ボタンを押した。

お願いだから。

文字どおり祈る気持ちで、電話機を耳に押し当てる。

夕方には確かに一度、この携帯と彼女の携帯はつながったのだ。だから、もう一度。今、もう一度だけ……。

……つながってくれ。

お願いだから。一瞬でもいいから、つながってくれ。

聞こえてくる「接続試行中」の短い電子音。あきらめるには充分なほどの回数、それが続いたあと——。

音が呼び出し音に変わった。四度めのコールで、相手が出た。

「——榊原くん？」

雑音が多くて聞き取りづらいが、間違いなくそれは鳴の声、だった。

「ああ……つながった」

ぼくは空いた手で口もとと携帯の送話口を覆うようにして、自分の声が逃げないようにしながら、

「見崎だね。無事なんだね」

「榊原くんは？　ほかのみんなは？」

「門の辺まで逃げてきたところ。でも、全員は揃っていなくて。前島はだめだったけど、千曳さんが戻ってきて助けてくれて、犯人は沼田さんの奥さんで……」

要領も何もなくまくしたてている自分に気づき、慌ててぼくはいったん言葉を切って、

「今どこに？」

と、肝心な問題を訊いたのだ。

「裏庭」

と、鳴は答えた。

「物置小屋みたいな建物の近く」

あそこか。だったら……。

「怪我は?」

「わたしは大丈夫」

気負いのない感じで云ってから、鳴は微妙に間をおいてこう続けた。

「だけど、ちょっとまだ動けないの」

「えっ?」

彼女は無事。なのにまだ動けない? ——意味がよく分からなかった。けれど、ゆっくり考えてみるよりも先に、

「行くから」

と、ぼくは云った。

「今すぐ行くから、そこに」

ところが、すると——。

「来ないほうがいい」

鳴はそう応えたのだ。ざざざざ……と、不快な雑音がその声にかぶさった。

「どうして」

「来ないほうがいいよ、榊原くんは」

「ねえ、どうして……」

「わたしが……」

雑音がやたら増えはじめて、伝わってくる言葉が途切れ途切れになる。聞き逃すまいと、電話機を耳に押し当てた手に力がこもる。

「わたしが……止めなきゃ」

「止める？」

止める？　――って、まさか。

もやもやと頭の中にわだかまっていた想像が、このとき一気に膨らんできて具体的な形を見せた。――まさか。

「まさか、見崎……」

ぼくは声を高くしたが、ざざざ、がががががが……とますます激しくなってくる雑音の中、こちらの言葉がどの程度、向こうに伝わっていたのかは分からない。

「ねえ。今そこで、誰かと一緒に？」

「……わたしが」

「誰と……見崎？」

「……後悔するかも。だから……」

……と、そこまでで。

フェイドアウトするように彼女の声が消えた。真夏のこの、あまりにも過酷な〈災厄〉の夜の中にあって、まるで奇跡のようにつながった細い糸、それが切れた瞬間。——時刻はとうに午前零時をまわり、日付は八月九日に進んでいた。

10

誰にも何も告げず、すぐにぼくは駆けだした。

建物を燃やしつづける炎を明り代わりに、門から東側の裏庭にまわりこむ小道を全力で走った。もともと雨で濡れていたところに火災で発生した灰が降り、足もとはひどく滑りやすくなっていたが、どうにか一度も転んだりすることはなく、やがて目的の物置小屋が見えてきた。この間、五分もかからなかったろうと思う。

吹きすさぶ風音と間近で燃え盛る炎の唸り。それらとは別に、遠くからかすかに消防車のサイレンが響いてきたのを意識しつつ——。

物置小屋に駆け寄りながら、ぼくは鳴の姿を探した。

母屋との距離は多く見積もって十メートル足らずのものだったから、風向き次第でいつ炎が飛び火しても不思議ではない。だが幸いにも、その建物はまだ無事——と見えた。

「見崎！」

ぼくは声を振り絞った。

「どこだ？　見崎っ！」

返事はなかった。——が。

名を呼びつづけながら、小屋の北側までまわりこんでみたところでやっと、彼女の姿を見つけたのだ。彼女は——鳴は、小屋の壁を背にして独り立っていた。

「ああ……見崎」

ブラウスもスカートも、髪も顔も腕も足も……すっかり灰で汚れてしまっているけれど、さっきの電話で云っていたとおり、どこにも大きな怪我はない様子で……。

「見崎？」

呼びかけるぼくのほうを、彼女はちらっとだけ振り向いた。すぐにしかし、視線をもとに戻してしまう。そして——。

その視線の先には、四、五メートルの距離をおいて、彼女以外の——もう一人の人物がいたのだ。

その人物は地面に倒れ伏していた。鳴以上に全身が灰で汚れていて、しかも下半身が、何本かの角材の下敷きになってしまっている。そんなふうだから、ぼくの位置からではそれが誰なのかはもちろん、背恰好も、性別すらもよく分からなかった。

「爆発の衝撃で、角材が倒れてきたの」

その人物のほうを見すえたまま、鳴が云った。彼女の左目に眼帯はなかった。

「それであの人、動けなくなって……」

「助けないと」

とっさにそう云ってしまってから、はっと息を呑む。

鳴は黙って首を左右に振っていたのだ。

彼女が手にしているものの存在に、そのとき気づいた。あれは……ツルハシ？　右手で柄を握り、赤く塗られた〝頭〟の部分は地に下ろした恰好で。この付近にたまたま放り出されていた道具なのか。それとも小屋の中から探し出してきたのか。

「助けちゃ、だめ」

ぼくのほうには目を向けることなく、続けて鳴はこう云い放った。

「その人が〈もう一人〉なの。だから……」

ここに駆けつけるまでのあいだに、もしかしたらそうなのかも——彼女はいま〈もう一人〉と一緒にいるのかも、という予測が固まってはいたのだ。それでも思わず、「えっ」と声が喉を衝《つ》いて出た。

「――本当に？」

「色が――〈死の色〉が、見えるから」

「それは……いま分かったの？」

「――前から」

何だか悲しそうな声音、に聞こえた。

「分かっていたけれど、云えなかった」

何だか、とても悲しそうな……。

「でも――でもね、あのテープを実際に聴いて、思った。止めなきゃ、って。今夜だって、まさかこんなひどいことになるなんて……もう止めなきゃ。いま止めないと、みんな……」

鳴はきっと顔を上げる。ツルハシの柄を両手で握り直す。

「待って」

と制して、ぼくは彼女の前に躍り出ていった。身体が反射的にそう動いたのだ。倒れ伏しているその、鳴が〈もう一人〉だと訴える人物に向かって、そしてぼくは歩を進めたのだった。それが誰なのかを、自分の目で確かめるために。

気を失っているのかとも思われたその人物が、このとき大きく身動きをした。苦しげな呻き声とともに両手をつき、上体を持ち上げて角材の下から脱《ぬ》け出そうとするが、あえなく力尽きてふたたび地に倒れ伏す。

ぼくはその人物に歩み寄る。すぐそばまで行って身をかがめ、息を止めて顔を覗き込む。

虚ろに見開かれた相手の目とぼくの目が、おのずと合った。

「ああ……」

彼女の唇が震えた。

「……恒一くん」

「そ……」

ぼくは危うく叫びそうになった。

「そんな……」

……まさか。

まさか、嘘だろう？

何度も目をしばたたき、相手の顔を見直した。だが、それはやはり、まぎれもなく彼女だったのだ。

「この人が、〈もう一人〉だと？」

ぼくはよろりと身を起こし、鳴のほうを振り返った。

「この人が？　本当に？」

鳴は黙って頷き、まなざしを伏せた。

「この人が……そんな。そんなことって、いったい……」

ずうぅぅーん……という、憶えのある重低音が、どこかから。

ぼくの心を——ぼくの記憶、ぼくの思考を押し潰そうとするかのように鳴りはじめる。

その、いったん意識しはじめるとどうにも不自然でいかがわしい響きの合間から……。

——この街を訪れるのは、そういえばこれで何度めだろうか。

これはぼくの、榊原恒一の独白。四月に東京から越してきた当初の。

——小学生のころに確か、三度か四度。中学生になってからはこれが初めてか……いや、それとも。

いや、それとも……？

——ところで恒一。

インドにいる父との、いつかの電話で。

——どんな感じかな、一年半ぶりの夜見山は。あまり変わりもないか。

一年半ぶりの、夜見山……？

——どーして？　どーして？

これはそう、祖父母が飼っているあの九官鳥の。

——ゲンキ……ゲンキ、だしてネ。

あの九官鳥の、元気の良い奇声。

――名前は「レーちゃん」。

レーちゃん？　ああそうだ、あの鳥の名前はレーちゃん。

――年齢は、これも「たぶん」付きで二歳くらい。おととしの秋、ペットショップで見つけて衝動買いしたのだとか。

おととしの秋……つまりそれは一年半前。ぼくが中学一年のとき。

――中学生になってからはこれが初めてか……いや、それとも。

……一年半ぶりの、夜見山。

一年半前に、ぼくは……。

――人が死ぬと葬式だなあ。

――葬式はもう堪忍、堪忍してほしいなあ。

これは、老人ぼけが始まっている祖父の。

――理津子はなあ、可哀想に。可哀想になあ。理津子も、怜子もなあ……。

理津子も、怜子も……。

「……そうか」

ほとんど茫然《ぼうぜん》自失の体で、ぼくは呟き落としていた。

「そうだったんだ」

ずうぅぅーん……と響きつづけて思考を妨げようとするいかがわしい重低音を、どうに

かこうにか頭の隅に抑え込みながら、

——先生が死ぬ場合もあるんですか。

ぼくは思い出す。これはいつだったかの、千曳さんとのやりとり。

——担任や副担任であればね。三年三組という集団の成員だから。

三年三組の——クラスの成員であれば、〈災厄〉で死ぬこともある。ならば、そうだ、〈もう一人〉としてよみがえることだって……。

……しかし。

「ねえ、本当に？」

と、それでもいま一度、ぼくは鳴に確認せずにはいられなかったのだ。信じろと云われて即座に信じられる話では、それはやはりなかったから。

「本当にこの……三神先生——怜子さんが〈もう一人〉だと？」

11

「学校ではあくまでも、わたしは『三神先生』なんだからね。いい？」

新しい中学への初登校日前夜、怜子さんがぼくに語った「夜見北での心構え」——。

「その一」と「その二」はなかば冗談めいた学校のジンクスで、「クラスの決めごとは絶対に守るように」という「その三」は、いま思えば、〈もう一人〉の問題に直結する重要なルールの提示だったことになる。けれど、少なくともあの時点で、ぼくにとって最も大きな意味があったのは当然、この「その四」だったのだ。

「公私の別はきっちりとつけること。校内では、間違っても『怜子さん』なんて呼ばないように……」

云われて、もちろんぼくは素直に納得したのだった。

十五年前に死んだ母、榊原理津子（旧姓、三神）。その十一歳年下の妹、すなわちぼくの実の叔母《おば》である三神怜子——怜子さんが、これから転入する学校の教師で、しかもクラスの副担任であるという偶然はある意味、大いに心強い話ではあった。だが、同時にそれは、充分に心してふるまわなければ、よけいな誤解やトラブルの原因になりかねない人間関係でもあるだろう。容易にそう呑み込めたから……。

だからぼくは、わざわざ「夜見北での心構え、その四」として示されたその云いつけを律儀に守って、学校では「三神先生」、家では「怜子さん」と彼女のことを呼び分けながら、あたかも別々の人間と接するかのように彼女と接してきたのだ。

怜子さんのほうも同じだった。学校では決してぼくを「恒一くん」とは呼ばず、あくまでも「転入生の榊原くん」として扱うことを忘れず……だからお互い、必要以上のよそよそしさでふるまってしまう局面も多々あった。

担任の久保寺先生は云うまでもなく、クラスのみんなもたいてい、当初からその事実を承知していた。なのでたとえば、六月に新たな〈対策〉が話し合われ、ぼくと鳴の二人を〈いないもの〉にしようと決まったあのときなんかにしても、久保寺先生はみんなに対してこんな云い方をしたのだった。

——みなさんくれぐれも、クラスの決めごとは守るように。三神先生も、むずかしい立場でありながら、「できるだけのことを」とさっき云ってくださいました。

三神先生の「むずかしい立場」。それはむろん、学校から帰れば同じ家で暮らす甥《おい》っ子を、学校では〈いないもの〉として無視しなければならないという、そんな立場のことだったわけで……。

その少し前、望月優矢が古池町までやってきて、祖父母の家のそばをうろうろしていた、あの一件にしても。

——ちょっとその、心配になっちゃって。

——ぼくんち、このとなりの町内だからね、だからその、ちょっと……。

たまたまぼくと出くわして、望月はしどろもどろでそう弁解したけれど、彼の「心配」の対象は、通院のために学校を休んだぼくだったのではない。同じころ、何日か続けて学校に来ていなかった三神先生＝怜子さんの様子を窺《うかが》うことこそが、あのときの彼の第一目的だったに違いないのだ。

東京の美大を卒業したのち、夜見山の実家に戻ってきて、出身中学の美術教師を職としていた怜子さん。そのかたわら、家の離れを「仕事場兼寝室」と称してアトリエに使い、本人的には「こちらが本職」のつもりでいる絵画の制作に熱中していた怜子さん……。

この四ヵ月足らず、ぼくは常に、そういった彼女とのほどよい距離感・関係性を模索しつづけてきたのだったが。

桜木ゆかりの死後、鳴が学校に出てこない日が続いて……彼女がどうしているのかを知りたいと思った。あのときにしても、怜子さんに頼んでクラス名簿を見せてもらって、という簡単な「知る手立て」が、ぼくにはあったのだ。

にもかかわらず、ぼくはそれを使おうとはしなかった。自分もクラス名簿が欲しいと云いださなかったのも、学校で覚える違和感や疑問のあれこれをストレートに質問しようとしなかったのも……云ってしまえばその理由も、彼女との距離感を測りあぐねた結果としての躊躇《ちゅうちょ》と気後れ、だったのだと思う。

——こっちにはこっちで、けっこう微妙な心理的事情とかさ、あるわけ。

望月には確か、そんな云い方をしたことがあったけれど……。

「榊原くん」

角材の下敷きになって身動きが取れない三神——怜子さんと、重そうなツルハシを両手で持ち上げた鳴。二人のあいだに割って入ったまま、しばし言葉を失って立ち尽くすぼくに向かって――。

「よく考えて、榊原くん」

鳴が、声を強くして云った。

「よく考えてみて。この学校で、ほかのクラスに副担任の先生なんている？」

「えっ。それは……ええと……」

「いないの」

鳴はきっぱりと云いきった。

「どういうわけか、みんな気にしていない。当たり前のことみたいに受け止めている。わたしも最初はそうだったんだけれど……でもね、変な話でしょ。副担任がいるのは、学校中で三年三組だけなの」

「…………」

「三神先生はね、きっとおととし、彼女が三組の担任を務めた年に亡くなったんだと思う。二学期に入って、例の佐久間さんっていう男子が〈いないもの〉の役割を放棄して、〈災厄〉が始まってしまったときに。美術部が今年の春まで活動停止状態だったのも、本当の理由はきっと、それまで顧問を引き受けていた三神先生が亡くなったからで……」

それがこの四月から復活したのも、〈もう一人〉としてよみがえった怜子さんが顧問を買って出たから、という話か。そのような実際のいきさつは、けれどもみんなの記憶や記録からは削除され、偽りの記憶や記録に改変されてしまっていて……と？

　ぼくは懸命に自身の心の奥底を探る。

　だがしかし、この〈現象〉の中で改変・調整された記憶そのものを内側から、もとに戻すことは、おそらくぼくがこの〝世界〟の一員である限りは不可能なのだろう。——そう思えた。可能なのはただ、把握できているいくつかの客観的な事実から、ありうべき真実を推測することだけで……。

　ぼくが夜見山にやってきたのは、中学生になってからはこれが初めて——ではないのかもしれない。本当は一年半前、中一の秋に一度、来たことがあったのではないか。

　それは……それがつまり、おととしの秋に怜子さんが亡くなった、その通夜や告別式に参列するための来訪だったとしたら。

　——葬式はもう堪忍、堪忍してほしいなあ。

　祖父の、あの嘆きの意味もしっくりくる。

　——理津子はなあ、可哀想に。可哀想になあ。理津子も、怜子もなあ……。

　十五年前、長女の理津子に先立たれたときの悲しみ。老いて混濁した記憶の中で、一昨年になって次女の怜子さんにも先立たれてしまった悲しみが、十五年前の悲しみと入り混じってしまって、それであんな……。

　おととしの秋、突然の怜子さんの死がもたらしたショックと悲しみ、そして寂しさをまぎらわせるため、祖父母はペットショップで見つけた九官鳥を衝動的に購入したのだ。そうしてその鳥に、亡き娘「怜子」にちなんで「レーちゃん」という名前を付けたのではないか。

まもなくして、そのレーちゃんが喋《しゃべ》るようになった人語の一つ——「どーして？」。これはもしかしたら、縁側の奥の座敷で日々、仏壇に向かっていた傷心の祖父が、あるいは祖母が、亡き娘に対して投げかけていた言葉だったのかもしれない。「どうして？どうして死んでしまったの、怜子。どうして？」とでもいうような。それをレーちゃんが学習して、あんなふうに「どーして？」と云うようになったんじゃないか。

——ゲンキ……ゲンキ、だしてネ。

これもきっと同様なのだろう。傷心が癒《い》えずにいつまでもふさぎこんでいる祖父に対して、祖母が日々かけつづけていた励ましの言葉、だったのかもしれない。それをやはり、レーちゃんが学習して……。

——ゲンキ……ゲンキ、だしてネ。

「今年の〈災厄〉が実は四月から始まっていたにもかかわらず、教室の机の数が足りていたのも……ね、これで説明がつくでしょ」

持ち上げたツルハシをいったん足もとに下ろしながら、鳴が云った。

「机の数はね、確かに新学期から一つ足りなくなっていたの。ただし、教室の机じゃなくて、職員室の机が」

「ああ……」

「な、何を云ってるの、あなたたち」

と、そのとき聞こえてきた三神先生——怜子さんの、うろたえきった声。

「そんなはず、ないでしょう。恒一くん、わたしはそんな……」

両肘《りょうひじ》を立てて顎《あご》を持ち上げて、怜子さんはぼくのほうを見ていた。灰と泥で黒々と汚れた顔が——母の面影を宿したその顔が、ひどく歪《ゆが》んでいた。肉体的な苦痛と心理的なショック、たぶん両方のせいで。

「榊原くん」

鳴が云い、ふたたびツルハシを両手で持ち上げながら一歩、こちらに近づいてきた。

「そこ、どいて」

「見崎……」

ぼくは彼女の、ぎりぎりまで思いつめたまなざしを正面から受け止め、それから背後に倒れている怜子さんの、混乱し怯《おび》えきった目の光を見て取り、そして——。

「いけない」

云って、鳴の手からツルハシを奪い取ったのだ。

柄の長さが六、七十センチの中型サイズだったが、持つとずっしり重い。鉄製の〝頭〟

の、くちばしに当たる部分の両端は尖《とが》っていて、存外に鋭い。この重さと鋭さがあれば、人の肉体に致命傷を与えるのもたやすいだろう。

「だめだ。きみがこんな」

「でも榊原くん、このままだと……」

「――分かってる」

その決断の重みを十二分に意識しながら、ぼくは頷いた。

「分かってるよ。ぼくが、やるから」

怜子さんの短い悲鳴が聞こえた。ぼくはゆっくりと彼女のほうに向き直り、鳴から取り上げたツルハシを両手に構えた。

「こ、恒一くん。ちょっと、何を……」

信じられない！　という面持ちで小刻みに首を振る彼女に対して、

「〈死者〉を〝死〟に還す――」

激しい心の軋みと痛みに耐えながら、ぼくは告げた。

「それが唯一、始まってしまった〈災厄〉を止める方法なんです。十五年前の怜子さんの同級生、松永さんがそう教えてくれたんです」

「何を云ってるの。そんな……莫迦なまねはやめて。やめなさい！」

「ごめんなさい、怜子さん」

ぼくは足を踏み出し、全身の力を絞り集めてツルハシを振り上げる。こうするしかない、こうするしか……と、ひたすらおのれに云い聞かせながら。

ところが――。

振り上げたツルハシを、地に伏した怜子さんの背中の、心臓の裏側あたりを狙って振り下ろそうとした、その寸前になって。

ふいに降りかかってきた、恐ろしくも巨大な疑念と不安。

いいのか。

いいのか？

これでいいのか。

本当にこれでいいのか？　間違ってはいないのか？

怜子さんこそが今年の〈もう一人〉であるという、その根拠は一つしかないのだ。鳴が持つ特殊能力――〈死の色〉が見えるという〈人形の目〉――による判定、ただそれだけが積極的な根拠なのであって、あとはいくつかの状況からの推測があるにすぎない。確かな実感をもって、怜子さんにまつわるぼく自身の記憶を否定できているわけでもない。なのに……。

いいんだろうか。

それを信じて、このまま怜子さんを〝死〟に還してしまっても。

本当にいいんだろうか。間違いないんだろうか。

もしもすべてが鳴の勘違いだとしたら？　〈死の色〉が見える、なんていう話がそもそも、彼女の思い込み、妄想にすぎないのだとしたら？

ぼくは怜子さんを、彼女が〈死者〉でもないのに、みずからの手で殺してしまうことになるのだ。写真でしか知らない母、理津子の姿をどうしても重ねて見てしまう、どうしても追い求めてしまう……たぶんぼくにとって、とても大切な存在だった人を。本当は「苦手」なんかじゃなくて、たぶんぼくが、幼いころからずっと大好きだった人を。

だいたいが、そう、人の記憶や記録が改変・改竄《かいざん》されたり調整されたり、時間とともに曖昧化していったり消えてしまったり……というような現象が当たり前のように起こる、この夜見山の〝現実〟なのだ。そんな中にあっていったい、ひとり見崎鳴だけの目に見えるものを、彼女が訴える〝真実〟を、無批判に受け入れてしまってもいいのか。それに従って今、行動を起こしてしまってもいいのか。

渦巻く疑念と不安、そして葛藤《かっとう》。——文字どおり金縛りにでも遭ったように、ぼくは身動きができなくなった。

炎上を続ける母屋で、そのときひときわ激しい轟音《ごうおん》が鳴り響いた。建物の骨組みが焼け崩れて、とうとう屋根が落ちてしまったのだ。もうもうたる煙とともに舞い上がった大量の火の粉が、立ち尽くしたぼくの身体にまで降りかかってくる。このまま火災が続けば、この場所もいずれ大きな危険にさらされるだろう。

だから——。

いつまでも逡巡しているわけにはいかなかった。

いいのか？

本当にこれでいいのか？

自問を続けながら、ぼくは鳴のほうを振り返る。

彼女はさっきまでの立ち位置から微動だにせず、一直線にぼくを見つめていた。涼やかに細められた右の目と、〈人形の目〉の「うつろなる蒼き瞳」——二つの目に、いささかの惑いも迷いも浮かべることなく。ただ……そう、ひどく悲しげな色だけをたたえて。

唇が、かすかに動いた。

声は聞こえなかったけれど、動きから言葉を読み取れた。「信じて」と。

……ぼくは。

強く瞑目《めいもく》し、深呼吸をした。

ぼくは……。

目を開け、怜子さんのほうに向き直った。激しく混乱し、うろたえ、怯え、絶望に打ちひしがれていてもなお、彼女の顔にはやはり、写真でしか知らない母の面影が滲んで見えた。——けれど。

ぼくは……信じよう、鳴を。

鳴を信じよう。

奥歯を噛みしめて、そう決めた。

ぼくは鳴を信じよう。

もしかしたら「信じよう」じゃなくて、「信じたい」なのかもしれない。だけど、それでもいい。——それでいい。

逡巡を断ち切って、ぼくはツルハシを振り上げたのだ。「やめて！」という怜子さんの悲鳴も（……怜子さん）、もはや耳には入らなかった（さよなら……レ・イ・コ、さん）。渾身《こんしん》の力を込めて振り下ろしたツルハシのくちばしが彼女の背に突き刺さり（さよなら……お・か・あ、さん）、肉を突き破って心臓にまで達したとき——。

まるでその一撃がわが身に跳ね返ってきたかのように、これまで経験したことのないほどの激烈な痛みが、薄っぺらなぼくの胸を貫いた。とっさに脳裡に浮かんだのは、三たびのパンクでいびつにしぼんでしまった肺の透視画像。

怜子さんの背に突き立ったツルハシから手を離すと、ぼくは胸を押さえてその場にくずおれた。猛烈な息苦しさに喘ぎつつ、だんだんと意識が薄らいでいく中、とめどなく溢れ出てくる涙の熱さを感じていた。痛みや息苦しさのせいだけでは、もちろんなかった。

Outroduction

後日、明らかになった事実をひととおり述べておこう。

一九九八年八月九日未明、駆けつけた消防隊による消火活動も虚《むな》しく、〈咲谷記念館〉はほぼ全焼。現場からは全部で六つの遺体が見つかった。

これらについて、確認された身もとと発見場所は次のとおり——。

・沼田謙作《けんさく》……管理人。館内、厨房《ちゅうぼう》。
・前島学《まなぶ》……男子生徒。前庭。
・赤沢泉美……女子生徒。前庭。

・米村茂樹《しげき》……男子生徒。前庭。
・杉浦多佳子《たかこ》……女子生徒。館内、東側。221号室（赤沢と同室）にいた可能性大。
・中尾順太《じゅんた》……男子生徒。館内、東側。二階の廊下にいた可能性あり。

検視および司法解剖の結果、この中に火災による焼死者は一人もいないと判明した。

管理人の沼田・夫は、料理用の金串《かなぐし》を多数、頸部《けいぶ》等に突き刺されていて、それが原因で死亡したのち、炎に焼かれたものと見られる。その他の五人の生徒のうち、前島、米村、杉浦、中尾の四人は、鋭利な刃物で複数箇所を刺されたり切られたりしての失血死。赤沢は二階ヴェランダから転落したさい、頸骨を折ってしまったために死亡したもよう。

諸々《もろもろ》の状況および目撃証言により、六人を死に至らしめた犯人は、沼田謙作とともに〈咲谷記念館〉の管理人を務めていた妻の峯子《みねこ》であったことが確定的。沼田・夫を殺害したあと、厨房に灯油をまいて放火したのも峯子の仕業だと思われる。——が、彼女は千曳さんによって拘束され、警察に引き渡される前に死亡していた。舌を噛《か》み切って自殺を図り、これが成功したのだそうだ。

あの夜、なぜ沼田峯子があのような一連の犯行に及んだのか。彼女の精神が著しく異常をきたしていたことは確かにせよ、そもそもの動機はいまだ不明だという。

＊

八月八日の夕食中、喘息《ぜんそく》の発作を起こした和久井は、千曳さんの車で連れていかれた病院での処置によってことなきを得た。どうしてあの日、吸入薬の残量をちゃんと確かめておかなかったのか、本人は不思議でならないと云っているらしい。

幼なじみのとんでもない勘違いのせいで思わぬ憂き目に遭った風見もまた、右足首の捻《ねん》挫《ざ》以外は深刻なダメージはなく、転落時の打撃で多少の出血があった頭部の検査でも異常は見つからず、大事には至らずに済んだ。彼と勅使河原とのあいだでその後、どういう話し合いがなされたのかについては、まだぼくの耳に入ってきていない。しかしまあ、あの二人のことだからたぶん、変な揉《も》め方はしないんじゃないかと思う。

＊

ぼくこと榊原恒一が見舞われた激痛の原因は案の定、左の肺が自然気胸を起こしたためで、なおかつそれは、過去二度の経験よりも相当に重度のパンクだった。あの場で完全に気を失ってしまうことはなかったのだけれど、病院で治療を受けるまでのあいだ続いた痛みと息苦しさは半端じゃなくて……だから正直なところ、あのあと何がどうなって、どのようにして自分が助けられたのか、その辺の経緯をぼくはよく憶《おぼ》えていなかったりする。

いずれにせよ――。

症状がある程度抑えられて、いくぶん落ち着いてものを考えられるようになったとき、ぼくは夕見ヶ丘にあるおなじみの市立病院の、つい何ヵ月か前にお世話になったのと同じ病棟の一室にいたのだった。

駆けつけてくれた祖母もまじえ、担当医と相談した結果、このさい思いきって外科手術を受けてはどうか、という話になった。これ以上の再発を防ぐためにも、そのほうが良いだろう、との総合的判断。――で、インドで何も知らずにいる父にもさっそく連絡して同意を取り付けて、二日後には手術とあいなった。

昔と違って今は、こういった肺の手術は胸腔《きょうくう》鏡下手術が主流であるとのこと。直径一センチほどの穴を身体の数ヵ所にあけ、そこから内視鏡その他の専用器具を挿入して、外からの操作で必要な処置を済ませてしまうのだ。開胸手術よりもこのほうが遥《はる》かに患者の負担が小さく、術後の回復も速いのだという。

結果として、手術は難なく成功した。回復も確かに速くて、一週間後にはもう退院できるだろうとの見通しが知らされた。

＊

鳴が望月と二人して見舞いにきてくれたのは、退院を三日後に控えた八月十五日。彼らはむろん意識したわけじゃなかっただろうけれど、昔この国が終戦を迎えた日のことで――。

「――にしても」

と、云いだしたのは望月で。

「沼田さんの奥さんは何でいきなり、あんなめちゃくちゃなまねをしたのかな。夕食のときとか、全然そんなふうには見えなかったのに……」

あの夜の事件のことが、そこでもおのずと話題の中心になったのだった。望月はあのとき、火災を知ってすぐ、建物西側の非常口から外へ脱出したらしい。その後、ぼくが鳴のもとへ向かったのとほとんど入れ違いで、門の近辺まで避難してきたという話だった。

「本人が死んじゃったから、もはや確かめようがないってさ。警察の人が、そう云ってた」

この前々日、ぼくは夜見山署の大庭刑事の訪問を受けていた。事件の顚末《てんまつ》を詳しく知ったのも、そのときだった。

「舌を嚙み切ったんだってね、あの人」

忌まわしそうに眉《まゆ》をひそめながら、望月が云った。

「実際には、なかなかそれじゃあ死にきれないっていうけど」

「嚙み切った舌の残りが気道をふさいで、窒息死することもあるんだってさ。沼田さんの場合もそうだったらしい」

「ふうん……」

「〈八月の死者〉は結局、七人か」

鳴がぽそりと云うのを聞いて、「七人？」と首を傾げたのはぼくだった。

「沼田さん夫妻も数に入るの？」

「これ、千曳さんが調べて分かったことなんだけれど、沼田さんたちって、高林くんのおじいさんとおばあさんだったたんだって。お母さん方のね」

「えっ。高林って……」

六月に心臓発作で死んだ高林郁夫、か。

「おじいさんとおばあさんだから、二親等以内の血縁者、でしょ。あの人たちも実は、範囲内に含まれる関係者だったわけで。ちなみに、沼田さんたちがあそこの管理人になったのは十年ほど前らしいよ。十五年前の合宿のときは、別の管理人さんがいたって」

何ともやりきれない気持ちで「あーあ」と息をついて、ぼくは手術の痕《あと》が残る脇腹を、パジャマの上からそっと撫《な》でた。

「もちろんこれは、単なる偶然」

と云って、鳴も同じように息をついた。

「何者かの見えざる意志がそこに介入していたんだ、なんて考えるのは違う――って」

「千曳さんがそう云ってたの？」

「千曳さんなら、たぶんそう云うんだろうなって」

「――にしても」

とまた、望月が云った。

「榊原くんが無事に回復して良かったぁ。手術をするって聞いてぼく、すごく心配してたの」

「簡単な手術だったから」

と、ぼくは思いきり平気そうな表情を作って応《こた》えたが、望月は見る見る涙目になって、

「だけどほら、今年の〈災厄〉のことを考えたらやっぱり、手術が大失敗してとか、いろいろ悪い想像をしちゃうでしょ」

「優しいねえ、少年。しかし大丈夫。〈災厄〉はもう止まったんだから」

「そうなの？」

望月は疑わしげなまなざしで、ぼくと鳴の顔を見比べる。

「見崎さんもそう云うんだけど……でも」

「あの夜の火事で、〈もう一人〉も死んだんじゃないかと思うんだ」

「見崎さんもそう云ったけど。――ほんとにそうなのかなぁ」

望月は潤んだ目をしばたたいて、しかつめらしく腕組みをした。

「あの夜に死んだ五人の生徒のうちの誰かが？　――じゃないよね。テープに録音されてた松永さんの話によれば、〈もう一人〉が死ぬと、そのとたんにその人は存在しなかったことになっちゃうわけだから。うーん……」

「それが誰だったのか、もはやぼくらには思い出せない〈もう一人〉が、あの夜まではいたってこと」

なるべく悲愴《ひそう》な感じにならないように努めつつ、ぼくはそう云った。それからちょっと口調を改めて、

「あの合宿、参加者は何人だった？」

と、望月に質問する。

「ええと……十四人。千曳先生を含めて十五人」

「きっと、もともとは十六人だったんだよ。誰ももう、そのようには記憶していないだけで」

誰も……そう、彼女の〝死〟に深く関与したぼくと鳴を除いては誰も、もう。

望月も勅使河原も千曳さんも……誰ももう憶えてはいないのだ。この四月から三年三組の副担任として、三神怜子という美術教師がこの世に存在していたことを。久保寺先生亡きあとの「担任代行」となった彼女が、十五年前の自身の体験を中途半端に思い出して、彼女にしてみれば苦肉の策としてあの合宿を企画し、引率の教師としてあの夜、あの場所

にいたのだということも。

ぼくがそれを知らされたのは、鳴との電話で、だった。手術の前の日、相当な無理をして病室を抜け出して、病棟の緑電話から彼女の家に電話したのだ。病室には携帯を持ち込んであったが、バッテリーが切れてしまって使いものにならず……。

「みんな憶えていないよ、三神先生のこと」

例によって霧果さんが取り次いでくれてその電話に出るなり、鳴はぼくの容態も尋ねずにそう告げた。

「三神先生はおととしの秋、亡くなったんだって」

「おととしの秋……」

「そう。例の佐久間さんっていう生徒が〈いないもの〉の役割を放棄したのが夏休み明けで、十月に入るなり生徒が一人死んじゃって……その次が三神先生だったの。夜見山川で溺《おぼ》れて亡くなったって。榊原くんはまだ、思い出せない？」

「夜見山川で……」

「十月の終わりごろ大雨が降って、川が増水した翌日、下流で先生の遺体が見つかったの。身を投げたのか、事故で流されたのか、その辺はよく分からないそうで……」

「…………」

「わたしもまだ思い出せないんだけれど、実際にはそうだったのね。おととしの〈災厄〉

で死んだ関係者は、だから七人じゃなくて八人。――で、そうであったとおりに、みんなの記憶が戻ってるの。いろんな記録もデータも、たぶん全部。クラス名簿を見てみたら、『副担任／三神怜子』っていう記載が消えてたし」

「じゃあ、やっぱり……」

〈もう一人〉が間違いなく怜子さんだったことの、それは何よりの証明だと云えた。

「久保寺先生が亡くなったあとの三組の担任代行は、千曳さんが務めていたっていう話になってて。第二図書室の司書と兼務で、特例的にね。あの合宿の企画も引率も、千曳さんが一人で……って」

「美術部は？」

　ふと気になったので、ぼくは訊《き》いてみた。

「四月から復活した美術部の現在は、どうなってるのかな」

「三神先生が亡くなって、共同で顧問をしていた先生が次の年、転勤になったのは事実ね。新しく赴任してきた美術の先生は顧問、やりたがらなくて、それで美術部は活動休止に。ところが今は、その先生がこの春から顧問を引き受けたっていう話に……」

「そっか」

　怜子さんの存在を巡るそのようなあれこれについては、病院に駆けつけた祖母とのやりとりでも察せられたことだった。引率の教師として、ぼくと一緒に合宿に参加していた娘の安否を問うたりはいっさいせず、「こんなときに怜子が生きていたらねえ」と目頭を押さえていた。

「あの子はあんなふうでいて、恒一ちゃんを何となく自分の子供みたいに思ってたんだよぉ」

祖母はそんなふうにも云っていた。

「もしも陽介さんがひどい父親だったら、わたしが引き取って育てる、なんて。小さいころ、たまに会ったことしかなかったのにねえ」

怜子さんが仕事場兼寝室に使っていた離れの中は今、どうなっているんだろう。

少なくともこの四ヵ月と少しのあいだ、彼女は〝生身の死者〟として、この街で、あの家で生活を続けていたのだ。その痕跡が……いや、それもやはり消えてしまっているのか。あるいは、何か別の意味づけをもって認識されるようになっているとか。

「お盆過ぎになりそうだけど、退院したら怜子のお墓参りに行かないかい」

そう云われたときには、祖母の邪気のない視線から顔をそむけないようにするのがせいいっぱいだった。

「恒一ちゃんが一緒だったら、きっとあの子も喜ぶよぉ」

……………

…………………

…………

望月と勅使河原には、それから千曳さんにも、いずれ事の真相を話してもいいだろうと思っている。千曳さんはともかくとして、いくら説明されてもおそらく、彼らは実感が湧かなくてきょとんとするばかりなんだろうな、という気はするけれど。

＊

気をきかせたつもりなんだろうか、望月はやがて、鳴を残して先に帰っていった。その去りぎわ、「あ、そうだ」と呟《つぶや》いて彼がバッグから取り出したもの——。

「これ、渡すつもりで持ってきたの。見崎さんにも、あとで焼き増ししてあげるね」

そう云って望月がぼくに渡したのは、八月八日の夕刻〈咲谷記念館〉に到着したとき、門の前で撮ったあの「記念写真」だった。

「ねえ見崎、きみはいつから分かってたの」

望月が出ていくのを待ってぼくは、入院中ずっと訊きたいと思いつづけていた問題を、鳴に訊いた。

「三神先生——怜子さんが〈もう一人〉だっていうこと。いつからそれを……」

「いつかなあ」

鳴はわざとらしく額に手を当てて、

「——忘れた」

「何で云ってくれなかったわけ」

と、ぼくは真顔で問いを重ねた。

「云ってもどうしようもないから、って思ってたし……あのテープの話を聞くまではね。それに——」

額に当てていた手を左目の眼帯の上に移動させながら、鳴はこんなふうに続けたのだ。

「榊原くんにはどうしたって云えないよ。云えるはずがなかった。三神先生、亡くなったお母さんにとても似てたし。昔の卒業アルバムを見て、榊原くんの家でも何枚か写真を見せてもらって……やっぱりな、って。特別な人だったんでしょ。榊原くんにとって、三神先生——怜子さんって」

「ああ……でも」

「でも？　——でも、そう、例のテープが見つかって、今からでも〈災厄〉を止める方法があると分かったから……だから」

だから……そう、彼女はさんざん悩んだに違いない。

〈もう一人〉を〝死〟に還《かえ》せば〈災厄〉は止まる。その〈もう一人〉が誰なのか。自分にはすでにそれが見えている。——ならば、どうすればいいのか。どうするべきなのか。

みずからの意志を確かめ、固めるために、だから彼女は、松永克巳のテープを自分の耳で聴いて内容を確認したかったのだ。それに先立って、二十六年前の三年三組の、例の集合写真を自分の目で見て、そこに写った夜見山岬の〈死の色〉を確かめもした。そうやって彼女は、一人で考えて一人で判断して、一人ですべてを終わらせようというつもりだったのか……。


「この前、病院から電話したとき」

と、ぼくは話題を少し変えてみた。

「最初は携帯にかけてみたんだけど、ぜんぜん通じなくて」

「ああ。あれはね、あのあと川に捨てちゃったの」

鳴はあっけらかんと云った。

「霧果……お母さんには、火事のときになくしたって云ってある」

「捨てたって、何で？」

「便利だとは思うけど、だけどやっぱり、いやな機械だから。人はそんなにいつもつながってる必要、ないでしょ」

薄く笑んでそう答えるミサキ・メイは、四月の終わりにこの病棟のエレヴェーターで初めて出会った、あのときの印象そのままで――。

「でもまあ、すぐに新しいの、持たされちゃうんだろうけれど」

「新しいのを持たされたら、たまにかけてもいい？」

「たまに、ならね」

と答えて、鳴はまた薄く笑む。

いつか東京で、一緒に美術館巡りしようか。——そう云おうとして、言葉を呑《の》み込んだ。

いつか……って、それはどのくらい現在《いま》と離れた未来なのか。以前のように、そこに漠然とした不安を覚えることがもう、なくなっていたから。

いつか……いつかきっと、鳴とは会える。そう思った。来年の春になってぼくがこの街を去ったあとも、きっと。今ここで約束なんかしなくても、たとえいま感じているこのつながりがどこかで途切れてしまったとしても……いつか、きっとまた。

＊

望月がくれたあの日の写真を、そのあと二人で見てみた。

写真は二枚あった。一枚は望月が撮ったもの。もう一枚は勅使河原が撮ったもの。画面右下の隅に、撮影の日付を示す数字が並んでいて——。

被写体はどちらも五人、だった。

〈咲谷記念館〉の門柱を真ん中に入れて、一枚めは右側からぼくと鳴、風見と勅使河原、そして三神先生——怜子さんの順で。二枚めは勅使河原が抜けて望月が入り、彼は勅使河原の指示で「憧《あこが》れの三神先生」にぴったりと身を寄せていて……。

「怜子さん、写ってるよね」

　二枚の写真を見つめたまま、ぼくは鳴に確かめた。

「望月には、これが見えてないみたいだったね」

「うん」と頷《うなず》く彼女に、

「色は？」

　と、ぼくは訊いてみる。

「怜子さんの色は、どう見える？」

　応じて鳴は左目の眼帯を外し、写真を見直す。そうして静かに、

「〈死の色〉が」

　と答えた。

「――そう」

　ぼくはベッドからそろりと立ち上がり、病室の窓を少し開けた。外はかんかん照りの快晴だが、吹き込んできた風はなぜかしら、思いのほか涼しく感じられた。

「ぼくたちもこれから、だんだんと忘れていくのかな」

　鳴のほうを振り向いて、ぼくは云った。

「あの合宿の夜の出来事はもちろん、四月からあの夜までの、三神怜子にまつわるいろいろなこと、その全部を。望月たちみたいに……」

……自分がこの手で彼女を〝死〟に還したこと、それすらも。

「十五年前の松永さんのように、いま憶えている事実を録音して残すとか、何かに書きとめるとかしておいたとしても、あのテープみたいに肝心な部分だけが消えてしまったりして……」

「そうかもね」

眼帯をもとに戻しながら、鳴は黙って小さく頷いた。そして訊き返した。

「そんなに忘れたくない？　ずっと憶えていたい？」

「――どうだろう」

忘れてしまったほうがいい。そんな気もする。今でも胸の奥に残っている、肺のトラブルとはまた別の痛みが、それですっかり消えてしまうのなら……たぶん。……けれど。

ゆっくりと窓のほうに向き直った。手には二枚の写真を持ったままだった。その写真にいま一度、視線を落としながら……ぼくは独り、想像してみる。

何日後か何ヵ月後か、あるいは何年後のことになるのかは知らない。いつかぼくの記憶からも、今年の〈もう一人〉に関するすべての情報が消え去ったとして――。

そのとき。

ぼくはこの写真に生まれた空白に、何を見るんだろう。何を感じるんだろうか。

風がまた吹き込んできて、ぼくの髪を散らす。思いのほか、やはり涼しい。

真夏の最後の、風のひと吹き。　――ふと心に流れたそんなフレーズとともに、ぼくの十五歳の夏も終わろうとしていた。

――了

文庫版あとがき

『Another』の構想を本格的に練りはじめたのは、二〇〇六年の初めごろだったろうか。

二〇〇二年刊行の『最後の記憶』に続いて長編ホラー小説をぜひ、というオファーを角川書店の編集部からいただき、その年のしかるべき時期から『野性時代』で連載を始めることが決まっていた。以前から温めていたあるモティーフを軸にしつつ、今度はいわゆる学園ホラーをやってみようか――と、そこまではすんなりと決まったのだけれど、その先がなかなか見えてこない。そんな状況の中、あれは確か三月下旬の某日、当時の担当編集氏が二人して尻《しり》を叩《たた》きに京都まで来てくださったまさにその日、出かける前にシャワーを浴びていてふっと思いついたのが、核心部のあるアイディアだった。これで書けるかな、という手《て》応《ごた》えを感じながら、その話をお二人にした場所が、今はもう閉店してしまった〈鹿《しし》ヶ《が》谷《たに》山荘〉という風情のある料理屋だったと記憶している。――懐かしい。

いわゆる球体関節人形への関心がふたたび高まっていた時期だった。上京時には渋谷《しぶや》の人形ギャラリー〈マリアの心臓〉へ足を運び、天野《あまの》可《か》淡《たん》や恋月姫《こいつきひめ》の人形たちと独り向き合ったりしていた。アニメ&コミックの『ローゼンメイデン』をたまたま知って見てみたり

ALI PROJECT を聴きはじめたりしたのも、大ざっぱに云って同じ時期だった。

そんなこんなで何となく準備が整いつつあった脳内の〝場〟に、映画『悪を呼ぶ少年』や『アザーズ』『ファイナル・デスティネーション』、小説だと恩田陸『六番目の小夜子』等々、大好きなあれこれのイメージが次々に寄り集まってきて、前記のモティーフとアイディアを生かす物語がおのずとできあがっていった。——ように思う。

『野性時代』二〇〇六年七月号から二〇〇九年五月号まで、途中で幾度かの休載を挟みながらの長期連載となった。執筆開始から完成までの、およそ三年。さまざまな苦労を味わいつつも、振り返ると基本的には夜見山という架空の街の若き友人たちと過ごした愛《いと》おしい時間、だった気がする。

二〇〇九年十月の単行本刊行後の反響の大きさには正直、ちょっと驚いた。従来の僕の、主に本格ミステリ方面の読者からの妙に熱っぽいエールもあれば、若い新しい読者の歓声もあったり……で、驚くとともにあのときはやはり、ずいぶん励みを感じたものである。

その後の展開もなかなかに意想外だった。漫画化、TVアニメ化、実写映画化……と、短期間のうちにさまざまな企画が立ち上がって動いていったのは、それぞれのメディアに携わるみなさんが、何やら嬉々《きき》としてみずから『Another』というこの物語に巻き込まれてくださった結果のようである。

——というふうな意味においても、デビュー二十二年目にして書き上げたこの長編は、僕にとって特別な一編となった。「新たな代表作」という自負は今でもある。通例よりも少しばかり早い今回の文庫化を機に、さらに多くの人たちがこの物語に巻き込まれてくれれば愉《たの》しいなと思う。

構想段階から現在に至るまで、『Another』を巡っては本当にお世話になってきた角川書店の金子亜規子さんにまず、感謝を。親本に続いて装画を提供してくださった遠田志帆さんと装幀《そうてい》の鈴木久美さんに感謝を。ご多忙な中、巻末の解説を書いてくださった初野晴さんに感謝を。そしてそう、この秋、大勢に惜しまれつつ閉館してしまった〈マリアの心臓〉と、あの空間で出会った数々の人形たちにも大いなる感謝を——。

夜見山を舞台にした別の物語、あるいは恒一や鳴が登場する外伝的なお話、あるいはまた〈夜見山現象〉のその後を追った続編、というようなものの構想がいくつか、実は頭の中でもぞもぞしている。実現するかどうかはまったく心もとないが、これはまあ、みなさんのご要望次第、というところもあるだろう。

ともあれ——。

まずは『Another』をお楽しみください。

二〇一一年　十月

綾辻行人

解説

初野晴

小説家が小説家を――ましてやミステリ界の先頭を走り続けている偉大な小説家を客観的に論じることは難しい、というか自分にはできない。ですから本書の解説を引き受けることになったとき、正直怖《お》じ気《け》づいたのですが、昼間は営業マンの顔を持つ兼業小説家として、わかりやすく伝えられることがあるかもしれないと思い筆を執る決心をしました。なお僕の身体半分はサラリーマンであり一読者なので、同業者としての綾辻さんではなく、あえて「綾辻先生」と書かせていただきます。

綾辻先生の小説を視覚的に喩《たと》えると、真っ先にだまし絵が浮かびます。有名なものとして『老婆と娘』や『ウサギとアヒル』などがありますが、中には「ある年齢を境に見えるものが変わる」という不思議な絵もあります。スイス人の Sandro Del-Prete が描いた『Love Poem of the Dolphins』という絵で、某家電メーカーの研究開発センターを営業で訪問した際、脳と照明の研究に従事している担当者から教えてもらいました。

絵の構図はコルク栓のついた瓶ですが、思春期を前にした幼い子供に見せると瓶の中に九頭のイルカしか見えない。ところが思春期を越えた人には、どこを探してもイルカは見つからない。その代わりに見えるもの——まだ幼い子供には、裸で愛し合う男女のイメージが頭に浮かばないのです。興味のある方のために作者のホームページアドレスを記しておきます。

http://www.sandrodelprete.com/index.php/home/

綾辻先生の小説も似た構造を持っていると思います。このだまし絵に見立てた場合、読者はなんとか別の見え方がないかと絵を逆さにしたり、角度を変えて見たりするのですが、そもそも別の絵として見るための情報をまだ持たない、もしくは気づいていないがために、隠された絵を認識できない。巧妙な伏線で違和感があるところまでは辿《たど》り着《つ》けるのですが、何度も首を捻《ひね》ってしまう。そうこうしているうちに、終盤の決定的な情報が提示される場面で全てが繋《つな》がり、最初に見た絵からは想像もつかない別の絵があらわれる。

この「やられた」という感覚をはじめて味わったのは十数年前に遡《さかのぼ》ります。綾辻先生のデビュー作であり、日本ミステリ界に残る名作『十角館の殺人』を読んだときで、誇張ではなく、エラリー・クイーンの『レーン最後の事件』以上の衝撃を受けたことはいまでも鮮明に覚えています。例の部分で軽いパニックに陥りました。そうです。一瞬何が起こったのか理解できないほどの別の絵を見せつけられる。読んだことのある方なら共感してくださるでしょう。数ある読書体験で、冷静さを失い、ああ……と恍惚《こうこつ》とする読後感、その後に訪れる飢餓感は、良質な本格ミステリだけが与えてくれる特権だと思います。

本書『Another』は、綾辻先生の新たな代表作と呼べる学園ホラー&本格ミステリになります。内容については後述するとして、角川書店の担当編集者から聞いた話では、二〇一二年にはTVアニメ化・実写映画化と幅広いメディア展開が予定されているとのこと。これは長年の綾辻ファンにとって朗報です。ついに時がきました。どうぞ小躍りしてください。原作者に興味を持つ人、あるいは本書を読んでみようと思う若い世代がこれから増えるのです。増えると何が嬉《うれ》しいかって？　昔何かの雑誌の記事で読んだことがありますが、ビートルズを聴いたことがない人に対して、次のような言葉を言った方がいたそうです。「君はなんて羨《うらや》ましいんだ。ビートルズを聴いて感動するという素晴らしい経験をこれからすることができるんだからね」。まさに、アニメや映画から綾辻先生の作品に興味を持つであろう人にも言える言葉です。「君はなんて羨ましいんだ。綾辻行人の小説を読んで、あの驚愕《きょうがく》を味わうという経験をこれからすることができるんだからね」と。ファンからファンへ、次の世代の読者に引き継ぐという意味で、本書が果たす役割は大きい。

本書をきっかけに、数ある綾辻先生の作品をこれから読める読者は本当に羨ましい。作品に共通するのは、結末の意外性へのこだわりです。二〇一二年一月刊行予定の最新作『奇面館の殺人』まで九作の「館」シリーズ、館そのものの意志を暗喩《あんゆ》した大作『霧越邸殺人事件』、まさかミステリで数式が出てくると思わなかった『殺人方程式』シリーズ、スプラッターホラーの体裁を取った『殺人鬼』シリーズ、本書『Another』に通じるものが感じられる『緋色の囁き』など多々あります。これら以外では、短編集『どんどん橋、落ちた』に収録されている二編――表題作と「伊園家の崩壊」が色々な意味で衝撃的です。この短編集も必読でしょう。読者を驚かすためなら何でもする、ここまでするのか、というミステリと心中するくらいの綾辻先生の気概と覚悟を読み取ることができます。これから小説を書きたい人は是非読んでください。あと、綾辻先生は登場人物の書き分けが巧《うま》いのでチェックしましょう。リアリティではなく、ミステリを構成する「駒」としての判別がつきやすい。創作において何を最優先にしているのかがよくわかります。

本書の紹介に移りましょう。

夜見山北中学三年三組に降りかかる「呪い」(というほど単純なものではない。不合理な現象、ジンクスとも置き換えることができる。ただこの解説では最後に「呪い」という言葉が必要になってくるので、あえてそう表現してしまいます)と、そのクラスに転入してきた主人公「榊原恒一」と眼帯をした不思議な少女「見崎鳴」を軸にした物語です。クラスに関連のある人たちが次々と不幸に巻き込まれ、主人公たちがなんとかそれに抗《あらが》おうと奮闘する。

序盤で印象的なのは、主人公が見崎鳴と出逢《であ》った際に彼女が発した台詞《せりふ》「待ってるから。

可哀想なわたしの半身が、そこで」でしょうか。この部分だけ小説家の視点で読んでしまったのですが、「ああ。このキャラクターは勝手に動かないタイプだな」と感じました。よく考えてみれば、綾辻先生の小説全てにいえることです。キャラクターが勝手に動いて小説を紡ぐということはたぶんない。これは前述のだまし絵を構成する上で大事な要素だと思っています。精密に築き上げた世界を破綻《はたん》させない。読者に過剰な感情移入をさせない。明確な線引きを行っている。どうぞ舞台の客席から観てください、と。それに見合うだけの結末は用意されているのですから。

綾辻先生の既刊作品だと、殺人が発生した場合、なぜ（ホワイダニット）、どのようにして殺害したか（ハウダニット）、犯人は誰か（フーダニット）に対する答えを論理的に導き出して（時には数式を用いてまで）真相をあばくのですが、本書は趣が異なり、明確な動機を持った殺人事件は発生しません。事故や自殺はあるのですが、それらが第三者の意志で生じるのではなく、呪いによって発生する。

これは「特定の範囲に存在する人たちが無差別な死の対象者となり得る」という点で『殺人鬼』に通じる部分があります。その観点からするとホラー作品の位置づけになりますが、本書には犯人探しに似た要素が含まれています。物語中盤で明らかになる呪いの発生起因ですが、真相に至るまでの伏線は緻密《ちみつ》にして大胆、「やられた」という感覚を味わうことができるので、本書が「ホラーとミステリの融合」という位置づけになっていると思われます。また呪いという自分の思い通りにはならないものの理不尽さに、青春小説としての一面を垣間《かいま》見ることもできる。それゆえ綾辻先生の作品の中では、幅広い読者層をカバーする大傑作となっています。未読の方はぜひ読んで、一緒に綾辻中毒症になりましょう。もちろん解毒薬はありませんのであしからず。

ここまで解説を書いてふと時計を見上げると、もうすぐ会社の出社時刻です。そういえば注力客先へのアポが午前中に取れていたな……と考えてしまう兼業小説家は辛いですね。勢いに乗って最後を締めくくりたく思います。

角川書店主催の横溝正史ミステリ大賞の授賞式において、選考委員を長年務められている綾辻先生が「本格の呪い」を受賞者にかけるときがあります。とてもフランクで優しく接してくれる先生が、笑顔で両手をかざして「いつか少なくとも一作は、『これが自分の本格ミステリだ』というような作品を書くように」という意味合いのメッセージを投げかけてくるのです。パーティーの最中、記者に囲まれ公然と行われるため、心の準備ができていなかった受賞者は「もちろんです」といったガッツポーズに近い安請け合いをしてしまいます。ちなみに僕はその呪いをかけられたひとりです。

小説の中でも、特に本格ミステリの創作は到達点がないものだと思っています。書いても書いても、まだまだ、次こそは、と自分の名刺代わりの作品を生み出すことの難しさをプロになって実感しました。十年後も二十年後もチャレンジングな姿勢を失わせないための呪いなんですね。この呪いからは解放されないことを祈っています。

本文三五七ページに、売野雅勇作詞「汚れた脚」（中谷美紀『食物連鎖』所収／一九九六年）からの引用があります。

この作品は二〇〇九年十月、小社より単行本として刊行されました。

作中の個人、団体、事件はすべて架空のものです。（編集部）

Another《アナザー》(下)

綾《あや》辻《つじ》行《ゆき》人《と》

平成23年 11月25日　初版発行
令和7年　9月30日　51版発行

発行者●山下直久

発行●株式会社KADOKAWA
〒102-8177　東京都千代田区富士見2-13-3
電話　0570-002-301(ナビダイヤル)

角川文庫 17113

印刷所●株式会社KADOKAWA
製本所●株式会社KADOKAWA

表紙画●和田三造

●お問い合わせ
https://www.kadokawa.co.jp/(「お問い合わせ」へお進みください)
※内容によっては、お答えできない場合があります。
※サポートは日本国内のみとさせていただきます。
※Japanese text only

ISBN978-4-04-100000-7　C0193

◆◇◇

角川文庫発刊に際して

角川源義

第二次世界大戦の敗北は、軍事力の敗北であった以上に、私たちの若い文化力の敗退であった。私たちの文化が戦争に対して如何に無力であり、単なるあだ花に過ぎなかったかを、私たちは身を以て体験し痛感した。西洋近代文化の摂取にとって、明治以後八十年の歳月は決して短かすぎたとは言えない。にもかかわらず、近代文化の伝統を確立し、自由な批判と柔軟な良識に富む文化層として自らを形成することに私たちは失敗して来た。そしてこれは、各層への文化の普及滲透を任務とする出版人の責任でもあった。

一九四五年以来、私たちは再び振出しに戻り、第一歩から踏み出すことを余儀なくされた。これは大きな不幸ではあるが、反面、これまでの混沌・未熟・歪曲の中にあった我が国の文化に秩序と確たる基礎を齎らすためには絶好の機会でもある。角川書店は、このような祖国の文化的危機にあたり、微力をも顧みず再建の礎石たるべき抱負と決意とをもって出発したが、ここに創立以来の念願を果すべく角川文庫を発刊する。これまで刊行されたあらゆる全集叢書文庫類の長所と短所とを検討し、古今東西の不朽の典籍を、良心的編集のもとに、廉価に、そして書架にふさわしい美本として、多くのひとびとに提供しようとする。しかし私たちは徒らに百科全書的な知識のジレッタントを作ることを目的とせず、あくまで祖国の文化に秩序と再建への道を示し、この文庫を角川書店の栄ある事業として、今後永久に継続発展せしめ、学芸と教養との殿堂として大成せんことを期したい。多くの読書子の愛情ある忠言と支持とによって、この希望と抱負とを完遂せしめられんことを願う。

一九四九年五月三日

角川文庫ベストセラー

最後の記憶　綾辻行人

脳の病を患い、ほとんどすべての記憶を失いつつある母・千鶴。彼女に残されたのは、幼い頃に経験したというすさまじい恐怖の記憶だけだった。死に瀕した彼女を今なお苦しめる、「最後の記憶」の正体とは？

眼球綺譚　綾辻行人

大学の後輩から郵便が届いた。「読んでください。夜中に、一人で」という手紙とともに、その中にはある地方都市での奇怪な事件を題材にした小説の原稿がおさめられていて……珠玉のホラー短編集。

フリークス　綾辻行人

狂気の科学者J・Mは、五人の子供に人体改造を施し、〝怪物〟と呼んで責め苛む。ある日彼は惨殺体となって発見されたが⁉——本格ミステリと恐怖、そして異形への真摯な愛が生みだした三つの物語。

殺人鬼——覚醒篇　綾辻行人

90年代のある夏、双葉山に集った〈TCメンバーズ〉の一行は、突如出現した殺人鬼により、一人、また一人と惨殺されてゆく……いつ果てるとも知れない地獄の饗宴。その奥底に仕込まれた驚愕の仕掛けとは？

殺人鬼——逆襲篇　綾辻行人

伝説の『殺人鬼』ふたたび！　……蘇った殺戮の化身は山を降り、麓の街へ。いっそう凄惨さを増した地獄の饗宴にただ一人立ち向かうのは、ある「能力」を持った少年・真実哉！　……はたして対決の行方は⁈

角川文庫ベストセラー

世界の終わり、あるいは始まり　歌野晶午

東京近郊で連続する誘拐殺人事件。事件が起きた町内に住む富樫修は、ある疑惑に取り憑かれる。小学六年生の息子・雄介が事件に関わりを持っているのではないか。そのとき父のとった行動は……衝撃の問題作。

ハッピーエンドにさよならを　歌野晶午

望みどおりの結末なんて、現実ではめったにないと思いませんか？　もちろん物語だって……偉才のミステリ作家が仕掛けるブラックユーモアと企みに満ちた奇想天外のアンチ・ハッピーエンドストーリー！

ドミノ　恩田陸

一億の契約書を待つ生保会社のオフィス。下剤を盛られた子役の麻里花。推理力を競い合う大学生。別れを画策する青年実業家。昼下がりの東京駅、見知らぬ者同士がすれ違うその一瞬、運命のドミノが倒れてゆく！

ユージニア　恩田陸

あの夏、白い百日紅の記憶。死の使いは、静かに街を滅ぼした。旧家で起きた、大量毒殺事件。未解決となったあの事件、真相はいったいどこにあったのだろうか。数々の証言で浮かび上がる、犯人の像は——。

夢違　恩田陸

「何かが教室に侵入してきた」。小学校で頻発する、集団白昼夢。夢が記録されデータ化される時代、「夢判断」を手がける浩章のもとに、夢の解析依頼が入る。子供たちの悪夢は現実化するのか？

角川文庫ベストセラー

GOTH
夜の章・僕の章　乙一

連続殺人犯の日記帳を拾った森野夜は、未発見の死体を見物に行こうと「僕」を誘う……人間の残酷な面を覗きたがる者〈GOTH〉を描き本格ミステリ大賞に輝いた乙一の出世作。「夜」を巡る短篇3作を収録。

失はれる物語　乙一

事故で全身不随となり、触覚以外の感覚を失った私。ピアニストである妻は私の腕を鍵盤代わりに「演奏」を続ける。絶望の果てに私が下した選択とは？　珠玉6作品に加え「ボクの賢いパンツくん」を初収録。

覆面作家は二人いる　北村　薫

姓は〈覆面〉、名は〈作家〉。弱冠19歳、天国的美貌の新人推理作家・新妻千秋は大富豪令嬢。若手編集者・岡部を混乱させせながら鮮やかに解き明かされる日常世界の謎。お嬢様名探偵、シリーズ第一巻。

覆面作家の愛の歌　北村　薫

天国的美貌の新人推理作家の正体は大富豪の御令嬢。しかも彼女は、現実の事件までも鮮やかに解き明かすもう一つの顔を持っていた。春、梅雨、新年……三つの季節の三つの事件に挑む、お嬢様探偵の名推理。

覆面作家の夢の家　北村　薫

人気の「覆面作家」こと新妻千秋さんは、実は大邸宅に住むお嬢様。しかも数々の謎を解く名探偵だった。今回はドールハウスで起きた小さな殺人に秘められた謎に取り組むが……。

角川文庫ベストセラー

後巷説百物語　京極夏彦

文明開化の音がする明治十年。一等巡査の矢作らは、ある伝説の真偽を確かめるべく隠居老人・一白翁を訪ねた。翁は静かに、今は亡き者どもの話を語り始める。第130回直木賞受賞作。妖怪時代小説の金字塔！

前巷説百物語　京極夏彦

江戸末期。双六売りの又市は損料屋「ゑんま屋」にひょんな事から流れ着く。この店、表はれっきとした物貸業、だが「損を埋める」裏の仕事も請け負っていた。若き又市が江戸に仕掛ける、百物語はじまりの物語。

西巷説百物語　京極夏彦

人が生きていくには痛みが伴う。そして、人の数だけ痛みがあり、傷むところも傷み方もそれぞれ違う。様々に生きづらさを背負う人間たちの業を、林蔵があざやかな仕掛けで解き放つ。第24回柴田錬三郎賞受賞作。

青の炎　貴志祐介

秀一は湘南の高校に通う17歳。女手一つで家計を担う母と素直で明るい妹の三人暮らし。その平和な生活を乱す闖入者がいた。警察も法律も及ばず話し合いも成立しない相手を秀一は自ら殺害することを決意する。

硝子のハンマー　貴志祐介

日曜の昼下がり、株式上場を目前に、出社を余儀なくされた介護会社の役員たち。厳重なセキュリティ網を破り、自室で社長は撲殺された。凶器は？　殺害方法は？　推理作家協会賞に輝く本格ミステリ。

角川文庫ベストセラー

狐火の家　貴志祐介

築百年は経つ古い日本家屋で発生した殺人事件。現場は完全な密室状態。防犯コンサルタント・榎本と弁護士・純子のコンビは、この密室トリックを解くことができるか!? 計4編を収録した密室ミステリの傑作。

鍵のかかった部屋　貴志祐介

防犯コンサルタント（本職は泥棒？）・榎本と弁護士・純子のコンビが、4つの超絶密室トリックに挑む。表題作ほか「佇む男」「歪んだ箱」「密室劇場」を収録。防犯探偵・榎本シリーズ、第3弾。

砂糖菓子の弾丸は撃ちぬけない A Lollypop or A Bullet　桜庭一樹

ある午後、あたしはひたすら山を登っていた。そこにあるはずの、あってほしくない「あるもの」に出逢うために——子供という絶望の季節を生き延びようとあがく魂を描く、直木賞作家の初期傑作。

少女七竈と七人の可愛そうな大人　桜庭一樹

いんらんの母から生まれた少女、七竈は自らの美しさを呪い、鉄道模型と幼馴染みの雪風だけを友に、孤高の日々をおくるが——。直木賞作家のブレイクポイントとなった、こよなくせつない青春小説。

GOSICK —ゴシック— 全9巻　桜庭一樹

20世紀初頭、ヨーロッパの小国ソヴュール。東洋の島国から留学してきた久城一弥と、超頭脳の美少女ヴィクトリカのコンビが不思議な事件に挑む——キュートでダークなミステリ・シリーズ!!

角川文庫ベストセラー

水の時計　初野晴

脳死と判定されながら、月明かりの夜に限り話すことのできる少女・葉月。彼女が最期に望んだのは自らの臓器を、移植を必要とする人々に分け与えることだった。第22回横溝正史ミステリ大賞受賞作。

漆黒の王子　初野晴

歓楽街の下にあるという暗渠。ある日、怪我をした〈わたし〉は〈王子〉に助けられ、その世界へと連れられたが……眠ったまま死に至る奇妙な連続殺人事件。ふたつの世界で謎が交錯する超本格ミステリ！

退出ゲーム　初野晴

廃部寸前の弱小吹奏楽部で、吹奏楽の甲子園「普門館」を目指す、幼なじみ同士のチカとハルタ。だが、さまざまな謎が持ち上がり……各界の絶賛を浴びた青春ミステリの決定版、〝ハルチカ〟シリーズ第1弾！

初恋ソムリエ　初野晴

ワインにソムリエがいるように、初恋にもソムリエがいる?!　初恋の定義、そして恋のメカニズムとは……お馴染みハルタとチカの迷推理が冴える、大人気青春ミステリ第2弾！

空想オルガン　初野晴

吹奏楽の〝甲子園〟——普門館を目指す穂村チカと上条ハルタ。弱小吹奏楽部で奮闘する彼らに、勝負の夏が訪れた!!　謎解きも盛りだくさんの、青春ミステリ決定版。ハルチカシリーズ第3弾！

角川文庫ベストセラー

氷菓　米澤穂信

「何事にも積極的に関わらない」がモットーの折木奉太郎だったが、古典部の仲間に依頼され、日常に潜む不思議な謎を次々と解き明かしていくことに。角川学園小説大賞出身、期待の俊英、清冽なデビュー作！

愚者のエンドロール　米澤穂信

先輩に呼び出され、奉太郎は文化祭に出展する自主制作映画を見せられる。廃屋で起きたショッキングな殺人シーンで途切れたその映像に隠された真意とは!?大人気青春ミステリ、〈古典部〉シリーズ第2弾！

クドリャフカの順番　米澤穂信

文化祭で奇妙な連続盗難事件が発生。盗まれたものは碁石、タロットカード、水鉄砲。古典部の知名度を上げようと盛り上がる仲間達に後押しされて、奉太郎はこの謎に挑むはめに。〈古典部〉シリーズ第3弾！

遠まわりする雛　米澤穂信

奉太郎は千反田えるの頼みで、祭事「生き雛」へ参加するが、連絡の手違いで祭りの開催が危ぶまれる事態に。その「手違い」が気になる千反田は奉太郎とともに真相を推理する。〈古典部〉シリーズ第4弾！

ふたりの距離の概算　米澤穂信

奉太郎たちの古典部に新入生・大日向が仮入部する。だが彼女は本入部直前、辞めると告げる。入部締切日のマラソン大会で、奉太郎は走りながら心変わりの真相を推理する！〈古典部〉シリーズ第5弾。